수선경

허담 新무협 판타지 소설

FANTASTIC ORIENTAL HEROES

수선경 4

허담 新무협 판타지 소설

초판 1쇄 찍은 날 § 2013년 9월 25일
초판 1쇄 펴낸 날 § 2013년 10월 1일

지은이 § 허담
펴낸이 § 서경석

편집부장 § 권태완
편집책임 § 어정원

펴낸곳 § 도서출판 청어람
등록번호 § 제1081-1-89호
등록일자 § 1999. 5. 31
어람번호 § 제2-2406호

주소 § 경기도 부천시 원미구 심곡2동 163-2 서경B/D 3F (우) 420-822
전화 § 032-656-4452 팩스 § 032-656-4453
http://www.chungeoram.com
E-mail § chungeorambook@daum.net

ISBN 978-89-251-3487-1 04810
ISBN 978-89-251-3391-1 (세트)

허담 新무협 판타지 소설

FANTASTIC ORIENTAL HEROES

수선경

4

[상원]

도서출판

청람

第一章 독(毒)

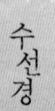
수선
경

"그를 만나봐야겠다."

"그리하시지요."

모가장 지왕당주 모불승이 고개를 깊이 숙이며 대답했다. 그러자 속없는 팔소매를 흔들며 흑의 노인이 물었다.

"그런데 이미 떠났다고?"

"그렇습니다. 대공자 모잠이 상원에 들기 전 그쪽 사정을 살펴볼 필요가 있다면서 그 아들과 자신이 직접 고른 지왕당의 무사 다섯과 함께 출발했습니다."

"아쉽군. 떠나기 전 만났으면 좋았을 것을……."

흑의 노인이 성한 쪽 손을 가볍게 휘저었다. 그러자 석탁 위에 있던 찻잔이 미끄러지듯 딸려와 어미 품을 찾아드는 아기

새처럼 노인의 손에 들어왔다. 놀라운 공력에 신묘한 운기법이다. 찻잔 하나를 진기로 끌어들이는 것은 어려운 것이 아니나 노인처럼 부드럽게, 살아 있는 생명처럼 찻잔을 움직이는 일은 결코 쉬운 일이 아니다.

"장원의 일에는 불만이 없으신지요?"

모불승이 물었다. 그러자 노인이 살짝 아미를 모은다.

"일 자체로 보자면 모든 것이 잘된 것이지. 그러나……."

"……?"

모불승이 불안한 눈으로 노인을 바라본다. 노인이 차를 한 모금 마시고는 갑자기 날카로운 안광을 흘려낸다.

"지나치게 빨라."

"무슨 말씀이시온지?"

"모가장의 성장이 지나치게 빠르다는 말이네. 이미 나의 품을 벗어났다고나 할까."

"그럴 리가 있겠습니까? 누가 뭐래도 모가장은 사왕 어른의 그늘에 있습니다. 지금까지 모가장이 이렇게 성장한 것은 모두 사왕 어른의 보살핌 덕분이 아닙니까? 모가장과 밀문에서 그걸 모르는 사람은 없을 겁니다. 그 은혜를 알기에 천원을 만들어놓고 사왕께 예를 다하는 것 아닙니까."

모불승의 말에 노인이 빙그레 미소를 짓는다. 그러고는 찻잔을 내려놓고 손가락으로 톡톡 석탁을 치며 말했다.

"난 가끔 사람들의 행동이 이해가 되지 않을 때가 있어. 지금도 그런 경우지. 지왕당주 그대는 모가장에서 지모로는 누구에게도 뒤지지 않는다고 알려진 사람인데 설마하니 세상의 권세가 어찌 변화하는지 그 이치를 모르는 것인가?"

"그, 그것이 아니오라……."

"후후, 자네도 내심으로는 알고 있을 거야. 다 자란 짐승은 결국 어미를 떠나지. 모가장의 경우도 마찬가지네. 자네의 장주는 이제 독수리가 되었어. 세상을 날고 싶어 하지. 아마도 이번 상원과의 일은 더욱 그의 자신감을 크게 만들었을 거야. 그런데 사실 성장한 모가장주보다 더 어려운 문제가 있네."

"다른 문제라시면……?"

모불승이 불안한 기색으로 물었다. 그가 수십 년간 모셔온 밀문 사왕의 성정으로 보건대 그는 허투루 엄살을 필 사람이 아니다. 그가 어렵다고 말한다면 그건 정말 어려운 일인 것이다.

"문제는… 밀황께서 모가장과 모가장주에게 깊이 관심을 두기 시작했단 거지. 그동안 모가장은 오직 나를 통해 밀문과 접촉했지. 밀문 내에서도 모가장은 나 이궐령의 것이라는 암묵적인 동의가 있어 왔고. 그런데… 모가장이 성장하자 밀황께서는 모가장을 나의 것이 아닌 밀문의 것으로 만들고 싶어 하시는 것 같네. 지난번 대공자의 난주행이 바로 그 증거지."

"그 일은 사왕께서 명하신 일이 아닙니까?"

"표면적으로는 그렇지. 하지만 그 일을 최초로 밀황께 청한 사람은 일왕이었네. 일왕이 모가장을 쓰기를 원했고, 밀황께선 그 청을 받아들이신 거지. 그 일이 결정되는 동안 내게 한

마디 상의가 없었어. 단지 일이 결정되고 나서 명이 있었을 뿐이네. 자넨 이 일을 어찌 보나?'

이궐령이 모불승에게 물었다. 그러자 모불승이 당황한 표정을 짓다가 어렵게 대답했다.

"단천마검은 대단한 물건이지요. 그 때문에 밀황께서도……."

"아니지. 단천마검이 대단하다 해도 역시 마찬가지야. 더군다나 밀황께선 단천마검은 손에 넣는 자가 주인이라고 하셨거든. 그 말은 정작 당신은 단천마검에 별반 욕심이 없으셨다는 말일세. 그러니 단천마검 때문에 나와 아무런 상의 없이 모가장의 표행을 결정했다는 말은 틀린 말이네. 그보다는… 아마도 나에 대한 경고가 아닐까 싶어."

이궐령의 말에 모불승이 깜짝 놀란다.

"설마 그럴 리가 있겠습니까? 밀황께서 그간 사왕께 보이신 신뢰를 생각하면……."

"어리석은 소리. 그대는 아직 밀문에 대해 잘 모르는 것 같군. 하긴 그대는 밀문을 제대로 본 적이 없으니까. 이보게, 지왕당주. 밀문이 어떤 곳인 줄 아나?"

이궐령의 물음에 모불승이 대답을 하지 못한다. 사왕의 말처럼 모불승이 아는 밀문이란 오직 사왕을 통해 전해 들은 이야기 속의 문파이기 때문이었다. 그런 모불승에게 이궐령이 충고하듯 말했다.

"밀문에선 권력을 위해 부모가 자식을 죽이고 자식이 부모를 죽이는 일이 결코 흠이 되지 않는다네. 그러니 군신 간의 신뢰란 서푼어치도 못 되는 곳이지. 밀황께서 그동안 날 신뢰했던 것은 내가 한 팔이 없기 때문일세. 팔이 없어 수십 년 적 공한 무공을 상당 부분 손실한 내가 당신을 위협할 존재가 못 된다고 판단하신 거지. 그러나 이젠 조금 달라진 것 같네. 날 견제하기 시작하셨지. 이유는 묘하게도 모가장 때문이야."

"모가장 때문이라니요?"

"모가장의 세력이 밀황께서 예상하신 것보다 너무 커졌다 는 뜻이네. 그 모가장이 내 손에 있는 한, 한 팔이 없는 나의 약점을 극복하고도 남음이 있다고 보시는 것 같아. 그래서 나와 모가장의 사이에 간극을 만드시려는 것 같네. 아마도 그 덕을 가장 많이 보게 될 사람은 모가장주가 될 것이야. 모가장주를 밀문으로 직접 불러들이게 되면 그와 난 동등한 입장이 될 수도 있네. 결국 난 모가장을 잃게 되는 거지."

"……."

사왕 이궐령의 말에 모불승이 아무런 대답도 하지 못한다. 눈에 보이는 현실이 이궐령의 말을 부인할 수 없게 만든다.

"그래서… 그가 필요하네."

"무슨 말씀인지 알겠습니다."

"이보게, 지왕당주!"

"예, 사왕 어른!"

"내겐 꿈이 있어. 한 팔이 잘렸을 때 난 모든 것을 포기하고 싶었지만 그러기에는 내 야망이 너무 컸네. 난 밀문 고수들의 비웃음을 한 몸에 받으면서도 기어코 무공을 회복했고, 사왕의 자리를 지켰네. 그리고 그 와중에 스스로 큰 소득을 얻었지. 세상에 극복하지 못할 어려움이 없고, 이루지 못할 꿈이 없다는 사실 말이야."

"사왕께선 충분히 그럴 만한 자격이 있으십니다."

"좋아. 내가 자네를 믿듯 자네도 나를 믿게. 그러면 결국 모가장은 자네 것이 될 걸세."

"견마의 노고를 다하겠습니다."

모불승이 깊이 머리를 숙여 보인다.

"밀황께서 날 버리신다면 나도 준비를 해야겠지. 그 준비의 시작이 우검이라는 자를 만나는 것일세."

"알겠습니다."

"대공자를 따라 상원으로 가게. 모가장에서 멀리 떨어진 곳일수록 좋아. 그곳에서 그를 보겠네."

"명대로 따르겠습니다."

*　　　*　　　*

철썩철썩!

검은 물결이 배를 때린다. 강에선 죽음의 기운이 물씬 풍긴다. 죽은 고기와 사람이 물결에 밀려 배에 부딪힌다.

"지독하군요."

청풍이 눈살을 찌푸리며 말했다. 타유와 청풍이 탄 배는 그리 크지 않은 배라 물 위의 사정을 가깝게 볼 수 있었다.

"기이한 일이다."

타유도 고개를 갸웃했다.

"독에 당한 것 같습니다."

두 사람을 따라 모가장을 나온 무사들 중 한 사람인 차간이 말했다. 차간은 서북의 융족 출신으로 과거 모가장의 표행이 서역을 왕래할 때 모가장에 들어온 인물이다. 성정이 투박하면서도 마음이 강건하고, 고난을 겪은 젊은 시절 때문인지 행동이 신중해서 특별히 타유가 모혼에게 청해 동행하게 된 사람이었다.

"기이한 일이군. 이 넓은 장강에서 독을 쓴다면 필시 독의 기운이 강물에 흩어져 사람이든 물고기든 죽일 수 없을 텐데 어떻게 이렇게 사람과 물고기가 떼죽음을 당했을까?"

타유가 고개를 갸웃하며 중얼거렸다. 그러자 차간이 대답했다.

"이런 이야기를 들은 적이 있습니다. 대리 서남쪽에 독에 관한 한 당문조차도 감당할 수 없는 전설적인 문파가 있다고 합니다. 그들의 용독술은 귀신과 같아서 허공중에 독을 풀어 자신이 원하는 사람만을 골라 죽일 수 있다고 하더군요."

"그런 자들이 있었나요? 그런데 왜 강호에는 알려지지 않았을까요?"

청풍이 물었다. 그러자 차간이 대답했다.

"그건 그들이 강호행을 극히 자제하기 때문이라오. 그들은

남만의 깊은 밀림 속에 들어앉아 강호와 벽을 쌓고 살아간다
고 하더이다."

"그럼 이 일을 그들이 한 일이라고는 말할 수 없겠군요."

"그렇소, 우 소협. 나도 이 일을 그들이 했다고 말하려는 것
은 아니오. 단지 세상에는 그런 독의 달인들이 존재하고 있다
고 말하고자 했던 것이오. 그러니 이렇게 장강에서 독을 써 사
람과 물고기를 죽이는 일이 불가능한 것은 아니지요."

차간의 설명에 청풍이 고개를 끄덕였다.

그런데 그때 문득 강 옆에서 두 척의 배가 나타나더니 빠르
게 사람들이 죽어 있는 곳으로 다가왔다.

"사형, 사형! 어디 있어요?"

배 위에 탄 자 중 한 명이 고개를 숙이고 물속에 죽어 있는
시신들을 보며 소리쳤다. 그러나 물속에 죽어 있는 자가 대답
할 수는 없다.

"사형!"

다시 날카로운 음성이 흘러나왔다. 자세히 보니 뱃전에서
외치는 자는 여인이다. 이십대 초반으로 보이는 여인은 남장
을 하고 무복을 입고 있어 입을 열지 않았다면 남자로 오인할
수도 있었다.

"저기! 저기예요!"

여인이 한순간 날카롭게 외쳤다. 그러자 배가 그녀가 가리
킨 곳으로 향했다.

"사형!"

여인이 자지러지게 외친다. 그러고는 몸을 날려 물속으로 뛰어들려 했다. 그러자 그의 뒤에서 한 사내가 그녀의 어깨를 잡았다.

"사매, 위험해. 물속에는 아직 독이 남아 있어."

"이사형, 놓아요. 대형이 살아 있을 수도 있어요."

"사매, 설혹 대형이 살아 있더라도 물속으로 들어가서 대형을 꺼낼 수는 없다."

"그럼 이대로 대형을 죽게 내버려 두자는 말이에요?"

여인이 앙칼진 목소리로 외쳤다. 타유와 청풍이 보기에 그녀가 건지려는 인물은 분명 죽은 사람이었지만 그녀의 눈에는 아직 살아 있는 사람으로 보이는 모양이었다.

"사매 정신 차려! 누가 사형을 죽게 놔둔다고 했어? 이렇게 흥분해서는 일이 더 어렵다. 뒤로 물러나 있어."

그녀를 만류하던 사내가 차갑게 소리쳤다. 그 목소리에 정신을 차렸는지 여인이 눈물을 흘리면서도 주춤 뒤로 물러났다. 그러자 사내가 명을 내렸다.

"밧줄을!"

사내의 명에 그의 곁에 서 있던 자가 재빨리 긴 밧줄을 가져왔다. 그러자 사내가 줄 끝에 올가미를 만들더니 물에 빠진 사내를 향해 던졌다. 그러나 물속에 머리를 처박고 있는 시신에 올가미를 거는 일은 쉬운 일이 아니다. 올가미가 물에 닿는 순간 힘을 잃기 때문이었다.

"사형 서둘러요!"

잠시 조용하던 여인이 뒤쪽에서 다시 소리쳤다. 그러자 올가미를 던지던 사내가 입술을 살짝 깨물고는 갑자기 배에서 날아올라 죽은 사내 쪽으로 날아갔다.

"이공자, 위험합니다!"

갑작스런 사내의 행동에 배 안에 있던 사람들이 크게 놀라 뱃전으로 달려 나오며 외쳤다. 그러나 그때 이미 사내는 검게 물든 강물 위에 있었다.

탓!

독에 물든 강물 위로 날아오른 사내가 강으로 떨어져 내리는가 싶더니 재빨리 죽은 시신 하나의 등을 차며 다시 허공으로 떠올랐다. 동시에 그의 손이 교묘하게 움직이자 그가 들고 있던 올가미가 그의 사형이라 불린 사내의 시신에 감겼다.

그사이 사내의 몸은 다시 강물 위로 떨어졌다. 그러자 사내가 올가미에 걸린 사형의 시신을 가볍게 밟는 듯하다 그 힘을 이용해 다시 허공으로 떠올랐다. 그러고는 허공에서 두어 번 제비를 돌더니 이내 자신이 있던 배 위로 올라섰다.

"끌어올려라!"

배 위에 오른 사내가 들고 있던 밧줄을 수하들에게 넘겼다. 그러자 수하들이 재빨리 밧줄을 받아들고는 시신을 끌어올리기 시작했다.

"알 수 없군요."

청풍이 중얼거렸다.

"무엇이 말이오? 우 소협!"

차간이 물었다.

"물론 그의 사형은 죽은 듯 보이지만 만약 살아 있다고 해도 이번에 반드시 죽고 말았을 겁니다."

"그게 무슨 말씀이시오?"

차간이 이해하기 어렵다는 듯 물었다.

"그의 사제라는 자가 사형이 몸에 올가미를 걸고 마지막으로 도약을 할 때 그의 사형이라는 자의 등을 밟았지요."

"그렇지요."

차간이 고개를 끄덕인다.

"본래 물을 차고 강을 건너는 신법에는 막강한 공력이 소비되는 법이지요. 몸을 가볍게 하는 대신 발아래로는 천근의 힘이 쏟아지게 마련입니다. 무공을 모르는 사람이 그 발아래로 들어가면 즉사할 것이고, 무공을 아는 자라도 방심하고 있었다면 큰 내상을 입을 겁니다. 그런데 만약 독에 중독되어 심한 부상을 입고 정신을 잃는 자라면 어떻겠습니까?"

"아!"

그제야 차간이 무엇인가를 깨달은 듯 탄식을 흘렸다. 그의 시선이 어느새 배위로 끌어올려진 사형을 바라보고 있는 사내에게로 향했다. 사내의 눈에 안타까움과 슬픔이 가득하다. 도저히 일부러 사형의 시신을 밟고 도약했다고는 믿을 수 없는 사내의 표정이다.

"그가 일부러 그리했다고 보시오?"

차간이 물었다. 그러자 청풍이 대답했다.

"반반이군요. 그의 무공이 모자랐다면 어쩔 수 없는 선택이지만 그의 무공이 일 장 옆의 시신에 내려설 수 있을 수준이라면 일부러 한 일이겠지요."

청풍의 대답에 차간이 고개를 돌려 우검에게 물었다.

"좌호법께서는 어찌 보셨는지요?"

"글쎄… 그가 허공을 날아 사형의 시신에 올가미를 거는 실력으로 보건대 그의 무공이 부족해서 생긴 일 같지는 않구려."

"그리 보셨습니까? 그렇다면 참으로 놀라운 일이군요. 죽은 사형을 다시 한 번 죽이려는 사제라. 독한 자입니다."

차간의 눈에 노기가 서린다. 그 모습을 보며 타유는 이 차간이라는 사내가 모가장에 어울리지 않는 사내라는 생각을 다시 한 번 했다. 애초에 그를 데리고 온 이유도 그간 눈여겨본 그의 성정 때문이었다.

본래 모가장 무사들은 대체로 장주 모혼의 영향을 받아 그 성정이 탐욕스럽게 교활한 편이었다. 그런데 차간은 그렇지 않았다. 진중하고 무거우면서도 협의를 지닌 사내였다.

지금의 모습을 보아도 그렇다. 남의 문파에서 일어난 일이지만 사제라는 자의 행동에 분개하고 있는 차간이다. 이런 사람이라면 믿고 동행할 수 있겠다 싶은 생각이 다시 한 번 드는 타유였다.

그런데 그때였다. 문득 시신을 끌어올린 배 뒤쪽에 멈춰 서 있던 다른 배가 천천히 타유 등을 향해 다가왔다. 배는 타유와 청풍이 타고 있는 배를 들이받을 듯 다가오다가 삼 장여의 거리를 두고 멈췄다. 배 위에는 십여 명의 사람이 타고 있었는데 그중 긴 장검을 든 자가 앞으로 나와 뱃전에서 소리쳤다.

"어디서 오는 자들인가?"

처음 보는 사람들에게 건네는 말투가 거칠기 그지없다. 자부심이 대단한 자들임이 분명하다. 차간이 타유를 돌아보았다. 그러자 타유가 고개를 끄덕인다.

"우린 모가장의 사람들이오."

"모가장!"

모가장이라는 말에 배 위에 탄 자가 잠시 놀란 빛을 보였다. 근자에 들어 사천, 운남, 귀주를 장악한 모가장은 전 강호에서 가장 주목받는 문파 중 하나였다. 그 기세가 이미 중원을 넘고 있어 중원무림에서도 모가장의 이름은 감히 경시할 수 없는 상황이었다.

"모가장의 대협들이셨구려. 몰라뵀었소이다. 그런데 이곳에는 어쩐 일이시오?"

모가장의 이름을 대었어도 상대의 도도함은 사라질 줄 모른다. 조금 뜻밖이라는 모습이기는 했지만 그렇다고 모가장의 이름에 의기소침한 기색은 없었다.

"당신들의 정체는 뭐요?"

차간이 얼굴을 굳히며 되물었다. 상대는 어찌 생각할지 모르지만 차간의 입장에서 모가장의 이름이 이렇게 가볍게 취급당할 수는 없다고 생각하는 모양이었다.

차간의 물음에 배 위에서 질문을 던져 대던 사내가 살짝 아미를 모았다. 기분이 상한 듯 보였다. 그러나 그 자신도 자신이 실수했음을 모르지 않았다. 강호의 예법대로라면 자신의 정체를 먼저 밝히는 것이 순리일 터였다.

"우린 남궁세가의 사람들이오!"

자신들의 정체를 밝히는 사내의 모습이 지금까지보다 한층 더 도도했다. 그도 그럴 것이 남궁세가라면 중원무림의 거두라고 할 수 있었다. 물론 원이 중원을 지배한 이후 그 세가 크게 약해지기는 했지만 그래도 그들 자신만은 여전히 자신들을 무림의 거두로 생각하고 있었다.

"남궁세가의 형제들이셨구려."

차간이 대수롭지 않다는 듯 말했다. 그도 그럴 것이 현 무림의 판세로 보자면 모가장의 위세가 남궁세가를 능가하고도 남음이 있다. 그런 상대의 마음을 알아챘을까. 남궁세가의 사내가 약간의 노기가 담긴 어조로 물었다.

"사천의 모가장이 이 먼 동정호까지는 어쩐 일이시오?"

시비조가 다분한 목소리다. 그렇잖아도 근 백여 년 강호의 쇠락한 가문으로 제대로 대접받지 못하고 살아온 남궁세가다. 그런데 이제 막 표국의 옷을 벗고 무림문파의 명패를 건 모가장의 무사조차 자신들을 무시하는 듯 말을 하니 사내의 마음이 좋을 리 없었다.

"문의 행사를 함부로 입에 올릴 수 없음을 이해하시오."

차간이 질문에 대한 답을 거절했다. 그러자 사내의 얼굴에 더욱 강렬한 노기가 드러난다. 대답을 거부하는 것이 자신은 물론, 남궁세가를 모욕하는 행동이라 생각한 모양이었다.

"흥, 사천에서 모가장의 위세가 대단하다고 하더니 과연 대단하구려. 모가장의 문도들에게는 남궁세가의 이름 따위는 안중에도 없는 모양이오?"

"그럴 리가 있겠소. 남궁세가는 수백 년 이어온 강호의 명문, 어찌 그 이름을 무시할 수 있겠소. 그러나 본래 강호에서는 타문의 사정을 캐묻는 것이 예법에 어긋나는 일이 아니오? 비록 그것이 남궁세가라 해도 말이오."

차간이 오히려 사내의 잘못을 추궁했다. 그러자 사내가 얼굴이 벌게지더니 천천히 검을 잡아갔다.

"모가장이 사천에서는 어떤 존재인지 모르겠지만 이 중원에서 본가를 모욕할 위치는 아니다. 그대가 감히 본가를 모욕했으니 오늘 내가 그대를 훈계한들 모가장주도 나를 탓하지 못하리라."

창!

사내가 결국 검을 빼 들었다. 그러고는 금방이라도 타유 등이 타고 있는 배로 날아올 듯한 기세를 보였다. 그런데 그때였다. 그들의 뒤쪽에서 강에서 건져 올린 시신을 살피고 있던 사내가 소리쳤다.

"사제 그만해!"

"그러나, 사형!"

"그만해라. 네 성급함이 오늘의 일을 만들었다는 것을 모른단 말이냐?"

사형의 호통에 사내가 차간을 노려보면서 검을 거뒀다.

"운이 좋은 줄 알아라!"

사내의 말에 차간은 아무런 대꾸를 하지 않는다. 대신 타유를 보며 물었다.

"어찌할까요?"

"떠납시다."

타유의 말에 차간이 고개를 끄덕이고는 노를 들고 있던 동료들을 향해 말했다.

"가세."

차간의 말이 떨어지자 모가장의 무사들이 급히 노를 저어 사람과 물고기의 시체가 둥둥 떠 있는 곳을 벗어나기 시작했다. 그런데 그들이 막 장내를 벗어나려는 순간 자신의 사제를 말렸던 자가 배를 몰아와 일행의 앞을 가로막았다. 자연히 모가장의 배가 다시 강 위에 멈춰 섰다.

"또 무슨 일이오?"

차간이 퉁명스럽게 물었다. 그러자 사형의 시신을 건져 올린 사내가 정중하게 포권을 하며 입을 열었다.

"사제의 무례를 사과하겠소. 몇 가지 묻고 싶은 말이 있어 이렇게 무례를 범했소."

"그대는 누구요?"

"난 남궁세가의 백문후라 하오."

사내의 말에 차간이 조금 놀란 빛을 보였다. 백문후는 강호에 널리 알려진 이름이다. 타 성이면서도 현 남궁세가의 가주 남궁검의 이제자가 된 사람, 남궁세가의 역사에서 이렇게 타성이 가주의 이제자가 된 경우는 거의 없었다.

그건 곧 그가 남궁세가의 가주 남궁검과 특별한 관계가 있다는 말이며, 또한 그의 무공이 남궁씨들조차 인정할 만큼 대단하단 말이기도 했다.

남궁세가주 남궁검은 그를 온전한 남궁세가의 사람으로 만들기 위해 그의 딸 남궁선연과 혼인을 시키려 한다는 소문도 들려오고 있었다. 백문후의 나이가 사십을 넘었고, 반면 남궁선연의 나이는 이제 겨우 이십대 중반임을 생각하면 파격적인 일이 아닐 수 없었다.

백문후가 자신의 이름을 밝히자 차간이 대답하는 대신 타유를 돌아봤다. 백문후 정도의 인물이라면 자신이 상대할 수 있는 인물이 아니라고 생각하는 모양이었다. 타유도 이제는 자신이 나서야 할 때임을 깨달았다.

"그대가 바로 그 유명한 백문후 대협이었구려. 난 모가장의 좌호법 우검이라 하오."

타유가 나서서 가볍게 포권을 하며 자신을 소개하자 백문후가 고개를 갸웃한다. 최근 들어 급성장한 모가장은 이미 강호의 유명한 문파다. 덕분에 모가장의 사풍객과 사신당 당주들의 이름은 강호에 널리 알려진 상태였다.

백문후 역시 남궁세가주의 이제자이므로 모가장의 사풍객이나 사신당주들에 대해서는 익히 들어 알고 있었다. 그런데 그런 백문후도 모가장에 호법이 있다는 것은 처음 들어보는 말이었다.

"외람되지만 모가장에 호법이 계시다는 말은 처음 듣는구려."

"그러실 거요. 내가 모가장의 좌호법이 된 것은 채 한 달이 되지 않은 일이오."

타유가 대답하자 백문후가 그제야 고개를 끄덕인다. 그러고는 새삼스런 눈으로 타유를 살폈다. 나이가 젊은 것은 아니지만 그리 많아보이지도 않는다.

노인이 아닌 사람이 모가장의 좌호법이 되었다면 이는 그에게 특별한 능력이 있음을 말해주는 것이다. 그러니 타유에 대한 관심이 생기지 않을 수 없었다

"묻고 싶은 것이 무엇이오?"

타유가 갈 길 바쁜 사람처럼 물었다.

"음, 사실 오늘 이곳에서 죽은 사람들은 본가의 사람들이오."

"알고 있소."

그 난리를 쳤으니 어린애도 강물에 죽어 있는 사람들이 남궁세가의 사람들이란 것을 알 수 있을 터였다.

"우린 지금 흉수들을 쫓고 있소. 혹 우 대협이 이곳에 도착했을 때 다른 사람들을 보지 못하셨소?"

"보지 못했소. 우리가 도착했을 때는 이미 남궁세가의 사람들이 죽어 있었소."

타유가 대답했다. 그러자 백문후가 고개를 끄덕이며 대답

했다.

"음 그렇구려. 아쉬운 일이오. 그들의 흔적이라도 발견해야 찾을 수 있을 터인데. 대사형께서는 분명 그들의 꼬리를 잡으신 듯한데⋯⋯."

그러자 이번에는 타유가 물었다.

"도대체 어쩌다가 이런 일이 벌어진 것이오?"

"그건⋯⋯."

백문후가 뭔가를 말하려다가 입을 닫았다. 아마도 모가장의 사람에게 세가의 일을 말하는 것이 꺼려지는 듯했다. 남궁세가와 모가장의 관계는 따지고 보면 그리 좋은 것이 아니었다. 오히려 두 문파는 암묵적인 경쟁 관계에 있다고 할 수 있었다.

남궁세가는 의천맹을 구성하는 주요문파이고, 모가장은 강호에 알려지지는 않았으나 밀문과 모종의 관계가 있을 거란 것을 의천맹에서도 알고 있을 것이기 때문이었다.

그러니 남궁세가에서 벌어진 일을 모가장의 좌호법에게 이야기할 수는 없는 일이다.

"말씀하시기 곤란하면 상관없소이다. 우린 갈 길이 바쁘니 이만 떠나겠소. 부디 이 혈사가 잘 수습되기를 바라오."

타유가 정중하게 말을 하자 백문후도 가볍게 고개를 숙여 보였다. 타유가 손짓을 하자 배가 다시 움직였다. 두 척의 배가 서로 일 장 거리를 두고 지나쳤다. 그런데 그때 문득 백문후가 물었다.

"좌호법께서는 어디로 가시는 길이시오?"

갑작스런 백무후의 질문에 타유가 빙그레 미소를 지어 보이며 대답했다.

"나 역시 그건 대답하기 어렵구려."

타유의 대답에 백문후의 얼굴이 붉어졌다. 자신들의 일은 말하지 않으면서 타문의 일을 물은 자신의 행동이 스스로도 부끄럽게 느껴진 모양이었다.

타유가 탄 배가 물살을 탔다. 그러자 남궁세가의 배들로부터 빠르게 멀어졌다. 그러자 남궁세가의 다른 두 척 배 중 앞서 차간과 언쟁을 벌였던 사내가 탄 배가 백문후가 탄 배 옆으로 바싹 다가들었다.

"이사형, 저들을 그대로 보내는 겁니까?"

"하면 어쩌겠나?"

"저들은 모가장의 사람입니다. 모가장은 최근 들어 호시탐탐 장강 하류로 진출하려 하고 있지요. 우리 남궁세가는 물론 중원의 무가들에게 큰 위협이 되고 있습니다."

"그래서 저들을 잡아들이기라도 하자는 건가?"

"놈들을 잡아들이면 쓸모가 많을 겁니다. 더군다나 모가장이 밀문과 모종의 관련이 있다는 소식이 있으니 그들을 잡아들이면……!"

"그만하게. 자넨 아직도 정신을 못 차린 것인가?"

"사, 사형!"

백문후의 호통에 사내가 겁을 집어먹은 듯 말을 더듬었다.

"제발, 자중하게. 설혹 저들이 밀문과 한통속이라 해도 지금 저들을 잡아들여서 뭘 어떻게 하겠다는 건가? 저들을 잡아들이는 순간 모가장은 그 즉시 우리 남궁세가를 공격할 거야. 지금의 형국은 모가장이 중원에 진출하고자 하는데 명분이 없는 상황일세. 그런데 우리가 저들에게 명분을 안겨주잔 말인가?"

"그, 그것이……."

사내의 얼굴이 파랗게 변했다. 그 자신이 생각해도 어리석은 일이기 때문이었다. 그러자 백문후의 추궁이 다시 이어졌다.

"이번 일도 그러하네. 비록 그들이 사해표국의 표행을 몰살한 자들이란 의심이 들었다 해도 어찌 그리 무모하게 도발을 할 수 있단 말인가? 그 덕분에 우리가 원치 않는 싸움이 벌어져 이런 사단이 난 것 아닌가?"

백문후의 추궁이 추상같다. 그러자 사내가 고개를 주억거리며 말했다.

"죄송하오, 이사형! 내 잘못이 크오. 하지만… 누가 일이 이렇게 될 줄 알았소? 난 단지 사해표국과 우리 남궁세가의 관계를 생각하여 흉수들을 잡으려는 욕심에……."

"여전히 그들이 흉수인지는 알 수 없는 일이네."

"그건 그렇지 않습니다, 사형!"

이번만큼은 사내도 정색을 했다.

"그들이 흉수라는 증거라도 있단 말인가?"

"그 증거는 오늘 확인되었지요."

"무슨 소린가?"

백문후가 되물었다. 그러자 그의 사제가 훌쩍 신형을 날려 백문후가 타고 있는 배로 건너오더니 백문후가 끌어올린 시신, 남궁세가의 후계자이자 남궁세가주 남궁검의 아들인 남궁기룡의 시신을 가리켰다.

"대사형의 죽음이 바로 그 증거입니다."

"그들이 대사형을 죽였다고 사해표국을 공격한 자들이라고 단정할 수는 없어."

"답답하십니다. 제가 말씀드리는 것은 대사형의 가슴에 나타난 바로 저 검은 반흔을 말하는 겁니다."

사내의 말에 백문후의 시선이 남궁기룡의 시신으로 향했다. 과연 남궁기룡의 시신에는 그 가슴에 연꽃 모양의 청색 반흔이 나타나 있었다.

"음… 이건……."

"보십시오. 사해표국의 표사들이 당했던 것과 동일한 독입니다."

"그런 것 같군."

백문후도 이번에는 사제의 말에 동의했다. 그러자 그때까지 두 사람의 대화를 듣고 있던 여인이 입을 열었다.

"이러고 있을 때가 아니에요. 아무래도 서둘러 세가로 돌아가야겠어요. 이 일은… 우리가 해결할 수 있는 일이 아니에요."

그러자 백문후가 고개를 끄덕였다.

"사매의 말이 맞아. 애초에 일이 발생했을 때 세가로 돌아가 어른들의 조언을 구했어야 했어. 그랬다면… 아, 돌아간다. 조심해서 시신들을 수습하라."

백문후의 명에 남궁세가의 무사들의 분주히 움직이기 시작했다.

"무슨 일이 있었던 걸까요?"

청풍이 고개를 돌려 이제는 점이 되어 버린 남궁세가의 배들을 보며 말했다.

"글쎄올시다. 필시 범상한 일은 아닐 것이오. 강호에 큰 풍파가 일어날 것 같소. 남궁세가 대제자가 죽었으니. 남궁세가주 남궁검에게 자식은 오직 죽은 남궁기룡과 딸 남궁선연만 있는 것으로 알고 있소. 아마도 좀 전에 보았던 그 여인이 남궁선연 같은데……. 그러니 남궁기룡은 남궁검의 유일한 후계자라 할 수 있소. 그런 그가 죽었으니 남궁검의 분노가 어떠할지는 보지 않아도 알 수 있소. 아마도 남궁세가는 물론 의천맹의 모든 문파가 이번 일의 흉수를 찾기 위해 혈안이 될 것이오."

차간의 말에 청풍이 고개를 끄덕였다. 그때 문득 타유가 물었다.

"약속한 장소까지는 얼마나 남았소?"

"채 하루가 걸리지 않을 것입니다."

차간이 대답했다.

"좋소. 그럼 내 이쯤에서 당부를 하리다. 상원에 들어가거

든 절대 그들의 심기를 함부로 건드리지 마시오. 우리 모가장
으로서는 어떻게든 큰 분란 없이 상원의 일원이 되는 것이 중
요하오. 그러니 상원의 다른 문파와 분란이 일어나는 것은 곤
란하오."

"명심하겠습니다."

차간과 그를 따라온 모가장의 무사들이 즉시 대답한다.

"대공자께서는 대략 보름 후에 도착하실 거요. 그때까지는
조용히 상원의 정세를 살피는 것으로 하겠소."

"알겠습니다."

차간이 대답했다.

"좋소. 그럼 이제 배의 속도를 높이시오. 시간을 좀 당겨봅
시다. 이대로라면 한밤중에 도착하게 될 것 같으니."

타유의 명에 노를 잡은 무사들의 손길이 빨라졌다. 하류로
흐르는 물결의 힘을 받고 그 위에 다시 노의 힘이 더해지자 배
가 나는 듯이 강물을 질주하기 시작했다.

*   *   *

동정호에 달이 드리워졌다. 호젓한 호수 곳곳에 달밤의 정
취를 즐기려는 풍류객들의 배가 술에 취한 듯 흔들거리고 있
다. 곳곳에서 분칠한 여인들의 웃음소리도 들린다.

유흥의 밤을 즐기기 위한 배들로 즐비한 호수에 이질적인
모습의 배 한 척이 밀려들어 왔다. 홍등과 청등을 밝히고 낮은

돛에 가림막들을 친 배들과 달리 그들 사이로 밀려든 배는 불도 밝히지 않고 가림막도 없다. 그런데 특이한 배이기는 했으나 색이 어둡고 밤이 깊어 호수에 들어온 배를 눈여겨보는 사람은 없었다.

흑선은 배와 배 사이를 교묘하게 빠져나가더니 호수 변 한쪽에 세워진 작은 망루를 향해 다가갔다. 망루에는 제법 많은 숫자의 사람이 서 있었는데 그들 역시 행색으로 보면 유흥이나 즐기러 나온 사람들은 아닌 것 같았다.

타유와 청풍은 뱃전에서 조금 물러나 뒤쪽에 서 있었다. 대신 뱃전에서 배를 움직이는 사람은 차간이었다.

"좀 더 왼쪽으로!"

차간의 말에 배가 왼쪽으로 방향을 틀었다. 그러자 망루의 오른쪽 면이 눈에 들어왔다. 배를 댈 수 있는 접안대와 망루로 오를 수 있는 계단이 보인다.

"저깁니다."

차간이 뒤를 돌아보며 타유에게 말했다. 타유가 가볍게 고개를 끄덕였다.

"배를 댄다."

차간이 말하자 배를 몰던 모가장의 무사들이 속도를 줄여 천천히 접안대로 배를 몰아갔다.

쿵!

접안대를 쇠가죽으로 감싸놓았지만 배가 충돌하는 소리가

제법 크다.

"모가장에서 오셨소?"

배가 도착하자 망루 위에서 몇 명의 사내가 접안대로 내려와 타유 일행을 보며 물었다.

"그렇소!"

차간이 대답했다.

"어서 오시오. 기다리고 있었소이다. 어느 분께서 모가장의 좌호법님이십니까?"

마중한 사내들이 정중히 물었다. 그러자 뒤로 물러나 있던 타유가 앞으로 나서며 말했다.

"내가 우검이오."

"좌호법님을 뵈어 영광입니다. 전 상원 사령 소속 무사인 굴한이라 합니다."

사내가 정중하게 포권을 해 보인다. 사내의 말에 타유의 눈썹이 꿈틀거린다. 마중 나온 사내가 사령 소속의 무사라면 복묘상 휘하에 있는 무사다. 그런데 대저 그 수장이 죄를 지어 옥에 갇히면 그 수하들의 활동도 제약을 받게 마련인데, 이렇게 사령 소속 무사가 마중을 나왔다는 것은 복묘상의 신상에 변화가 있다는 의미였다.

'좋은 쪽인가, 나쁜 쪽인가……..'

타유가 내심 생각에 잠기는 동안 모가장의 무사들이 하나둘 내릴 준비를 했다. 그러고는 차간이 먼저 뭍으로 내려섰다. 차간은 재빨리 주변을 살펴본 후 별다른 이상이 없음을 확인하자 타유를 향해 고개를 끄덕였다.

"가자."

타유가 청풍에게 말을 하고는 훌쩍 신형을 날려 뭍에 서 있는 차간의 옆으로 내려섰다. 그러자 청풍도 바람처럼 움직여 타유의 곁에 선다. 두 사람의 움직임에 마중을 나온 상원 사령의 무사 굴한의 눈에 감탄의 기색이 엿보인다.

"망루에 무상께서 나와 계십니다."

타유의 눈빛이 다시 반짝인다. 목우가 직접 마중을 나올 것이라고는 미처 예상치 못한 타유였다. 비록 둘 사이에 비밀스런 일이 있기는 했지만 목우는 상원의 무상이다. 그의 신분을 생각하면 대공자 모잠은 몰라도 타유를 마중할 사람은 아니었다.

'전할 말이 있다는 의미군.'

타유가 고개를 끄덕이고는 안내를 받기도 전에 먼저 걸음을 옮겨 망루로 올랐다.

"어서 오시오. 우 대협!"

목우가 사람 좋은 미소로 타유를 맞이했다. 얼굴에 희색이 도니 좋은 소식을 전해줄 것이 분명하다. 목우의 환대에 타유가 가볍게 포권을 해 보였다.

"무상께서 직접 마중을 나올 줄을 몰랐소이다."

"하하하, 특별한 사람은 특별한 대접이 필요한 법 아니겠소? 자, 이곳에서 한잔하고 가시겠소? 아니면 바로 출발하리까?"

목우가 시원시원하게 물었다. 물론 타유로서는 그와 단둘이 이야기할 시간이 필요했다. 누각에서 술을 마고 있으면 그런 시간을 만들 수 없다. 상원으로 가는 도중에 시간을 내야 했다.

"어차피 자고 갈 수도 없는 일, 서둘러 가지요."

"하하, 그럽시다. 달밤에 산길을 걷는 것도 운치가 있는 일이기는 하지. 모두 원으로 간다. 채비하라."

목우가 명을 내리자 상원의 무사들이 어두운 숲속으로 사라지더니 이내 여러 필의 말을 끌고 나왔다.

"가십시다."

상원의 무사들이 말을 대령하자 목우가 먼저 말에 올랐다. 그러자 타유와 청풍 등도 말 한 필씩을 얻어 타고 이내 누각을 떠나기 시작했다.

목우는 타유 일행을 어두운 숲길로 안내했다. 길은 동정호변을 둘러싸고 있는 산을 따라 이어져 있어서 달빛에 젖은 호수가 나타났다 사라지기를 반복했다. 그 밤의 풍경이 신비롭고 아름답기 그지없다.

산길을 가다보니 자연히 앞뒤 사람들의 간격이 멀어진다. 그러나 멀어지지 않는 사람 둘이 있었으니 바로 타유와 목우다. 두 사람 모두 둘만의 대화를 나눌 기회를 엿보고 있었으므로 다른 사람들과는 삼사 장 거리가 멀어져도 두 사람은 항상 일 장 안에서 움직이고 있었다. 그러던 한순간 다른 사람들과

거리가 제법 벌어지자 타유가 낮은 목소리로 물었다.

"어찌 된 일이오?"

타유의 물음에 목우가 빙그레 미소를 짓는다.

"세상일이 참 묘하오."

"……?"

"상원에 일이 있었소. 아니, 정확히 말하면 상원이 아니라 사해표국이지."

"사해표국이라면……?"

"바로 사령주의 손에 죽은 것으로 의심받고 있는 척인홍의 가문이오. 그 사해표국이 큰 위기에 처했다오. 여러 곳의 표행이 적몰되었고, 또한 사람도 꽤 많이 상했소. 이대로라면 천상사가의 자리조차 위험한 지경에 처했다고 할 수 있소."

"그게 그분과 무슨 상관이 있단 말이오?"

"아주 큰 연관이 있다오. 사해표국이 공격을 당하는 바람에 사령주가 척인홍을 죽였다는 누명을 벗게 되었으니 말이오. 척인홍을 죽인 흉수로 지금 사해표국을 공격하고 있는 자들이 지목되는 바람에 사령주는 자연스럽게 옥에서 풀려날 수 있었소."

"음… 참으로 다행스런 일이오. 그러나 이해가 가지 않소이다. 척인홍이 죽은 것은 사천 성도에서 일어난 일인데 어떻게 이곳에서 사해표국을 공격한 자들이 그 흉수로 지목된 것이오?"

그러자 목우의 안색이 조금 어두워졌다.

"그건 바로 독 때문이오."

"독!"

타유가 약간 놀란 표정을 지었다. 그러면서도 내심 참으로 기이한 일이라고 생각했다. 동정호에 들어서면서부터 독을 만나기 시작하더니 이곳에서도 독에 대한 이야기를 듣다니, 세상에 우연은 없는 법이라니 심상찮은 기분이 들었다.

"척인홍의 시신이 상원으로 옮겨지는 와중에 그의 몸에서 독의 흔적이 나타나기 시작했소. 그런데 그 독의 흔적이 최근에 정체불명의 인물들로부터 공격당한 사해표국의 표사들의 시신에 나타난 독과 흡사했던 것이오. 옥에 갇혀 있는 사령주가 옥을 나와 사해표국의 표행을 공격할 수는 없는 일, 자연히 사령주의 누명은 벗겨지게 되었소."

목우가 저간의 사정을 설명했다. 그러자 타유가 되물었다.

"그 독의 흔적이란 것이 혹 가슴에 연꽃 문양의 청색 반흔이 나타나는 것이오?"

"그걸… 어찌 아시오?"

갑자기 목우가 경계의 빛을 보인다. 상원 내에서 일어난 일을 타유가 알고 있다는 것은 확실히 의심스러운 일이다.

"이곳으로 오다가 그런 반흔이 나타나는 독에 당한 사람들을 보았소이다."

"아니, 그런 독에 당한 자들이 또 있단 말이오?"

목우가 어느새 경계심을 풀고 의문이 가득한 얼굴로 물었다.

"하루 전에 남궁세가의 사람들을 만났는데 그들의 대사형이라는 자가 수하들과 함께 그 독에 중독되어 죽어 있었소이다. 놀라운 것은 그들이 당한 곳이 물 위라는 것이오. 본래 물에서는 많은 양의 독을 쓰기 전에는 자신이 원하는 상대를 죽이기 힘든 법인데, 흉수는 일정한 넓이의 수면에만 독을 풀어 남궁세가의 가솔들을 죽였더구려."

"아! 정말 무서운 자들이로군."

목우가 자신도 모르게 탄식을 흘렸다.

"그들이 남궁세가에 독을 쓴 것을 보면 그들의 표적이 꼭 사해표국만이 아니라는 말이 되는 것 아니오?"

타유가 물었다. 그러자 목우가 고개를 저었다.

"그건 그렇지가 않소. 본래 사해표국은 남궁세가와 무척 가까운 사이오. 해서 이번에 사해표국은 혈사의 흉수를 찾는 일을 남궁세가에 부탁했던 것 같소. 그러니 당연히 흉수와 남궁세가 사이에 충분히 그런 일이 일어날 수 있소이다."

"이상하구려. 왜 사해표국은 상원의 힘을 쓰지 않고 남궁세가에 흉수를 찾는 일을 맡긴 것이오?"

생각해 보면 정말 이상한 일이었다. 본래 상원이 만들어진 이유가 이런 일을 해결하기 위함이 아니던가. 타유의 물음에 목우가 씁쓸한 표정을 지으며 대답했다.

"그게 바로 상원의 영원한 문제라오. 상원에 속한 상가들은 공동의 적이 있을 때는 아교처럼 단단히 결속하지만 이렇게 그중 한 가문이 공격을 당했을 때는 그 일에 관여치 않소. 물론 사해표국 정도의 상가가 상원의 힘을 쓰기를 원한다면 형식적으로 움직일 수는 있으나 결국 일은 사해표국이 자신들의 힘으로 해결해야 하는 것이오."

"비정하구려."

"그렇소. 상원은 생각보다 비정한 곳이오. 사해표국이 오늘의 일을 스스로 해결하지 못하면 결국 다른 상가들에 의해 천상사가의 자리에서 밀려날 가능성이 크오. 지금도 천상사가의 자리를 노리는 상계의 거물들이 한두 곳이 아니오. 그리고 그들은 기존의 천상사가 중 한두 곳과 인연을 맺고 천상사가의 일원이 되고자 치열한 암투를 벌이고 있다오."

"그럼 사해표국에 일어난 혈사는 그런 자들이 벌인 일일 수도 있겠구려."

타유의 질문에 목우가 고개를 저었다.

"오늘까지도 나 역시 그리 생각하고 있었소. 그런데 지금 우대협의 말을 들어보니 그렇지가 않을 수도 있을 것 같소."

"어째서 말이오?"

"본래 강호에서 상가는 아무리 그 세가 강하다 해도 무림의 명문에 대적하지는 않소. 재물의 힘이 귀신도 부린다지만 무림의 명문대파들은 금력에 무너질 세력이 아니기 때문이오. 그러니 만약 천상사가의 한 자리를 노리는 자들이었다면 무슨 일이 있어도 남궁세가의 대공자를 해치지는 않았을 것이오. 남궁가의 대공자가 죽었으니 이제 이 싸움은 사해표국만이 아니라 남궁세가의 싸움으로 변했소. 과연 천상사가의 자리를 노리는 상가가 이런 선택을 했겠소?"

목우의 말을 들어보니 틀린 말이 아니다. 천상사가의 자리를 노리는 상가의 주인이라면 그런 이치를 모를 리 없다.

"그럼 어떤 자들이……."

"모르겠소. 음… 이거 곤란하군."

갑자기 목우의 표정이 어두워졌다.

"……?"

타유가 목우를 바라봤다. 그러자 목우가 걱정스런 표정을 말했다.

"사해표국이 비록 상원의 힘을 청하지는 않았으나 상원에서도 천상사가의 일원인 사해표국의 혈사를 두고 볼 수만은 없어서 최소한의 사람을 이 일을 조사하는 데 투입했소. 그런데… 그 일을 맡은 사람이 누명에서 벗어난 사령주요. 상원 오령 중 다른 상가들의 세력에서 자유로울 수 있는 유일한 령이 사령이기에 그리 선택한 것인데……."

"그럼 그분이 지금 상원에 없다는 말이오?"

"그렇소이다."

"음……."

타유가 나직한 침음성을 흘렸다. 하나의 위험이 지나니 다시 하나의 위험이 다가온 꼴이다. 하긴 강호란 곳이 위협에 켜켜이 싸여 죽을 때까지 그 위험에서 벗어나지 못하는 곳이기는 하다. 그러나 남궁세가의 대공자를 죽일 정도의 인물들이라면 복묘상의 안위가 지극히 위태롭다.

"떠나기 전에 내 당부를 해두었으니 큰 위험은 없을 것이오. 흉수를 발견하더라도 절대 그들을 제압하려 하지 말라고 해두었소."

"날 만난 것을 그분께 이야기했소?"

그러자 목우가 고개를 저었다.

"말하지 않았소."

순간 타유의 등줄기가 서늘해진다. 호의라도 비밀을 가지는 자는 위험하다.

"사령주가 내가 우 대협을 만난 사실을 알면 불편해할까 봐……."

목우가 뒤늦게 변명을 한다.

"그도 그렇구려."

대답을 하면서도 타유는 다시금 목우를 포함한 상원의 사람들에 대한 경계심을 되새기고 있었다.

*　　　*　　　*

어둑한 실내를 흔들거리는 주마등이 밝히고 있다. 등은 제법 밝았지만 넓고 음습한 실내를 모두 비추기는 무리여서 등 주변을 제외하고는 어둠에 잠겨 있었다.

"그를 어찌 대해야 할 것 같소?"

문득 어둠에 몸을 묻고 있던 금포노인이 입을 열었다. 그러자 잠시 침묵이 이어지다 후덕해 보이는 중년 여인이 대답했다.

"그걸 결정하기 전에 모가장을 어찌 대할지를 결정해야겠지요. 그러면 자연히 그에 대한 대우도 정해지지 않을까요?"

"음, 화문 문주께서 하신 말씀이 옳은 것 같소. 그래, 그렇다면 모가장을 어찌 대하겠소?"

처음 입을 열었던 금포노인이 다시 물었다. 그러자 이번에는 청의를 입은 노인이 말했다.

"그들을 적대시하는 것은 위험한 일이오. 그들이 이미 사천, 운남, 귀주 서남 삼성을 장악하고 있는 이상 그들을 적대시하면 우리 상원에 속한 상가들의 손해가 막대할 것이오. 그 서남 삼성에서 이뤄지는 상행의 규모를 생각하면… 금석촌의 철도 얻기로 약조도 했고."

"그건 저도 마찬가지 생각이에요. 이미 그들과 화의를 맺었으니 다시 그 화의를 깨는 것은 모가장과 전면전을 하겠다는 말이나 다름없어요. 상원이… 모가장과 전면전을 할 수 있나요?"

여인의 물음에 처음 입을 열었던 금포노인이 고개를 끄덕였다.

"하긴 그럴 수는 없지. 상원의 힘을 모두 동원하면 불가능한 일도 아니겠지만, 상원의 힘이 하나로 모일 가능성은 일 할도 되지 않으니. 그럼 결정은 이미 난 것이나 마찬가지구려. 약속대로 그들을 본 원의 일원으로 받아들이기로 합시다."

"문제는 그들에게 어떤 지위를 주어야 하는 것이냐가 아니

겠소? 모가장의 세력으로 보면 능히 오령을 넘어 천상사가의
자리까지 욕심을 낼 수 있소."

청의노인이 말했다. 그러자 금포노인이 나직한 목소리로 대
답했다.

"기왕에 받아들이기로 한 바에는 제대로 인심을 써야겠지
요. 그것이 거래의 기본이 아니겠소?"

"그럼 어떻게……?"

"일단 오령 중 하나를 내어줍시다."

"그러나 오령은 이미 그 주인이 모두 정해져 있지 않소이
까?"

"세 가지 선택이 있을 수 있소."

"고견을 듣고 싶군요."

이번에는 여인이 말했다. 그러자 금포노인이 수염을 쓰다듬
으며 말했다.

"첫 번째 안은 오령에 하나의 령을 더 만들어 여섯 개의 령
을 만드는 것이오. 그 여섯 번째 령을 모가장에 내어주는 것이
첫 번째 안이오. 두 번째 안은 이번 혈사로 인해 사해표국이
실족할 경우 삼령을 내어주는 경우, 세 번째 안은… 사령을 내
어주는 경우요."

"흠……!"

금포노인의 말을 들은 나머지 두 사람이 침묵에 빠졌다. 그
러다가 문득 청의노인이 물었다.

"다른 두 가지 경우는 가능성이 있는 일이지만 사령의 자리

를 내어주는 것은 외족들의 반발이 있을 수 있소이다."

"물론 그것을 고려하지 않은 것은 아니오. 그러나 내게 방법이 있소."

"어떤 방법이지요?"

이번에는 여인에게 물었다. 그러자 금포노인이 잠시 침묵을 지키다가 자리에서 일어나 천천히 걸음을 옮기기 시작했다. 그러고는 나직하게 입을 열었다.

"상원이 지금과 같은 체계를 갖춘 지가 어언 이십여 년이오. 문상과 무상이 상원에 들어와 외부의 도전을 물리친 이후 우리 천상사가와 상원은 지금과 같은 모습으로 평온한 시대를 이어왔소."

"그게 벌써 이십 년이 되었구려."

청의노인이 감개무량한 표정으로 말했다.

"이십 년이란 결코 짧은 시간이 아니오. 상원은 평온했지만 사실 내부적으로 많은 변화가 있었소. 그중 가장 큰 변화가 바로 외족의 성장이라 할 수 있소."

"부인할 수 없지요."

중년 여인이 고개를 끄덕였다.

"본래 외족은 우리 상원에 부족한 무력을 보충하기 위해 고용한 용병 같은 존재들이었소. 그러나 지금은 문무이상의 힘을 빌어 우리 천상사가와 필적할 만한 힘을 길렀소. 이런 경우를 보고 주객이 전도되었다고 말할 수 있을 거요."

"원주의 말에 동의하오. 그러니 더욱 문제가 아니오? 외족의 힘이 이토록 강한데 갑자기 사령의 령주를 폐하고 모가장에 그 자리를 내어준다면 외족의 반발이 결코 작지 않을 것이오."

"물론 아무런 이유 없이 그리할 수는 없소. 그런데 다행히 지금 우리는 제법 그럴 듯한 이유를 만들 수 있는 기회를 만났소."

그러자 중년 여인이 물었다.

"혹시 사해표국의 혈사를 이용하자는 건가요?"

"그렇소. 역시 화문주께서도 그 일을 생각하고 계셨구려."

"하지만 어떻게 그 일과 외족을 엮을 수 있죠?"

"내가 보기에 이번 사해표국의 혈사는 결코 간단한 문제가 아니오. 특히 위험한 것은 그들이 독을 쓰고 있다는 사실이오. 아마도 이번 혈사를 이대로 방치하면 사해표국은 다시 재기하기 힘들 정도의 치명상을 입을 것이오."

"그렇겠지요."

여인이 동의했다.

"그럼에도 불구하고 사해표국은 상원의 힘을 쓰려 하지 않고 있소. 일단 상원의 힘을 쓰게 되면 결국 자신들의 약점을 모두 내보여 천상사가의 위치를 유지할 수 없을 것이란 생각 때문일 거요. 그러나 오늘 들어온 소식을 보건대 이제는 사해표국도 상원의 힘을 쓰지 않을 수 없을 거요. 그들을 돕던 남궁세가의 대제자가 죽임을 당했으니 말이오."

"그렇다면 오히려 남궁세가가 더욱 이 일에 깊이 관여치 않겠소이까?"

청의노인이 물었다.

"물론 그럴 거요, 지나치리만큼. 그래서 결국 사해표국조차 안중에 두지 않고 흉수들을 찾아내려 할 거요."

"듣고 보니 정말 사해표국으로서는 상원의 힘을 쓸 수밖에 없겠군요. 남궁세가가 일으키는 혈풍에 가문이 뿌리째 뽑힐 수도 있을 테니까요."

중년 여인이 고개를 끄덕이며 말했다.

"그렇소. 해서 사해표국이 상원의 힘을 쓰겠다고 하면 난 사령을 그 일에 모두 투입할 생각이오. 이미 사령주와 일부 사령의 무사들이 사해표국과 흉수들의 움직임을 살피러 외부에 나가 있으니 사령의 모든 전력을 동원해 흉수를 쫓으라는 명을 내리는 게 자연스러운 일일 것이오. 또한 사해표국 역시 우리 세 가문의 정예가 속한 다른 령들보다는 외족이 주력인 사령의 도움을 받는 것을 더 반길 것이오."

"그렇겠지요. 사령이라면 최소한 자신들의 자리를 탐하지는 않을 테니까."

"바로 보셨소. 이렇게 일을 진행하고 난 후에는 우리가 할 일은 사실 별로 없소. 일이 진행되어 가는 추이에 따라 모가장의 일을 결정하면 될 것이오. 만약 사령이 흉수들의 추격에 실패하거나 혹은 그 일로 궤멸하게 되면 그 자리를 모가장에 주면 되고, 운이 좋아 사령이 흉수들을 잡아낸다면 그사이 약화된 사해표국의 자리를 모가장에 내어줍시다. 아, 물론 그 경우에도 삼령을 내어주는 정도이지, 천상사가의 일원으로 받아줄 수는 없는 일이오. 그리고 물론 그럴 리는 없겠지만 사해표국 조차도 큰 손해를 보지 않아 그 세력이 온전하다면 그때는 어쩔 수 없이 하나의 령을 더 만들어야 할 것이오."

금의 노인의 말에 청의노인이 무릎을 쳤다.

"역시 원주께선 탁월하시오. 과거 문상을 들일 때도 그렇거니와 원주께선 우리의 손을 더럽히지 않으면서 어려운 난제를 풀어가시는 혜안이 있으시오. 난 원주의 생각에 동의하오."

"저 역시 원주께서 말씀에 동의해요."

중년 여인도 재빨리 말했다. 그러자 금포노인이 만족한 웃음을 흘리며 말했다.

"그럼 모두 동의한 것으로 알고 그리 진행하겠소. 흐흠… 본시 우리 같은 장사치들은 직접 손에 피를 묻히는 것을 특히 경계해야 하오. 세상의 피로 맺은 악연이 많을수록 재물을 오래 지킬 수 없는 법이니까."

*　　　*　　　*

묘한 지형이다. 안으로 깊이 들어온 물길이 작은 야산을 섬처럼 만들고 있었다. 그렇다고 섬도 아닌 것이, 뭍과 이어진 좁은 숲길이 존재했다. 마치 끈으로 매단 야산을 호수에 던져놓은 듯한 모습이었다.

그 섬 아닌 섬에 수십 채의 전각이 들어서 있다. 한눈에 보아도 뛰어난 장인들이 동원되어 만들어진 건물들이다. 건물들 밖 야산과 강이 만나는 경계는 낮은 곳은 삼사 장, 높은 곳은 오륙 장의 높이로 방벽이 둘러서 있다. 그러니 외부에서 섬으로 들어가는 방법이라고는 배를 타고 들어가는 것 외에 육지와 연결된 좁은 숲길이 유일했다.

"상원이오."

앞에서 길을 이끌던 목우가 말했다. 그의 손이 호수 위의 야산으로 향해 있다.

"단단해 보이는구려."

타유가 말했다.

"천혜의 요새라 할 수 있소. 외부의 적으로부터 침입이 어렵고, 주변이 거대한 숲으로 둘러싸였으니 태풍이 불어도 끄떡없소. 또한 동정호에 속한 곳이니 배가 있다면 사통팔달, 상원의 거처로는 안성맞춤인 곳이라 할 수 있소."

"일부러 만든 난공불락의 요새 같아요."

청풍이 감탄한 듯 말하자 목우가 다시 입을 열었다.

"애초에 상원이 있던 곳은 이곳이 아니네. 이십 년 전만 해도 악양성 가까이 있었지. 그런데 이십 년 전, 원 황실의 지원을 받던 상가들이 상원을 공격할 때 그에 맞서기 위해 조금 외지지만 이곳으로 거처를 옮긴 것이네. 덕분에 저 작은 섬은 천하에서 가장 위험하면서도 가장 안전한 곳으로 변했다네. 그 모든 공사를 지휘한 사람이 문상이고."

"그랬군요. 지난번 성도에서 그분을 뵈었을 때 보통 분은 아니라고 생각했어요."

"우 소협의 말대로 문상은 보통 사람이 아니네. 세인들이 상상할 수 없는 두뇌를 가진 사람이지. 오죽하면 그의 별호가 신산이겠는가? 아무튼 이곳에 터를 잡음으로써 상원은 회생했네. 적들이 이곳을 여섯 번 공격했는데 그때마다 상원은 대승을 거두었지. 그 여섯 번의 싸움으로 천하에 상원을 공격할 상가는 더 이상 존재하지 않게 되었다네. 이 계책 역시 문상이낸 것으로 한마디로 말하면 앉아서 적을 기다려 쳐들어오는 적을 섬멸함으로써 적의 근간을 없애 버리는 계책이었지. 본래 공격하는 자들은 수비하는 자들보다 세 배의 전력을 허비하게 마련이거든."

"수세에 몰린 상황에서는 적절한 계책이지요."

청풍이 대답했다.

"물론 그렇다고 이곳에 앉아서 적을 기다린 것만은 아니라네. 문상의 노련한 계책으로 적이 이곳을 공격할 수밖에 없게 만들었던 것이지. 무서운 것은 이곳에서 싸움에 이겼다는 것이 아니라 적이 이곳을 칠 수밖에 없게 만들었다는 것이네. 참기이하지? 단 몇 마디 말을 강호에 흘림으로써, 그리고 단 몇명의 사람을 강호에 내보내는 것으로 그들을 이곳으로 유인했으니 말이네. 문상이야말로 앉아서 만 리 밖의 일을 움직이는 사람이라고 할 수 있지."

목우는 비록 문상과 같이 문무이상으로 불리는 사람이지만심중에 문상 신산 상평에 대한 존경심이 가득한 듯 보였다. 그런데 그때 문득 섬에서 뭍으로 이어진 작은 숲길을 따라 일단의 사람들이 달려 나왔다.

"사람들이 오는군. 우 대협, 상원에 온 것을 환영하오."

목우가 새삼스레 타유를 보며 빙그레 미소를 짓는다. 타유가 가볍게 고개를 끄덕여 보였다.

단 하나도 같은 건물이 없다. 그 모양부터 지은 재료들까지, 상원 내의 건물들은 저마다 독특한 모양과 기운을 가지고 있었다. 아마도 그건 각각의 건물이 제각기 그 다른 가문을 주인으로 두고 있기 때문일 터였다.

하루아침에 지어진 것도 아니라 지난 이십여 년 동안 한 해한 해 시차를 두고 지어진 건물들이기에 또한 그 모습이 다를수밖에 없었다.

모가장의 일행은 일단 섬의 중턱보다 조금 위에 있는 검은색 건물로 향했다.

그 건물은 상원의 본거지에서 가장 큰 건물에 속했는데 그럼에도 어두운 구석이 있어 다른 건물들에 비해 그렇게 도드라져 보이지는 않았다.

"천상회가 있는 대전이오. 우린 이곳을 상천이라 부르오."

목우가 건물 앞에서 입을 열었다. 타유가 대답없이 고개를 끄덕이는데 건물 안에서 네 명의 중년 사내가 급히 걸어 나와 목우에게 고개를 숙여 보인다.

"무상을 뵙습니다."

"잘들 있으셨소?"

"저희야 원내에 머물고 있으니 별일이 있겠습니까? 안으로 드시지요. 모두들 기다리고 계십니다."

"네 분 모두 계시오?"

"아닙니다. 사해표국주님께서는 가문의 일로 오시지 못하셨습니다."

"음, 그렇겠지. 들어갑시다."

목우가 타유를 상천이라 불리는 건물 안으로 인도했다.

'위험한 곳이다.'

살수로 살아온 타유는 본래 어떤 건물에 들어가면 그곳의 구조를 살피는 것이 버릇이 되어 있었다. 침투로와 탈출로를 보아두는 것도 그 버릇에 속한 일이다. 그런데 상천은 침투로와 탈출로를 파악하기 어려웠다. 복잡한 구조도 그러하고 천하의 거부들이 기거하는 곳이라고는 믿을 수 없을 만큼 어둡기도 했다.

더군다나 건물 곳곳에서 오직 살수의 본능으로만 느낄 수 있는 날카로운 기운들이 흘러나오고 있었다. 비밀스럽게 상원의 주인들을 지키는 무사들이 숨어 있다는 의미였다. 그리고 그 기운의 성질로 보건대 그들은 평범한 무사들이 아니라 타유와 같이 살법을 수련한 자들이 분명해 보였다.

'용담호혈이라. 이곳에 들어와야 할 일이 없기를 바라야겠군.'

타유가 상천의 내부를 살피는 사이 일행은 어느새 거대한 대전에 이르렀다. 대전 역시 온통 묵빛이다. 그래서 대전 안쪽에 앉아 있는 세 사람을 쉽게 발견하기 어려웠다.

"중앙에 있는 분이 상원의 원주인 초군 구중원 대인이오. 구가장의 장주시오. 그리고 좌측의 분이 헌원세가의 가주인 헌원우량, 오른쪽에 있는 분이 화문 문주인 주사향 여협이오. 지금 본가로 돌아가신 사해표국의 국주 척흠신 대인까지 이렇게 네 사람이 현 상원의 주인인 천상사가의 주인들이라오."

목우가 재빨리 대전에서 타유 등 모가장 일행을 기다리고 있는 세 사람에 대해 설명했다.

'상인들이란……'

타유는 목우의 설명을 들으며 내심 불쾌한 마음이 들었다. 천상사가의 세 주인은 타유 일행이 대전에 들었음에도 여전히 자리에 앉아 있었다.

그뿐인가. 모두들 딴짓을 하는 듯 보이면서도 승냥이처럼 날카로운 시선으로 타유를 살피고 있었다. 살수이지만 또한 무인으로 살아온 타유에게는 거북스런 모습들이었다.

"어서오시오, 무상!"

먼저 입을 연 것은 가운데 앉아 있던 원주 구중원이다. 일단 입을 열자의 그의 얼굴에 드러났던 음험함은 한순간에 사라졌다.

"모셔왔습니다."

목우가 구중원에게 가볍게 고개를 숙여 보이며 말했다. 그러자 구중원이 고개를 끄덕이며 드디어 정면으로 타유를 바라봤다.

"무상께서 직접 마중을 나가신다기에 어떤 분인지 궁금했소이다. 본래 무상께서 이렇게 직접 움직이시는 경우는 무척 드문 경우라……. 그런데 생각보다 젊으시구려. 난 구중원이라 하오."

구중원의 말에 타유가 눈에서 감정을 지웠다. 살수 특유의 본능이 일어난 것인데 이렇게 속을 알 수 없는 자들을 상대할 때는 이쪽에서도 감정을 드러내지 않은 것이 유리하다.

"우검이라 합니다. 모가장의 좌호법을 맡고 있지요. 상원천상사가의 가주분들을 뵙게 되어 영광입니다."

타유가 인사하자 구중원의 표정이 살짝 변했다. 아마도 타유의 속내를 읽을 수 없다는 것이 그를 당황스럽게 만들었는지도 몰랐다. 그러나 그런 당황스러움을 단 일 촌이라도 얼굴에 머물게 할 구중원이 아니다.

"후후후, 은자나 만지는 장사꾼을 그리 높게 평가해 주시니 고맙구려. 이쪽은 헌원세가의 가주이신 헌원 대인이시고, 이분은 화문의 문주시오."

"헌원우량이오."

"주사향이에요."

헌원우량과 주사향이 동시에 입을 연다. 그들 역시 구중원과 마찬가지로 날카로운 시선으로 타유를 살피고 있다. 그러나 타유의 무심에 그들의 시선은 물에 떨어진 빗방울처럼 맥없이 흩어진다.

"뵙게 되어 영광입니다."

타유가 두 사람을 향해 재차 포권을 해 보였다. 그러자 구중원이 다시 입을 열었다.

"그래, 모가장의 대공자께서는 언제 오시오?"

"보름 정도는 걸리실 겁니다."

"보름이라……. 길군."

구중원이 고개를 갸웃했다. 생각보다 모잠의 움직임이 너무 느리다고 생각한 모양이었다.

"오시는 길에 금석촌에 들르실 겁니다."

"금석촌이라면……?"

"쇠를 가지고 오실 겁니다."

"아!"

구중원이 나직하게 탄성을 흘린다. 그러면서도 그의 얼굴에 엷게 웃음이 흘렀다. 금석촌의 철은 그만큼 가치있는 것이다.

"이제 금석촌의 쇠 중 삼 할이 상원에 맡겨질 것인데 그런 막대한 양의 철 거래는 모가장으로서도 처음 있는 일이지요. 해서 이번에 대공자께서 금석촌에서 상원에 이르는 상로를 다시 한 번 점검하며 내려오실 생각이십니다. 첫 번째 거래할 철을 싣고 말이지요."

타유의 말에 구중원이 버릇처럼 두 손을 마주 잡으며 살짝 비벼댔다. 영락없이 금자 냄새를 맡은 황금충의 모습이다.

"흐흠, 그런 선물을 준비하고 계셨구려. 황송한 일이지요.

그럼 우리도 모가장의 대공자님을 위해 큰 잔치를 준비해야
할 것 같소."

구중원이 헌원우량과 주사향을 돌아보며 말했다. 그러자 주
사향이 말했다.

"잔치는 제가 준비하지요."

"하하하, 화문의 잔치라면 나 또한 기대가 되오."

구중원이 기분 좋은 목소리로 말했다. 그런 구중원을 말없
이 바라보고 있던 목우가 구중원의 웃음소리가 잦아들자 무거
운 목소리로 입을 열었다.

"들어오며 들으니 사해표국의 흉수들이 남궁세가의 사람들
에게도 해를 끼쳤다고 하더군요."

"아, 무상께서도 들으셨소?"

구중원이 기다렸다는 듯 되물었다.

"남궁세가까지 당했다면 보통 일이 아닌 듯합니다."

"그러게 말이오."

구중원이 짐짓 침통한 표정으로 고개를 끄덕였다.

"원에서도 대책을 강구해야지 않겠습니까?"

"그렇기는 하오만 본래 이런 일은 당사자의 요청이 있어야
원을 움직일 수 있는 법이라… 조금 기다려 봅시다. 일이 어떻
게 진행될지는 아직 알 수 없소. 이젠 사해표국만의 일이 아니
라 남궁세가의 일도 되었으니 의천맹 쪽에서도 움직일 것 같
고. 만약 사해표국에서 원의 힘을 쓰려 한다면 그땐 무상께서
나서주셔야 할 것 같소."

"알겠습니다. 그리하지요."

"그리고 그 일에는 사령을 모두 투입할 생각이오."

"사령을요?"

목우가 의외라는 듯 되물었다.

"그렇소. 어차피 사령주가 지금 그 일로 원을 나가 있으니 다른 령을 투입하는 것보다는 사령이 움직이는 것이 나을 것 같소. 특히나 사해표국에서도 다른 령의 도움은 달갑지 않을 것이오."

구중원의 말에 목우가 고개를 끄덕였다. 그가 생각하기에도 구중원의 말이 옳은 듯 보였기 때문이다. 그러자 구중원이 다시 입을 열었다.

"오늘은 그저 손님의 얼굴이나 보자는 자리였고, 정식 인사는 내일 식사라도 하면서 다시 합니다. 밤이 깊었으니 손님들도 그만 쉬셔야지요."

"알겠습니다."

목우가 대답했다.

"거처는 만우원으로 정했으니 일단 그곳에 머무시도록 하시구려."

구중원이 이번에는 타유를 보며 말했다. 상원에 첫걸음인 타유가 만우원이 어디인지 알 리 없다. 그저 고개를 끄덕일 뿐. 그러자 구중원이 다시 입을 열었다.

"일단 그곳에 머무시고, 나중에 모가장의 대공자께서 오시면 그때 모가장이 쓸 처소를 결정하도록 합시다. 빈 건물을 쓰려면 그렇게 해도 되고 모가장만의 새로운 거처를 만드시려면 그것도 좋소. 상원이 위치한 이곳은 섬이기는 하지만 제법 넓으니 아직 건물을 세울 곳은 많소이다."

"그 일은 대공자께서 오시면 그때 상의하지요."

"좋도록 하시오. 그럼 편히 쉬시오."

구중원의 말에 타유가 그를 향해 고개를 숙여 보이고는 대전을 벗어났다. 그러자 그 모습을 보고 있던 구중원이 헌원우량에게 물었다.

"어찌 보셨소?"

"속을 알 수 없는 자요."

헌원우량이 어두운 안색으로 말했다.

"화문주께서는……?"

"저 역시 그의 사람됨을 알 수가 없군요."

주사향이 고개를 젓는다. 그러자 구중원이 낯빛을 굳히며 말했다.

"우리 세 사람은 상계에서 수십 년 동안 뼈가 굵은 사람이오. 수만 명의 사람을 상대로 거래해 왔기에 사람을 보는 눈은 누구보다 정확하다고 자부하는 사람들이오. 그런데 그런 우리 세 사람이 평가할 수 없는 자가 나타났으니 이는 절대 간단한 문제가 아니오. 우리는 지난날 그런 사람을 한 명 들임으로써 상원의 절반을 내어준 결과를 초래했소."

"그러나 그 덕에 상원의 전부를 잃지 않았지요."

주사향이 말했다.

"물론 그렇기는 하오. 그래서 그 일은 불가피했음을 인정하는 것으로, 그렇게 상원의 절반을 잃은 아픔을 감내할 수 있었소. 그런데… 이번 일은 다르오. 우리 상원이 몰락의 위기에 처한 것도 아니잖소?"

그러자 헌원우량이 물었다.

"그렇다고 이제 와서 모가장을 상원에 받아들이지 않을 수도 없는 일 아니오?"

"내가 걱정하는 것은 모가장이 아니오. 그와 같이 속내를 알수 없는 인물을 걱정하는 것이지. 모가장이야, 내가 모혼을 모른다면 모를까. 걱정할 바가 아니오."

그러자 헌원우량이 조금 놀란 얼굴로 물었다.

"설마 그가 문상에 버금가는 능력을 지녔다고 보시오?"

헌원우량의 표정에는 강한 불신의 빛이 보인다.

"물론 그가 문상과 견줄 만한 사람이라고는 생각지 않소. 문상 같은 사람이 세상에 다시 있을 거라고도 생각지 않소. 그러나 그를 경계하지 않을 수도 없소. 소식을 들어보니 그가 모가장에 들어온 것이 채 수개월이 되지 않았다고 하오. 그런데 그는 이미 모가장의 좌호법이 되어 있소. 이건 마치 이십 년 전 우리 상원이 문상을 들일 때와 너무 비슷하지 않소? 난 가슴이 작은 사람이라오. 겁이 많은 것은 남들의 비웃음을 살지 몰라도 큰 실수를 하지 않는 장점이 있소. 난 두 번 실수는 하고 싶지 않소. 실수는 문상을 상원에 들인 그 한 번으로 족하오."

구중원의 말에 헌원우량과 주사항도 고개를 끄덕였다.

"그럼 그를 어찌하실 생각인지요?"

주사향이 물었다. 그러자 구중원이 눈빛을 번쩍이며 말했다.

"거래는 한 번에 끝내는 것이 좋소. 그를 사령과 함께 내보내겠소."

"음, 그는 이제 갓 상원에 들어온 사람인데 너무 무리한 부탁이 아닐까요?"

"모가장이 이제 상원의 식구가 되었으니 그 역시 함부로 나의 부탁을 거절하지 못할 것이오. 더군다나 이 일은 모가장의 대공자가 오기 전에 끝낼 수 있으니 이번처럼 좋은 기회는 없을 것이오."

"그렇기는 하오만……."

"이 일은 내게 맡겨두시오. 잘하면 우린 일거양득의 이득을 볼 수 있을 거요."

방이 열두 칸, 대청이 세 개, 딸린 부엌이 두 개다. 타유와 청풍이 모가장의 무사들과 머물게 된 만우원은 생각보다 규모가 꽤 큰 장원이었다. 설사 나중에 모잠이 모가장의 고수들을 데리고 오더라도 달리 거처를 만들거나 구할 필요가 없을 정도의 규모다.

타유와 청풍은 만우원에서 하룻밤을 보냈다. 새로운 곳에 대한 두려움이나 호기심보다는 오랜 여행의 피곤함이 더 강렬했으므로 두 사람은 산새가 아침을 알릴 때까지 잠자리에 있었다.

"대협 기침하셨습니까?"

문득 문 밖에서 들려오는 소리에 타유가 눈을 떴다. 어느새 청풍은 자리를 털고 일어나 있었다.

"늦었구나."

"피곤하셨나 봐요."

"음...... 생각할 것이 있어서 늦게 잠이 들었구나."

"대협!"

다시 문밖에서 타유를 찾는 소리가 들린다.

"나가리다."

타유가 훌쩍 자리에서 일어나 검을 들고 문을 열었다. 아침 햇살이 강렬하게 내리쬔다. 타유가 손을 들어 햇볕을 가리며 마당에 서 있는 사내에게 물었다.

"무슨 일이오?"

"무상께서 괜찮다면 함께 아침 식사를 하자십니다."

"이 늦은 시간에?"

아침을 먹기에는 너무 늦은 시간이다. 타유야 늦잠을 자서 아침을 걸렀다지만 무상 목우도 그러하다는 것은 이상한 일이다.

"무상께선 아침 일찍 원주님을 만나고 오시느라 식사가 늦어지셨습니다. 마침 대협께서 아직 식사 전이라는 말씀을 듣고는......"

"알겠소. 갑시다."

타유가 앞뒤 사정을 알아듣고는 선선히 승낙했다.

"모시겠습니다."

"가자꾸나."

타유가 청풍을 돌아봤다. 그러자 청풍이 고개를 젓는다.

"다녀오세요."

"왜?"

"번거로워요."

"원, 녀석, 귀찮은 일은 언제나 내 차지구나."

"죄송해요."

"아니다. 다녀오마."

타유가 미소를 한 번 지어 보이고는 훌쩍 몸을 날려 마당에 내려섰다. 그러고는 그를 찾아온 사내를 따라 거처를 벗어났다.

목우는 작은 누각에 서서 동정호를 바라보고 있었다. 아침 식사는 핑계일 뿐, 목우가 타유를 부른 이유는 달리 할 말이 있기 때문이란 것을 타유도 잘 알고 있었다.

"그대의 동행을 요구한 것은 나로서도 놀라운 일이오."

"이유가 뭐라고 생각하시오?"

타유가 목우에게 물었다. 그러자 목우가 대답했다.

"아마도 좌호법을 경계하는 것 같소."

"모가장을 두려워하는 것이오?"

"아니, 아니오. 모가장이 아니라 그대를 두려워하는 것이오."

목우의 대답에 타유가 의아한 표정을 짓는다. 상원의 주인인 천상사가의 가주들이 왜 자신을 두려워한단 말인가. 그들을 본 것은 어제가 처음이다. 물론 자신에 대한 이런저런 이야기를 들었을 수는 있다. 그러나 지금까지 자신의 행적 중에 그들을 두렵게 만들 것은 없다고 생각하는 타유였다.

"알 수 없는 일이오이다."

"난 이해할 수 있소."

목우가 대답했다.

"이유가 무엇이오?"

"그들은 그대에게서 제이의 문상을 본 것 같소."

"제이의 문상? 그게 무슨 말이오?"

"과거 그들은 문상을 초빙해 상원의 위기를 넘겼소. 그러나 그 대신 상원 권력의 삼 할, 아니 어쩌면 오 할 가까이를 문상에게 넘겼소. 그건 사실 천상사가에게는 치욕적인 일이 아닐 수 없소. 물론 문상은 조용하고 권력을 휘두르는 성품이 아니라 여전히 상원에서 천상사가의 위치는 공고하지만, 자신들이 만든 상원이라는 세력을 외족에게 절반 가까이 내줬다는 사실은 아무리 이득을 중시하는 상인들이라 해도 받아들이기 어려운 치욕이었을 거요."

"그렇겠구려."

"그런데 그런 문상의 모습을 우 대협에게서 발견한 모양이오. 물론 문상과는 같을 수 없으나 우 대협이 모가장에 자리를 잡게 된 과정을 전해 듣고는 과거 문상이 상원의 권력을 얻었던 일을 떠올린 모양이오."

목우의 말에 타유가 천천히 고개를 끄덕인다. 생각해 보면 그럴 수도 있었다. 자라 보고 놀란 가슴 솥뚜껑 보고 놀란다고 그가 모가장의 좌호법이 되는 과정을 전해 들은 천상사가 가주들이 또 다른 문상의 출현을 걱정할 수도 있었다.

그러나 이해는 하면서도 그들의 배포에 적이 실망하지 않을 수 없는 타유였다. 그를 두려워하는 배포라면 모가장의 장주 모혼보다도 작은 그릇들이라는 의미다.

"아무튼 일이 이렇게 된 이상 우 대협의 도움을 받고자 하오."

타유의 입장에서는 나쁜 일이 아니었다. 그렇잖아도 안위가 걱정되던 복묘상 곁을 지킬 수 있다면 오히려 자신이 청을 넣을 판이었다.

"그러지요."

순순히 동의하는 타유를 흘깃 바라본 목우가 물었다.

"사령주 때문이오?"

"그 일은 더 이상 거론치 않기로 합시다."

타유의 기운이 싸늘해지자 목우가 금세 말에 동의했다.

"알겠소. 두 사람이 어떤 사인지 모르겠지만 본원에 큰 해가 되는 것은 아닌 것 같으니 그 일은 더 묻지 않겠소. 대신 한 가지 말씀드릴 것이 있소."

"경청하지요."

"이번에 천상회에서 사가의 가주들이 사령에게 흉수를 처리하는 일을 맡긴 것은 사실 외족의 힘을 견제하기 위함이 크오. 이 일이 성공하든 실패하든 결국 사령의 힘은 크게 약화될 것이니 말이오. 그래서 나로서는 흉수들을 척결하는 것보다 외족의 세를 유지하는 것이 사실 더 중요한 일이오. 그러니… 이번 출행에서는 가급적 나의 결정을 따라주시기 바라오."

"과욕을 부리지 말라는 말이구려."

"그렇다기보다는……."

"걱정 마시오. 나로 인해 그대들이 위험에 빠지는 일은 없게 할 테니."

"그리 말씀해 주시니 고맙소이다."

목우가 가볍게 고개를 숙여 보인다.

"출도는 언제하오?"

"사해표국의 사자가 새벽에 도착했으니 출행은 내일 바로 이뤄질 것이오."

"그분의 위치는 파악되었소?"

"이틀 길이 되지 않소."

"알겠소이다. 그럼 그리 알고 준비하겠소."

상원의 원주 구중원은 자신의 신분에 걸맞지 않게 계속해서 타유에게 미안하다는 말을 했다. 그러면서도 상원의 사정이 급하니 어쩔 수 없이 타유의 도움이 필요하다며 타유를 구슬렸다.

타유는 그런 구중원과 천상사가 가주들의 흉심에 씁쓸해하며 청풍과 함께 다시 상원을 떠났다. 상원에 든 지 정확히 삼일 만의 일이었다. 모가장에서 함께 온 무사들은 자신들을 사지로 내모는 상원의 처사에 분개했으나 타유가 승낙한 일이라 출도를 거부할 수 없었다.

타유 등은 그들이 상원에 들었던 것과는 다른 길을 통해 상원을 벗어났다. 상원에 들어갈 때는 목우의 안내를 받아 육로를 이용했지만 다시 상원을 벗어날 때는 한밤중 은밀히 배를 몰아 동정호로 나옴으로써 상원을 떠난 것이다.

                    *   *   *

복묘상은 다섯 명의 괴인이 산기슭의 커다란 바위 위에서 술을 마시는 것을 노려보고 있었다. 생각할수록 소름 끼치는 자들이다. 그들의 손에 죽어간 사람의 숫자가 수일간 일백여 명이다. 그럼에도 괴인들은 그저 토끼 몇 마리 사냥한 것처럼 태연하다.

그리고 언제나처럼 말도 없다. 그동안 가까이 접근해 그들의 대화를 들으려 시도도 해보았지만 도통 언제 말을 하는지 말소리를 들을 수 없었다. 그래서 복묘상은 어쩌면 그들이 모두 벙어리가 아닌가 하는 생각이 들기도 했다. 그러나 오늘 드디어 그녀는 그들의 목소리를 들었다.

"잘하는 짓일까요?"

어눌하다. 근 일백에 가까운 사람을 죽인 자들의 목소리치고는 지나치게 순박하게 느껴지는 목소리다.

"명이니 따를밖에."

다섯 중 한 명이 대답한다.

"애초에 중원에 나오기로 결정했을 때부터 이런 일은 정해져 있었던 것이 아니겠나!"

"그렇기는 하지만……."

"이미 피의 수레바퀴는 구르기 시작했네. 그 수레를 우리가 원한다고 멈출 수 있겠는가? 사람이 제 뜻대로만 살 수는 없는 거야."

"그러나 대사형, 곡주께서 막주의 자리를 차지하실 가능성은 거의 없지 않습니까? 그럼에도 이렇게 오류의 경쟁에 뛰어든다는 것은 자칫 본 곡의 멸절을 초래할 수도 있습니다."

"이사제, 곡주가 원하는 것은 혈막의 막주 자리가 아닐세."

"하면……?"

"곡주는 단지 생존을 원할 뿐이야. 곡주 자신의 생존과 우리 사형제들의 생존, 그리고 독곡의 생존 말일세."

"그렇다면 차라리 지금까지처럼 봉문한 채 곡을 지키는 것이……."

"어리석은 생각. 이번의 혼돈시는 지금까지 있었던 혼돈시와는 전혀 다른 성격을 지니고 있네. 어쩌면 이백 년 전 처음 열렸던 혼돈시와 비슷하다고나 할까. 원이 몰락하고 있어."

"그것과 본 곡이 강호에 출도해야 하는 일이 무슨 상관입니까?"

"강호란 곳은 눈에 보이지 않는 힘은 두려워하지 않는다네. 혼돈시에서 비록 막주의 지위를 차지하지는 못하더라도 최소한 우리 독곡이 혈막의 한 줄기로서 여전히 건재하다는 것을 보여줄 필요가 있다네. 그렇지 않으면 필시 다른 곳에서 본 곡을 노릴 거야. 일단 약세를 보여 곡을 노리는 적이 생긴다면 본 곡으로서는 쉽지 않은 싸움을 해야 하네. 사제도 알다시피 우리 독곡의 문도 수란 것이……."

한순간 노인의 손이 복묘상이 있는 곳으로 번개처럼 움직였다.

팟!

노인의 손에서 뻗어 나온 한 줄기 녹색 기운이 복묘상이 숨어 있던 나뭇가지에 닿았다.

푸스스!

무성했던 나뭇가지가 한순간에 검게 말라 죽어갔다. 그런데 그곳에 있던 복묘상은 어느새 사라지고 없었다.

"흠……. 아니었나?"

일수에 무성한 나뭇가지를 말려 버린 노인이 고개를 갸웃하며 중얼거렸다.

"인기척을 느끼셨습니까?"

다른 노인이 물었다.

"그렇다네."

그러자 질문했던 자가 날카로운 안광을 흘리며 나직하게 말했다.

"사형의 오감은 타고난 것이지요. 제가 지금까지 사형을 모시고 강호를 종횡하면서 사형의 오감이 틀린 것을 보지 못했습니다."

"무슨 뜻인가?"

"우리가 움직여야 할 때란 거지요. 사제들, 감시자가 있다면 반드시 잡아야 하네. 가세."

노인의 말이 끝나는 순간 독장을 썼던 노인을 제외한 나머지 사 인이 연기처럼 그 자리에서 사라졌다.

"허허, 이사제는 정말 성미가 급해. 조금 늦는다고 잡을 사람을 못 잡는 것도 아닌데 말이야. 하긴, 그런 이사제의 성정 덕에 지금까지 일을 무리없이 행할 수 있었지."

노인이 천천히 자리에서 일어났다. 그러고는 한 걸음 앞으로 발을 내딛는가 싶은 순간 그의 신형이 바위 위에서 사라졌다.

"서둘러라!"

복묘상의 입에서 다급한 목소리가 흘러나왔다. 복묘상을 포함한 다섯 명의 사령 고수가 급하게 숲을 달리고 있었다. 보통 때보다 수배는 빠른 속도였는데 그럼에도 불구하고 복묘상은 연신 수하들을 독려하고 있었다.

그들이 눈에 보이지는 않았다. 그러나 복묘상은 숲 저쪽에서 느껴지는 서늘한 기운을 온몸으로 느끼고 있었다. 흉수들은 이미 자신들의 존재를 알아챈 것이 분명했고, 아주 능숙하게 추격해 오고 있었다.

느린 듯하면서도 빈틈없는 추격은 복묘상으로 하여금 다른 수단을 강구할 여유를 주지 않고 오로지 앞으로 달리는 것만 허락하고 있었다.

"오 리를 가면 우리 쪽 사람들이 있다. 그러니 힘을 내라."

복묘상이 다시 수하들을 독려했다. 복묘상을 포함한 사령의 무사는 모두 상원 외족 출신의 무사들이다. 강호에서 잔뼈가 굵은 후 상원에 들어온 사람들이기 때문에 위기에 강하고 독심이 있었다. 덕분에 무사들은 길게 이어지는 도주에도 지친 기색은 보이지 않고 있었다.

그러나 이미 반 시진째 이어진 도주에 몸은 급격하게 안으로부터 지쳐 가고 있었다. 발은 자신들도 모르게 느려졌고, 수풀을 헤치는 손의 움직임도 둔해져 있었다. 그리고 그즈음 추격자들은 사냥을 시작했다.

"서라!"

순식간에 복묘상 일행을 앞서 간 흑의인들이 길을 막았다. 푸른 녹광이 흘러나오는 눈은 이들이 극도의 독공을 연마한 사람들이라는 것을 말해준다.

복묘상과 사령의 무사들이 재빨리 걸음을 멈췄다. 그러고는 검을 들어 길을 막아선 괴인들을 겨누었다.

"어디서 왔느냐?"

괴인은 모두 네 명이었는데 그중 둘은 노인의 모습이었고,

다른 둘은 중년의 나이로 보였다. 그중 노인이 앞으로 나서며 물었다.

"당신들은 어디서 왔나요?"

복묘상이 되물었다.

"이런, 여인이었군. 곤란해. 곡주께서는 항상 여인과 어린 애는 조심할지언정 핍박해서는 안 된다고 했는데……."

노인이 혀를 찬다. 그러자 곁에 있던 동료가 입을 열었다.

"그거야 신세가 평온할 때의 이야기지요. 지금 같은 때는 남녀를 구분할 때가 아닙니다. 이사형!"

"그렇긴 하네만……."

"제가 상대하지요."

이번에는 두 명의 중년 사내 중 한 명이 앞으로 나섰다.

"그래주겠나?"

"굳은 일을 저희에게 맡겨주십시오. 이사형……."

"알겠네. 그럼 수고하시게."

노인이 고개를 끄덕이고는 뒤로 물러난다. 그러자 노인을 대신해 앞으로 나선 중년 사내가 복묘상을 차갑게 노려보며 물었다.

"사해표국이냐? 아니면 남궁세가냐?"

"그대들은 어디서 온 것인가요?"

"질문은 우리가 한다. 대답하라."

"휴우, 오늘날 이 동정호에서 혈사를 일으키고 있는 사람은 우리가 아니라 당신들이죠. 그러니 당연히 질문을 해야 하는 사람은 우리가 아닌가요?"

복묘상의 대구에 질문을 던지던 사내가 살짝 눈살을 찌푸린다.

"난 말을 앞세워 일을 해결하는 사람이 아니다. 해서 사형들이 간혹 나의 조급함을 나무라기도 하지. 그러나 오늘만큼은 사형들도 날 나무라지 않으시겠지. 더 이상 입을 열어 말을 하지 않겠다. 손과 발로 날 상대해야 할 거다."

사내가 두 손을 들어 올렸다. 그의 손에 녹색 기운이 감돈다. 필시 독공을 쓰려는 의도였다.

"뒤로 물러나라."

복묘상이 사령의 무사들에게 빠르게 명했다.

"령주, 귀신같이 독을 쓰는 자들입니다. 위험합니다."

"그런들 상대하지 않을 수 없다. 신호는 올렸겠지?"

"그렇습니다."

"좋아. 무상께서 가까이 와 계시니 신호를 보셨으면 곧 달려오실 것이다. 그때까지만 견뎌낸다."

"알겠습니다."

사령의 무사들이 눈에 힘을 주며 도검을 부여잡았다. 그러고는 복묘상으로부터 십여 장 뒤로 물러났다.

그사이 독공을 준비하던 사내의 손에서 기이한 현상이 일어났다. 사내의 양손 사이에 작은 불꽃 같은 것이 일렁이더니 한순간 녹색 기운이 가득차기 시작했다. 공력을 일으키며 나타난 현상인 것인데 그건 곧 그가 독의 기운으로 공력을 수련한 사람이란 의미였다.

'독을 연공의 기운으로 쓸 정도의 독인(毒人)들이라는 건가.'

복묘상의 표정이 어두워졌다. 본래 독을 다루는 사람은 두 부류로 나뉜다. 극독을 자유자재로 다루지만 몸에 독이 없는 사람들과 어려서부터 독의 기운을 흡수해 공력에 독기가 스며 있는 사람들이다.

강호에선 후자의 사람들을 독인이라 부르며 두려워하는데, 그건 특별한 하독의 기법이나 혹은 독물의 준비 없이도 독공을 이용해 독과 비슷한 효과를 낼 수 있기 때문이었다.

물론 내기에 스며 있는 독은 사람의 몸속에서 순화된 독이므로 실제의 독물에 비해 그 독기나 강도에서 어느 정도 한계가 있다. 그러나 다수의 사람을 상대할 때는 모르지만 단 한 명의 적을 상대할 때는 실제의 독물에 비해 월등한 위력을 발휘하게 마련이었다.

한순간 사내가 두 손을 앞으로 내밀었다. 그러자 대략 한 자 정도 넓이로 독의 기운이 복묘상을 향해 밀려왔다. 복묘상이 감히 독의 기운을 정면으로 받지 못하고 신형을 옆으로 움직이며 검초를 뿌렸다.

그녀의 검에서 한 줄기 검기가 일어나 독장을 뿌려대는 사내의 팔을 잘라갔다. 그러자 사내가 독장을 거두며 슬쩍 몸을 흔들었다. 순간 사내의 신형이 그 자리에서 사라졌다. 그러고는 갑자기 복묘상의 머리 위에 나타난 사내가 다시 독장을 떨쳐 낸다. 이번에는 손 모양의 수영이 그려진 독장이었는데 그 수장이 복묘상의 정수리를 때렸다.

창!

복묘상이 재빨리 검을 휘둘러 머리 위로 떨어지는 독장을 때려냈다. 그러자 그녀의 머리 위에서 사내의 장력이 흩어지며 푸른 독의 기운들이 사방으로 퍼져 나갔다.

"음!"

상대의 수공을 막아낸 복묘상이 나직한 침음성을 흘리며 재빨리 뒤로 물러났다. 사내의 독장에 섞인 독의 기운에 노출되는 것을 피하기 위함이다.

복묘상은 사내가 무척 까다로운 상대라는 것을 새삼스레 깨달았다. 독공도 독공이지만 순수한 무공만으로도 사내는 절정 고수의 반열에 올라 있는 것이 분명했다.

슉슉!

사내가 두 팔을 번갈아 휘두르기 시작했다. 그러자 사내의 두 손에서 푸른 기운들이 흘러나와 연 꼬리처럼 허공을 수놓기 시작했다.

사내가 그 상태 그대로 복묘상을 향해 달려들었다. 마치 적수공권의 박투술을 수련한 사람과 같은 모습이었는데 다른 것이 있다면 그의 두 손에서 흘러나오는 독의 기운들이 도검보다 더 무섭다는 사실일 터였다.

복묘상의 발과 손도 빨라졌다. 적의 독기를 피해내고 또 틈틈이 반격을 해내는 복묘상의 무공도 상대의 감탄을 받기에 충분했다. 눈부신 두 사람의 대결이 장내를 수놓는다. 독기를 머금은 사내의 장력은 무서운 살수지만 아름답기도 하다. 밤 공기를 수놓는 녹색의 독기가 은하수처럼 허공으로 퍼져 나간다.

그사이로 번뜩이는 복묘상의 검기가 녹색 독기와 묘하게 어울려 생사결 속에서도 신비한 아름다움을 만들어내고 있었다. 싸움은 백중세, 독을 쓰는 적을 상대하느라 일정한 거리를 확보하려는 복묘상의 움직임이 싸움을 길어지게 만들고 있었다.

"우린 시간이 없네."

문득 싸움을 지켜보고 있던 괴인들 사이로 노인 한 명이 내려섰다. 바위 위에서 가장 뒤늦게 출발한 괴인들 중 수장이었다.

"어찌할까요, 사형!"

"누가 좀 도와주지."

"그러나 여섯째의 체면도 생각을 해주어야……."

"체면을 따질 상황이 아니네. 이제 생각해 보니 저 여인은 상원의 사람인 듯해."

"상원에서 사해표국의 일에 관여하기 시작했다는 건가요?"

"음……. 사해표국으로서도 더 이상 버티기 힘들었겠지. 가문의 굴욕을 감수하지 않으면 표국이 멸문할 처지니까."

"계획대로 된 것인가요?"

"일단은 그렇다고 봐야지. 보림장에서 요구한 것은 사해표국이 상원의 힘을 쓰게 만드는 것이었으니까."

"그런데 저 여인이 상원의 사람이란 걸 어떻게 확신하십니까?"

"보림장의 장주가 상원의 소식을 전해줄 때 상원에 외족 출신의 령주가 한 명 있다고 했네. 사령주로 알려진 여인인데 이름은 상원의 사람들도 제대로 아는 사람이 없다고 하더군. 그런데 저 여인의 무공이 보림장의 장주가 전해주었던 상원 사령주의 무공과 흡사해."

"그렇군요. 그럼… 일단 물러날까요?"

"아니지. 일단 마주한 적이니 꺾을 필요가 있네. 상원을 흔들어줘야 보림장도 운신의 폭이 넓어질 거야."

"그렇군요. 그럼 역시 싸움을 거들어야겠군요."

"그리하시게."

"죽일까요?"

"음… 그러지."

노인이 고개를 끄덕였다. 그러자 그와 말을 주고받던 노인이 살기를 드러내며 걸음을 옮기기 시작했다.

"아하, 이번 강호행은 참으로 어렵구나. 너무 피를 많이 흘리고 있어. 혼돈시를 준비하기 위함이기는 하지만……."

사제의 등을 바라보며 노인이 중얼거렸다.

복묘상은 자신에게 큰 위기가 찾아왔음을 본능적으로 느꼈다. 눈앞의 적에게서 느끼는 위험이 아니었다. 그녀의 눈이 독장을 뿌려대는 중년 사내 등 뒤쪽을 응시했다. 한 노인이 천천히 두 사람을 향해 다가오고 있었다. 싸움에 관여하겠다는 의미인 것을 모를 사람이 없다.

"멈춰라!"

그때 문득 복묘상의 등 뒤에 있던 사령의 무사 두 명이 뛰쳐나가 노인의 앞을 막아섰다.

"어리석구나. 상대를 볼 줄 모르니 죽은들 누구를 원망하랴!"

노인이 한 발로 허공을 디뎠다. 그러자 순식간에 노인의 신형이 반 장 정도 치솟았다. 그 아래로 사령 두 무사의 도검이 스치고 지나갔다. 순간 노인이 번개처럼 검을 휘둘렀다.

독공을 쓰는 자가 검을 쓰니 기이하기는 했지만 독인에게 독공이란 공력을 증진시키는 수단이지, 모든 무공을 독에 의지하는 것은 아니었다.

쐐액!

공기를 가르는 검의 기운이 매섭다. 사령의 두 무사가 재빨리 방향을 틀어 노인의 검을 막아갔다. 그러나 노인의 검은 두 사람이 감당하기에는 지나치게 빨랐다.

팟!

사령의 무사 한 명의 어깨에서 피가 솟는다. 순간 힘을 잃은 사령의 무사가 비틀거렸다. 그사이 한순간 생긴 노인의 빈틈을 노리고 다른 사령의 무사가 검을 찔러 넣었다.

사령의 무사들이 비록 노인에 비해 무공이 약하기는 하지만 수십 년 강호를 종횡한 노련한 무사들이다. 상대의 약점을 보았을 때 도검의 움직임은 절정고수 못지않은 사령의 무사들이다. 사령 무사의 검이 노인의 옆구리를 찔렀다. 순간 노인이 살짝 허리를 틀었다. 사령 무사의 검이 노인의 옷을 살짝 베며 날카롭게 지나쳤다.

그런데 자신의 허리가 잘릴 뻔한 위기를 겪은 노인은 뒤로 물러나는 대신 오히려 앞으로 걸음을 내디뎠다. 그러면서 벼락처럼 검을 내려쳤다. 그러자 크게 놀란 사령의 무사가 급히 검을 들어 노인의 검을 막았다.

깡!

강렬한 격돌음이 두 사람 사이에서 일어났다.

"이익!"

공력에서 밀린 사령의 무사 입에서 나직하게 힘쓰는 소리가 흘러나온다. 그런데 그 순간 갑자기 노인이 왼손을 들어 올리더니 사령 무사의 얼굴을 향해 가볍게 손짓을 했다.

푸스스!

순간 노인의 손에서 검은색 연무 같은 것이 흘러나오더니 이내 사령 무사의 입에서 비명이 터져 나왔다.

"악!"

순식간에 사령 무사의 얼굴이 검게 물들어가기 시작했다. 독이었다. 사령 무사가 노인의 독에 당해 목숨을 잃는 데 걸린 시간은 촌각에 지나지 않았다. 그리고 일단 사령 무사에게 하독을 성공한 노인은 상대의 죽음도 확인하지 않고 신형을 돌렸다. 자신의 독에 대한 자신감이 묻어나는 행동이다.

등을 돌린 노인의 뒤에서 사령의 무사가 허깨비처럼 무너져 내렸다. 뒤에 처져 있던 다른 사령 무사들은 감히 노인의 앞을 가로막지 못했다. 독이 주는 공포는 실제 노인이 지닌 무공보다 훨씬 강력한 것이었다. 죽은 자의 처참한 시신이 더욱 사람들의 가슴을 자극한다.

저벅저벅!

한 사람의 적과 맹렬하게 싸우는 와중에도 복묘상의 귀에는 노인이 다가오는 소리가 유난히 크게 들렸다. 복묘상의 마음과 손이 빨라졌다. 어떻게든 기회를 만들어내야 한다. 몸을 빼 도주하는 것 말고는 현재 상황을 극복해 낼 방법이 없다.

"핫!"

복묘상의 입에서 날카로운 외침이 터져 나왔다. 동시에 그녀의 검이 무섭게 회전하며 적을 찔러갔다. 여전히 두 손에서 독장을 만들어내고 있던 중년 사내가 지지 않고 복묘상을 향해 달려들었다.

쿠웅!

상대의 장력에 막힌 복묘상이 검이 잠시 멈칫했다. 그리고 다음 순간 마치 복묘상이 도주하듯 뒤쪽으로 쑥 몸을 뺐다.

"어딜!"

사내가 승기를 잡았다고 생각하고 득달같이 달려든다. 두 사람의 거리가 벌어진 만큼 다시 좁혀지는 시간은 촌각에 지나지 않았다. 그런데 그 짧은 순간 복묘상의 왼손이 번개처럼 움직였다. 그녀의 손끝에서 무언가가 날카롭게 반짝였다.

쐐액!

소름끼치는 파공음이 일어났다. 동시에 복묘상의 손을 떠난 빛줄기가 닥쳐드는 중년 사내의 가슴을 파고들었다.

"엇?"

중년 사내가 다급한 음성을 토해내며 상체를 뒤로 젖혔다. 워낙 급하게 전진하고 있었던 터라 그의 두 발은 미처 걸음을 멈추지 못하고 있었다.

촤악!

뒤로 눕혀진 사내의 가슴을 한 자루 비도가 훑고 지나갔다. 사내의 가슴에서 피가 솟구친다.

"으음!"

사내의 입에서 나직한 침음성이 흘러나왔다. 그러면서도 사내는 더 완전히 몸을 뉘어 뒤이어 다가올 복묘상의 공격에 대비했다. 그러나 복묘상은 사내가 생각한 것과는 정반대로 움직였다. 복묘상은 자신의 비도에 부상을 입는 사내를 뒤로하고 훌쩍 몸을 날려 장내를 벗어나기 시작했다.

"서랏!"

부상 입은 사내를 훌쩍 날아 넘은 노인이 호통을 치며 복묘상을 뒤쫓기 시작했다. 그렇게 다시 도주와 추격이 시작됐다.

더 이상 복묘상의 곁에 사령의 무사들은 없었다. 살아남은 사령 무사들 역시 각자 자신의 살길을 찾아 숲으로 흩어진 뒤였다. 복묘상은 뒤를 돌아보지 않고 남쪽을 향해 달렸다. 남쪽에서 목우가 이끄는 상원의 무사들이 접근하고 있을 것이기 때문이었다.

스스슥!

등 뒤에서 벌레가 기어가는 소리가 들린다. 자신을 추격하는 괴인들의 발걸음 소리다. 괴인들의 무공은 복묘상의 예측을 훨씬 뛰어넘고 있었다.

이들은 단순히 독을 쓰는 자들이 아니었다. 이들의 무공은 강호에서도 쉽게 찾아볼 수 없는 절정의 경지에 올라 있었다. 이런 괴인들이 도대체 어디서 튀어나왔는지 알 수가 없었다.

'보림장이라고 했던가?'

비록 목숨이 경각에 달린 상황이었지만 그나마 소득이 아주 없는 것은 아니었다. 중년 사내와 싸우는 와중에 괴인들끼리 주고받던 말에서 얼핏 보림장의 이름을 들었던 것이다.

보림장이라면 최근 광동을 중심으로 크게 성세를 떨치고 있는 상가였다. 육로의 상행은 물론 바닷길까지 아우르는 보림장의 성세는 당금에 들어서 천상사가를 육박하고 있었다. 그렇다면 일의 전후사정을 추측하는 것은 어렵지 않다.

보림장에서 괴인들을 움직여 사해표국의 표행을 끊고 있는 것이다. 그들이 노리는 것도 확실하다. 사해표국의 몰락을 이끌어 자신들이 천상사가의 한자리를 차지하려 함이 분명했다.

그러나 살아난다 해도 이런 사실을 함부로 발설할 수는 없다. 보림장이 비록 천상사가는 아니지만 그래도 오래전부터 상원의 주요 상가 중 한곳이기 때문이었다. 증거없이 추측한 일을 발설했다가는 오히려 복묘상 자신이 위험에 처할 수 있었다.

그러나 그런 일도 모두 지금 등 뒤에서 쫓아오고 있는 괴인의 독수에서 벗어난 이후의 고민들이다.

복묘상의 눈앞에 커다란 바위가 보인다. 절벽처럼 서 있는 바위의 등장에 복묘상의 표정이 어두워졌다. 평소라면 모를까 지금의 공력으로는 단번에 날아 넘을 수 있는 크기의 바위가 아니다.

복묘상이 재빨리 방향을 틀었다. 바위가 높으니 결국 우회할 수밖에 없었다. 그런데 복묘상이 바위를 우회하고 있는 사이 어느새 괴노인이 장내에 도착했다. 그러고는 단숨에 바위를 차고 올랐다.

바위를 날아 넘은 괴노인의 시야에 막 바위의 반대쪽에 도착한 복묘상이 보인다. 노인이 한 줄기 미소를 짓더니 신형을 날렸다. 그의 신형이 단숨에 십여 장 거리를 좁히며 복묘상의 머리 위로 떨어져 내렸다. 복묘상의 머리 위 괴노인의 손에 녹색의 강기가 서린다. 독장이다. 격중만 하면 치명상을 피할 수 없다.

"여기까지다. 이제 그만 죽어줘야겠다!"

노인의 목소리에 복묘상이 본능적으로 고개를 돌렸다. 독수리처럼 하늘에 떠 있는 괴노인의 모습이 보인다. 죽음의 공포가 까맣게 몰려들었다. 그런데 그때 갑자기 복묘상의 시야에 예상치 못한 광경이 들어왔다.

불쑥 허공에 나타난 한 덩어리 검은 물체가 복묘상을 향해 떨어져 내리는 괴노인을 향해 무서운 속도로 폭사하고 있었다.

복묘상을 일장에 죽이려던 괴노인도 크게 놀라 신형을 틀어 손에 머금은 장력을 자신을 향해 달려드는 검은 인영을 향해 때려냈다. 그러나 검은 인영의 검이 괴노인의 반응보다 빨랐다.

팟!

한 줄기 강렬한 빛이 검은 인영으로부터 뻗어 나오더니 단번에 괴노인이 만들어낸 녹색 장력을 베어버렸다. 괴노인의 장력이 순식간에 허공에서 흩어졌다. 그러자 검은 인영이 시차를 두지 않고 다시 검을 내려쳤다.

삼 장으로 늘어난 거무스름한 검기가 벼락처럼 괴노인을 갈랐다. 검은 인영은 노련하게도 괴노인에게서 삼 장 이상 떨어져 있어 괴노인의 독공도 그를 보호해 줄 수 없었다.

삭!

"욱!"

섬뜩한 파열음이 일어나고 괴노인의 입에서 나직한 신음성이 흘러나왔다. 괴노인이 한 손으로 가슴을 부여잡고 허공에서 떨어져 내렸다.

"크억!"

괴노인이 피를 토했다. 독인이라 그런지 검은빛이 짙은 피가 그의 입에서 흘러나왔다.

"괜찮습니까?"

괴노인을 일검에 베어버린 타유가 고개를 돌려 복묘상의 안위를 확인했다.

"아……! 여긴 어떻게……?"

복묘상이 타유의 등장에 기쁜 얼굴을 하면서도 의아한 표정을 지었다. 그녀가 생각했던 것은 목우나 다른 상원 고수들의 구원이었지 타유는 생각조차 하지 못하고 있었다.

"모잠을 대신해 상원에 먼저 왔습니다. 천상회에서 내게 이번 사해표국의 일을 해결하는 데 힘을 보태달라 하더군요. 그 내심이야 어떻든 나로선 제수씨의 안위를 살필 수 있으니 잘된 일이라 생각했습니다."

"하면……."

복묘상이 다시 입을 열려다 말고 급히 입을 닫았다. 어느새 장내에 목우가 이끄는 상원과 모가장의 고수들이 들이닥치고 있었다.

"무사한가?"

목우가 급히 복묘상의 곁으로 다가들었다.

"전 괜찮아요. 하지만……."

복묘상이 주위를 둘러본다. 뿔뿔이 흩어진 사령의 수하들을 찾을 길이 없다. 다른 곳으로 도주한 수하들의 생사가 복묘상의 마음에 걸리는 듯했다. 어둠 속에서 복묘상의 얼굴이 더욱 어두워졌다.

"그나마 사령주가 무사해 다행이네. 그자는?"

목우가 시선을 돌려 타유의 검에 쓰러진 괴노인을 보며 물었다. 그러자 어느새 노인의 곁에 다가가 그의 상세를 살피고 있던 상원의 무사들이 고개를 저으며 소리쳤다.

"죽었습니다."

"음……. 손을 과하게 쓴 모양이오."

목우가 타유를 보며 말했다. 살려 잡지 못한 것에 대한 아쉬움이 묻어나는 표정이다. 그러자 타유가 무심하게 말했다.

"기습이 아니었다면 오히려 내가 당했을지도 모르는 자요."

"그렇게나……?"

목우는 타유의 무공을 알고 있다. 사천 성도에서 복묘상과의 관계를 묻다가 타유의 손에 죽을 지경에 처했던 목우다. 그런 타유가 승부를 예측할 없는 고수라면 결코 간단한 문제가 아니다.

"무서운 자들이에요. 저로서는 감당하기 어려운 자들이었지요. 그런 자가 모두 다섯이에요."

"음……."

목우가 낮게 침음성을 흘렸다. 타유가 말한 대로의 능력을 지닌 자들이라면 다섯은 결코 적은 숫자가 아니다. 더군다나 이들은 독을 쓴다. 만약 그들의 목적이 상원이라면 상원은 큰 위기에 봉착했다고 할 수 있다.

"그들에 대해 알아낸 것이 더 없나?"

"잠시……."

복묘상이 목소리를 낮추고 목우의 귀에 몇 마디 말을 속삭였다. 그러자 목우의 얼굴이 급격하게 어두워졌다.

"곤란하군."

"피할 수 있다면 피하는 것이 좋은 싸움이지요. 상원의 입장에서……."

"그러나 이미 양쪽의 사람이 죽었는데 가능할까?"

"원주의 결단이 필요한 일이에요. 만약 독인들을 상대하겠다면 사령이 아니라 상원의 모든 힘이 필요하죠. 거기에 더해 보림장을……."

복묘상이 말을 하다말고 입을 닫았다. 아무리 목소리를 낮춘다고는 해도 두 사람 주위에 듣는 귀가 너무 많았다.

"음……. 이 일은 확실히 천상회의 결단이 필요하겠군. 만약 이 일을 상가 간의 힘겨루기로 판단한다면 우리가 나설 이유가 없겠지. 그렇지 않고 외부의 적이 상원을 흔드는 것이라 판단하면… 싸움이 커질 것이고."

"그러면 일단 원으로 복귀하나요?"

"아니, 적당한 장소에서 대기하도록 하시게. 천상회의 결정을 받는 것이야 나 혼자면 충분한 일이고. 그리고, 그가 왔네."

목우가 눈짓으로 타유를 가리켰다. 그러자 복묘상이 고개를 끄덕인다. 그녀의 눈에 타유의 뒤로 다가선 청풍이 보이지만 애써 청풍을 외면하는 복묘상이다. 청풍의 존재는 목우조차도 알아서는 안 되는 일이다.

"보름 정도 뒤에는 모가장의 대공자 모잠도 올 것이네. 그를 따라 많은 모가장의 고수가 몰려오겠지. 자네, 괜찮겠나?"

목우는 이미 오래전 그녀를 구하던 시절부터 그녀가 모가장과 혈원을 가지고 있다는 것을 알고 있었다. 더군다나 모가장의 옛 고수들 중에서는 복묘상의 얼굴을 알아보는 사람이 있을 수 있었다. 물론 세월이 흘러 복묘상의 얼굴도 이제는 많이 변했지만 사람의 본모습이란 것은 나이가 들어도 쉽게 사라지지 않는 법이었다.

"곤란하군요."

복묘상이 살짝 눈살을 찌푸렸다. 그러자 목우가 말했다.

"역용을 좀 하시게."

"역용을요? 그러나 그러면 오히려 상원의 사람들이 의심을 하지 않을까요?"

"음, 내가 알고 있는 사람 중에 비궁이라는 자가 있어. 비범한 자지. 세상에 단 한 번도 그 본모습을 드러내지 않았지만, 또한 세상의 모든 사람을 알고 있는 자라고 할 수 있지. 역용으로 자신이 새로운 사람을 만날 때마다 그 얼굴을 달리해 사람들은 그의 진실한 정체를 아무도 모르지."

"과거 사천에도 그런 자가 한 명 있었지요. 일견사 여화적이라고……."

"그자는 나도 아네. 그러나 비궁에 비하면 일견사 여화적은 달빛 아래 반딧불에 지나지 않네. 여화적 같은 소인배를 비궁에 견줄 바가 아니지."

그 여화적을 죽인 사람이 청담이다. 문득 청담의 모습이 떠오른다. 복묘상이 시선을 하늘로 돌렸다. 그리고 잠시 마음을 진정시킨 후 목우에게 물었다.

"그는 어떻게 다르죠?"

"역용의 술로 봐도 여화적이 감히 따를 수 없지만 무엇보다 다른 것은 그 성품이지. 비궁은 비록 성정이 조금 까탈스럽기는 해도 남에게 해를 입히지는 않는다네."

"그렇군요. 그런데 그가 제게 어떤 도움을 줄 수 있는 거죠?"

"그의 역용은 기이한 면이 있어. 역용한 것을 보는 사람이 잘 느끼지 못하는 것이지. 그러니까 사람들로 하여금 아주 비슷하게 닮은 사람이지만, 결국 다른 사람이란 생각을 갖게 만들 수가 있다는 걸세. 그의 손을 빌리며 사령주 자네를 상원의 사람들은 여전히 사령주로 볼 것이고, 모가장의 사람들은 과거의 자네와 아주 닮은 다른 사람이라고 생각하게 될 걸세."

"그런 일이 가능한가요?"

복묘상이 불신의 빛을 보였다. 세상에 그런 기묘한 역용술이 어디 있단 말인가.

"분명히 가능하네. 그를 한번 만나보면 내 말을 이해하게 될 걸세."

"그는 어디 있죠? 모잠이 보름 후에 온다면 제게 시간이 많은 것이 아닌데……."

"다행히 그는 지금 이 동정호에 있네. 마침 우리도 상원을 벗어나 있으니 그의 도움을 받은 것은 어려운 일이 아닐 걸세."

"전 언제나 무상님의 도움만을 받는군요."

복묘상이 우울한 표정으로 말했다.

"그런 말 말게. 내 자네를 어찌 생각하는지 자네도 잘 알고 있지 않나?"

"그러나……."

"물론 자네에게 죽은 내 딸을 대신하라고 하는 말은 아닐세. 하지만 자네를 사천에서 구하는 순간 난 이상하게 자네를 보살펴야 한다는 의무감 같은 것을 느꼈지. 그리고 그것이 나로서는 싫지 않았네. 그러니 부담 갖지 마시게. 그 또한 늙어가는 나의 낙이라네."

"무상 어른……."

"자자, 이제 얼른 장내를 정리하자고! 여봐라!"

목우가 툭툭 손을 털고는 이내 복묘상에게서 멀어졌다.

*　　　*　　　*

"보림장이라……. 결국 그들이었군."

상원의 원주 구중원이 고개를 저으며 말했다. 그러자 헌원 우량이 말했다.

"보림장의 야망은 이미 오래전부터 알려져 왔던 일이지요. 사실 재력으로 보나 상로의 크기로 보나 보림장은 충분히 우리 천상사가와 자웅을 겨룰 만하오."

"하면 헌원가주께선 사해표국에 대한 그들의 도발을 인정
하자는 말씀이신가요?"

주사향이 물었다. 그녀의 말투에는 반감이 드러난다.

"화문에선 반대요?"

헌원우량이 되물었다.

"상가간의 쟁투야 상원 내에서는 언제나 있어왔던 일이지
요. 그러나 이번 일은 조금 다른 것 같군요."

"어떻게 다르다는 말이오?"

"주객이 전도된 느낌이랄까요."

"무슨 말인지 모르겠구려."

헌원우량이 고개를 갸웃한다. 그러자 주사향이 정색하며 말
했다.

"상원 내 상가의 싸움에는 하나의 암묵적인 철칙이 있지요.
그건 곧 싸움에 동원되는 세력들은 모두 싸움을 일으킨 상가
의 통제가 가능한 세력이어야 한다는 겁니다. 만약 그렇지 않
다면 상원 이외의 세력이 특정 상가를 이용해 본 원을 위협할
수 있기 때문이지요. 그런데 지금 무상께서 말씀하신 대로라
면 그 독인들은 결코 보림장의 통제를 받을 사람들이 아닌 듯
하군요. 그러니 보림장이 독인들을 이용해 천상사가의 한 자
리를 차지하려 하는 것인지, 혹은 그 독인들이 속한 세력이 보
림장을 이용해 상원을 장악하려 하는 것인지 알 수가 없다는
거지요. 만약 후자라면 그건… 위험한 일이에요. 이십 년 전의

일을 우린 아직도 기억하고 있지요."

주사향의 말에 헌원우량이 고개를 끄덕였다.

"문주의 말씀을 듣고 보니 과연 일리가 있구려. 보림장 하나가 천상사가로 들어오는 것은 문제가 아니나, 외부의 세력이 상원에 야심을 드러내는 것은 위험한 일이 맞소. 원주, 이 일은 심사숙고해야 할 것 같소이다."

헌원우량이 구중원을 보며 말했다. 그러자 구중원이 잠시 생각에 잠기더니 어둠 속 목우와 함께 나란히 앉아 있는 문상 신산 상평에게 질문을 던졌다.

"문상께선 이 일을 어찌 보시는지요?"

그러자 상평이 이내 대답했다.

"제가 언급할 일이 아닌 것 같습니다. 상원 내 상가의 분란은 제 소관 밖이지요. 천상회에서 이번 일을 일으킨 자들과 보림장을 상원 내 세가들의 공적으로 결정하면 그때에야 그들을 상대하는 일을 고심할 뿐입니다."

상평의 말에 구중원이 고개를 끄덕인다. 지난 이십 년 동안 문무이상이 외족 출신임에도 상원 내에서 확고한 지위를 확보했던 것은 이렇게 상원 내 분란에서 두 사람이 철저한 중립을 지켰기 때문이었다.

"음……. 무상!"

"말씀하시지요."

목우가 대답했다.

"그들의 무공이 정말 그렇게 대단했소?"

구중원이 묻자 목우가 얼굴을 굳히며 대답했다.

"단언컨대 그 독인들을 상대할 수 있는 고수는 강호에서 쉽게 찾을 수 없을 겁니다."

"놓아두면 호랑이가 여우 등을 타고 들어오는 형국이라…… 문상!"

"예, 원주."

신산 상평이 대답했다.

"그들을 상대할 대책을 마련해 주시오. 그들을 상원의 공적으로 지정하겠소."

"보림장은 어찌하리까?"

"줄기를 걷어내다 보면 자연히 뿌리도 걷어야겠지요."

"알겠습니다."

"그럼 두 분께선 그리 알고 준비해 주시구려. 두 분께 또 한번 큰 짐을 안겨 드리게 되었소이다."

구중원이 목우와 상평을 보며 간곡하게 말한다. 장사치의 본능으로 구중원은 상원에 또 한 번 위험이 찾아왔음을 느끼고 있었던 것이다.

"최선을 다하지요. 무상, 가십시다."

상평의 말에 목우가 자리에서 일어났다. 두 사람이 세 명의 시선을 받으며 대전을 벗어났다. 그러자 구중원이 침통한 표정으로 말했다.

"일이 생각지 않은 방향으로 흘러가는구려."

"그러게 말이오. 이렇게 되면 사령을 폐하는 것은 어렵게 되었구려. 아니, 오히려 문무이상의 권한이 강대해져 외족의 힘이 더욱 커지게 되었소이다."

"지금은 그런 일을 걱정할 때가 아닌 것 같군요. 무상이 전한 말이 사실이라면 전 왠지 우리 상원이 과거보다 더 큰 위험에 직면할지도 모른다는 생각이 들어요."

주사향의 말에 헌원우량이 고개를 갸웃했다.

"그 말씀은 이해가 되지 않는구려. 과거 우리는 원 조정의 후원을 받은 수십 개의 상가 연합의 공격을 당했었소. 상원은 거의 멸절의 위기에 봉착했었고 말이오. 하지만 이번에는 비록 그 독인들의 무공이 대단하다해도 겨우 몇 명, 그리고 더해봐야 보림장 정도인데 어찌 과거의 일과 비교를 하시오?"

"물론 얼핏 보면 그리 생각할 수도 있지요. 그러나 헌원가주께서는 중요한 사실을 잊고 계세요."

"흠… 가르침을 주시겠소?"

헌원우량이 기분이 상하기보다는 호기심을 드러내며 물었다. 그러자 주사향이 무거운 표정으로 말했다.

"지금 중요한 문제는 이 분란을 일으킨 그 독인들이 바로 무림인이라는 사실이에요."

"그게 무슨……. 아!"

갑자기 헌원우량의 표정이 변했다. 그러고는 고개를 절래절래 흔들었다.

"나도 늙었군. 내가 어째서 그런 중요한 사실을 간과했을까?"

스스로를 자책하는 헌원우량을 보며 주사향이 말을 이었다.

"과거의 싸움은 상가와 상가의 싸움이었어요. 그들이 동원한 무인들도 강호의 낭인이었지요. 그때는 무림세가들이 상원의 싸움에 관여치 않았어요. 그런데 이번 일은 달라요. 독인이 한 명이었으면 모르되 그들은 다섯이나 되었고, 서로를 사형제라 부른다고 했지요. 그렇다면 그들은 어떤 한 문파에 속해 있다는 의미가 되는데… 이건 무림문파가 우리 상원의 일에 깊이 개입했단 의미가 됩니다."

주사향이 잠시 두 사람의 기색을 살피더니 다시 말을 이었다.

"더군다나 그들에게 남궁세가의 문도들이 상했으니 남궁세가도 당연히 이 일에 관여해 상원과 관계를 맺을 것이고. 남궁세가가 관여하면 의천맹도 움직이겠지요. 자칫하다가는 우리 상원을 두고 무림문파 간의 싸움이 벌어질 수도 있어요. 그때가 되면 과연 우리 상원이 온전할지……."

주사향의 말이 끝나자 장내가 깊은 침묵에 빠졌다. 비록 재물이 귀신도 부린다지만 강호의 무인은 재물로도 다루기 힘든 자들이다. 특히나 재물이 힘을 발휘하려면 시간이 필요한데 지금은 당장 상원 앞에 칼이 들어와 있는 형국이니 천상사가의 주인들로서도 위기감을 느끼지 않을 수 없었던 것이다.

"할 수 없지요. 다시 문무이상에게 의지해 볼밖에."

헌원우량이 말했다. 그러자 주사향이 고개를 저었다.

"그렇게 해서는 곤란하지요. 언제까지 상원의 일을 그 두 사람의 손에 맡겨둘 수는 없는 일입니다. 이번에는 우리도 움직여야 할 거예요. 나중을 위해서라도…….”

“맞는 말씀이오. 나도 화문 문주님의 말에 동의하오.”

구중원이 고개를 끄덕인다.

“하면 어찌하자는 것이오?”

헌원우량이 묻자 구중원이 손을 말아 쥐었다가 펴며 말했다.

“그간 각자 쌓아두었던 것을 조금은 풀어봅시다. 그러면 제법 큰 힘이 만들어지지 않겠소?”

                    *   *   *

“흐으으!”

온몸이 쇠처럼 달궈진 강검산이 신음 소리를 흘리며 부르르 몸을 떤다. 그의 등 뒤에서 뜨거운 용암이 일렁인다. 사람이 앉아 있을 수 없는 곳에 강검산이 앉아 있다. 그의 앞에서 방남산이 물었다.

“힘드냐?”

“당연히!”

강검산이 이를 악물고 대답했다.

“견뎌라. 쇠나 사람이란 달궈질수록 단단해지는 법이다. 하물며 지화(地火)의 힘을 얻으려는 자야 오죽하겠느냐?”

“정말 이 고통을 견디면 불의 힘을 얻을 수 있나요?”

“그렇다. 그리되면 신검을 만들 힘을 얻을 수 있을 게다. 물론 대해와 같은 공력도 얻겠지."

"약속할 수 있어요?"

"물론!"

"말대로 되지 않으면… 아버지라도 용서하지 않을 거예요."

"이러나저러나 나에겐 아무 일 없겠군. 말대로 되면 내게 효도를 다할 것이고, 말대로 되지 않으면 넌 절대 날 이길 수 없을 테니. 하하하!"

第二章　호수에 이는 바람

　상원이 움직이기 시작했다. 은밀했으나 거대한 움직임이었다. 상원에 속한 모든 상가가 자신들의 사람을 동원했다. 기루에서는 기녀들이, 시전에서는 장사치들이, 표국에서는 표사들이 하나의 목적을 가지고 누군가를 찾기 시작했다.

　상원이 움직이는 동안 사해표국을 중심으로 벌어지던 혈사는 잠시 침묵했다. 독인들은 동정호 변에서 타유에 의해 동료 한 사람을 잃은 후 사람들의 시선에서 완벽하게 자취를 감췄다. 더 이상 혈사를 일으키지 않으니 겉으로 보기엔 그들을 쫓을 어떤 흔적도 잡아내지 못할 것처럼 보였다.

　그러나 상원은 상원이다. 천하에 장사치 없는 곳이 없고, 기루 없는 곳이 없다. 상원과 인연을 맺고 있는 모든 사람이 무인은 아니지만 적어도 그들 모두는 상원의 눈과 귀였다.

상원이 독인들과 보림장을 상원 공동의 적으로 규정한 지 닷새 만에 드디어 독인들의 흔적이 발견되었다. 그러자 상원의 모든 힘이 그 흔적을 쫓기 시작했다.

그 거대한 추격전은 동정호를 중심으로 이뤄졌다. 그리고 당연히 그 움직임 속에 타유와 청풍도 있었다.

철썩철썩!

이른 아침 호수의 찬 물이 배를 때린다. 타유와 청풍은 뱃전에 나와 아침을 맞고 있었다. 사람 일곱이 탄 배가 아침 안개를 가르고 있었다.

"사람들이 아버지를 두려워해요."

문득 청풍이 말했다.

"그래?"

"지난번 그 독인을 죽인 이후로 상원의 사람들이 아버지를 보는 눈이 달라졌어요."

"나쁜 일은 아니다."

"그러게요. 상원의 대접이 이렇게 달라졌으니까요."

청풍이 배의 난간을 손으로 툭 쳤다. 배가 비록 그리 크지는 않았지만 무척 단단했다. 질 좋은 목재를 사용하고 아교와 기름을 충분히 먹여 만든 배는 강호에서 흔히 볼 수 없는 귀한 배였는데, 그런 배를 천상회에서는 타유 부자에게 선물했던 것이다.

물론 그 배를 타고 독인들의 추격에 매진해 달라는 의미이기는 했지만, 그보다 사령주 복묘상을 구한 타유의 그 놀라운 무공에 대한 존중의 표시기도 했다.

그리고 그날 이후 상가 출신의 사람이든 혹은 외족 출신의 사람이든, 상원의 무사들은 타유를 두려워했다. 그 두려움 속에는 일종의 존경심도 포함되어 있었다.

무인은 강한 자를 두려워하면서도 또한 동경하는 법이라 타유는 그 한 번의 사건으로 한순간에 상원의 모든 무사가 주목하는 인물이 되었던 것이다.

소문이란 한 사람의 입을 지날 때마다 불어나게 마련, 타유의 무공을 직접 보지 못한 사람들 사이에는 타유가 상원 제일의 고수라는 무상 목우의 무공을 능가하는 고수라는 소문도 도는 실정이었다.

"그러나 사람들이 날 두려워하는지는 모르겠지만 난 그들이 두렵구나."

"무슨 말씀이세요?"

"내가 벤 그 독인은 보통 사람이 아니었다. 그러니 그 동료들 또한 절정의 반열에 올라 있는 고수일 터이다. 그런 자들이 몸을 숨기기로 작정하면 그 어떤 세력도 그들을 쉽게 찾을 수 없을 것이다. 그런데 상원은 단 닷새 만에 그들의 흔적을 찾지 않았느냐? 그러니 상원이란 곳이 얼마나 무서운 곳이냐?"

"하긴 그래요. 상원의 힘은 무력에서 나오는 것은 아니니까요. 천하에 퍼져 있는 장사치가 모두 그들의 눈과 귀이니 세상에 그들의 시야에서 벗어날 사람은 없을 거예요."

"누구나 욕심낼 만한 세력이지."

타유의 말에 청풍이 고개를 끄덕였다. 그러다가 문득 청풍이 타유에게 물었다.

"그 사령주라는 분이요."

순간 타유가 흠칫했다. 청풍이 복묘상을 입에 올릴 줄은 예상치 못했기 때문이다.

"사령주가 왜?"

"좀 이상해요."

"뭐가?"

"무척 익숙한 느낌이에요. 마치 오래전부터 알고 있던 사람처럼……."

"그야 뭐, 사천에서 여러 번 보았으니까."

타유가 일부러 심드렁하게 대답했다.

"그런 건가?"

청풍이 고개를 갸웃한다.

'핏줄은 속일 수 없는 것인가!'

타유가 내심 속으로 탄식을 흘렸다. 그러나 지금으로서는 더더욱 복묘상과 청풍의 관계를 드러낼 수 없다.

상원이 독인들을 상원의 공적으로 지목한 이후 상원 내의 정세는 더욱 혼란스러워지고 있었다. 여기에 모가장의 고수들까지 있으니 자칫 실수로 복묘상과 자신들의 정체가 드러나는 순간 세 사람은 복수는커녕 큰 위기에 봉착할 수 있었다.

뚜우뚜우!

멀리서 아침을 깨우는 물새 소리가 들린다. 그런데 한 마리 물새가 울자 여기저기서 다른 물새들이 소리로 마중하기 시작했다.

뚜우뚜우!

"신홉니다."

뒤쪽에서 차간의 목소리가 들린다.

"어딘가?"

"서쪽 변입니다."

"가지."

"옛! 호법 어른!"

차간의 대답이 들리고 이내 배의 속도가 빨라졌다. 그러자 곳곳에서 크고 작은 배들이 나타나 물새 소리가 나는 방향으로 움직이기 시작했다.

"좋지 않아요."

문득 청풍이 말했다. 청풍은 꽤 오랫동안 뱃머리에서 좌우로 갈라져 나가는 동정호의 물살을 살피고 있었다.

"무슨 말이냐?"

"배를 멈추세요."

청풍이 타유에게 급히 말했다. 그러자 타유가 재빨리 고개를 돌려 차간에게 소리쳤다.

"배를 멈추게!"

타유의 명에 차간이 급히 배를 멈추고 그 동료들과 함께 앞으로 달려 나왔다.

"무슨 일입니까, 호법 어른!"

"독이에요."

타유 대신 청풍이 대답했다.

"우 소협, 독이라니 그게 무슨 말이시오?"

차간이 어리둥절한 표정으로 물었다. 그도 그럴 것이 주변에는 아무런 변화도 없었다. 동정호의 물은 여전히 맑고 적은 눈에 들어오지도 않았다. 그런데 뜬금없이 독이라니 차간으로서는 이해할 수 없는 일이었다.

"고기가 없어요."

청풍이 대답했다.

"……?"

"물속에 고기가 없어요. 좀 전까지도 제법 많은 고기들이 보였지요. 그런데 지금은 물고기가 흔적이 없습니다."

"아니 그런……?"

차간이 놀란 듯 고개를 숙여 물속을 들여다보았다. 명경처럼 맑은 물속에 정말 물고기가 없다.

"음, 정말 물고기가 없기는 하군요. 하지만 물이 이렇게 맑은데 독 때문이라고는……."

그러자 청풍이 자리에서 일어나더니 품속에서 작은 은봉을 꺼내 물에 담갔다. 상원의 재력은 대단해서 일단 독인들을 상대하기로 결정한 이후에는 출도하는 무사들에게 이렇게 하나씩 은봉을 제공했다. 물론 사기를 높이기 위한 일이기는 했으나 그래도 은봉은 독의 유무를 감별하는 데 유용하게 쓰이는 도구다.

"보세요."

청풍이 물에 담가두었던 은봉을 꺼내 차간에게 건넸다. 그러자 은봉의 끝이 미세하게 색이 변해 있다.

"아, 정말이군요. 이건 독입니다."

차간이 탄성을 흘렸다.

"음⋯⋯. 이자들이 함정을 판 것인가? 차간, 일단 경고를 하게!"

"알겠습니다!"

차간이 대답을 하고는 훌쩍 자리에서 일어나 앞서가는 상원의 배들을 향해 소리를 질렀다.

"전하시오. 물에 하독이 되어 있소. 모두 조심하시오!"

차간의 외침에 앞서 가던 상원의 고수들이 어리둥절한 표정을 짓더니 이내 사태를 깨닫고는 제각기 좌우에 늘어선 배들을 향해 물에 독이 풀어져 있음을 전했다.

한순간 상원의 고수들을 태운 배들이 주춤거렸다. 독이 풀린 물 위를 움직인다는 것은 비록 배를 타고 있어도 꺼림칙한 일이었다. 그러나 그도 잠시 멀리서 굵은 뿔피리 소리가 들린다. 다시 전진하라는 의미다.

"무모하군."

타유가 말했다.

"독은 물에 풀어져 있는 것이니 상관없지 않겠습니까?"

차간이 물었다. 그러자 타유가 고개를 저었다.

"그게 아닐세. 독이 문제가 아니야. 이 주변에 하독이 되어 있다는 것은 두 가지를 의미하네. 하나는 그 괴인들이 우리가 오고 있다는 것을 미리 알고 있다는 것, 그리고 그에 대한 방비를 하고 있다는 것일세. 그런데도 그들을 향해 전진하는 것은 스스로 함정에 빠져드는 걸세."

"그러나 적은 겨우 대여섯 명, 오늘 동원된 상원의 고수는 근 일백에 이릅니다. 저들이 아무리 함정을 파놓았다고 해도 이 정도 전력이면 승산이 있지 않겠습니까?"

"모르는 소리. 그건 저들의 무공을 몰라서 하는 말이야. 음…… 사령주의 배가 있는 쪽으로 가세."

타유가 말했다. 그러자 차간이 얼른 대답했다.

"알겠습니다."

차간이 대답을 하고는 서둘러 배를 몰아 사령주 복묘상이 타고 있는 배 쪽으로 움직이기 시작했다.

독인들을 상원의 공적으로 정한 후 상원의 다섯 령 중 세 개 령이 출두했다. 애초에 나와 있던 사령을 포함해 이령과 삼령이 괴인들의 추격에 나섰는데 그들을 지휘하고 있는 사람은 목우였다.

세 령의 고수들은 배에 나눠 타고 목우를 중심으로 적을 향해 전진하고 있었다. 이미 적의 후미 쪽으로는 남궁세가의 고수들이 다가서고 있다는 전언이 있었으므로 앞의 뱃길만 막으면 적은 독 안에 든 쥐가 될 터였다.

혹여라도 적이 도주할까 두려워 상원의 고수들은 서둘러 괴인들이 몸을 숨기고 있다는 포구 기슭을 포위해 들어갔다. 그리고 과연 외부에서 잘 보이지 않는 호리병 모양의 호수 기슭에 한 척의 검은 배가 떠 있었다.

배가 눈에 들어오자 무섭게 질주하던 상원의 배들도 전진을 멈췄다. 호수 쪽으로의 출구는 상원의 배 십여 척에 의해 완전히 길이 막혔다.

"나서라!"

목우의 외침이 수면을 떨게 만든다. 그러자 흑선 위에 한 명의 노인이 나타났다.

"상원에서 나오셨소?"

노인이 물었다. 무색의 목소리다. 그 건조함이 오히려 그를 두렵게 만든다.

"그렇소. 당신들이 지난 몇 달간 사해표국을 곤경에 빠뜨렸던 사람들이오?"

"후후후, 상원이라……. 역시 좋은 곳이야. 우리를 이렇게 쉽게 찾아내다니."

노인은 상원의 배들로 출구가 막혔음에도 별반 두려움을 느끼지 않은 듯했다.

"당신들이 분명하군."

목우가 차가운 안색으로 말했다. 그러자 노인이 잠시 주변을 둘러보다가 뭍에서 다가오는 남궁세가의 고수들을 일견하고는 고개를 끄덕이며 말했다.

"과연 오늘 일진이 사납겠구나. 앞에도 적이요, 뒤에도 적이니 어디로 갈까? 형제들!"

노인의 부름에 그의 뒤쪽으로 십여 명이 모습을 드러냈다.

"더 많아졌군요."

청풍이 타유를 보며 말했다. 복묘상이 괴인들을 보았을 때는 다섯 사람이 전부라고 했었다. 그중 하나가 죽었으니 이제 넷이어야 정상인데 지금 모습을 드러낸 괴인들은 그보다는 훨씬 많았다.

"그들에게도 숨은 전력이 있었을 테지. 그런데 생각해 보면 함정보다도 더 무서운 것이 있다."

"무엇이요?"

"저들의 마음이다. 내가 생각하기에 저들의 무공이라면 충분히 이곳을 떠나 몸을 숨길 수 있었을 텐데, 오히려 이렇게 상원과 남궁가의 고수들을 기다리고 있었다. 그건 곧 저들의 목적이 목숨을 구하는 것이 아니라는 말이다. 어쩌면 저들은 이곳에서 상원과 남궁세가를 일거에 제압할 생각인지도 모르겠다."

"설마 그럴 리가요. 아무리 대단해도 저들의 숫자를 생각하면……."

"독이란 무서운 것이지. 무형지독 한 방울이면 일천 명을 죽일 수도 있는 것이 독이다."

"아무리 그렇다 해도 상원과 남궁세가의 고수들이 이렇게 즐비한데……."

"아무튼 조심해야해. 그리고 공기의 흐름을 잘 파악해 두거라. 저들은 이미 물에 하독을 했으니 다시 독으로 공격할 때는 필시 바람에 독을 실려 보낼 것이다."

"알겠어요. 만약의 경우 피할 곳을 살펴둘게요."

청풍이 대답을 하고는 가만히 손을 내밀었다. 그의 손에 물과 숲의 기운이 만나 일으키는 공기의 흐름이 느껴진다. 그 흐름들을 살피다보면 설혹 괴인들이 독을 허공에 푼다 해도 피할 곳을 찾을 수 있을 터였다.

"한 가지 제안을 하겠소."

문득 자신의 수하들을 불러낸 괴인이 목우를 보며 말했다.

"제안이라……. 지금 그대들이 그럴 처지라 생각하시오?"

목우의 대답에 노인이 잠시 침묵을 지키더니 이내 고개를 저으며 말했다.

"아무래도 우리의 거래는 조금 뒤에 해야 되겠군. 상원에서 거래할 준비가 되어 있지 않은 것 같으니 말이오. 거래하려면 그 전에 서로 간의 우열을 드러나게 해야 제대로 되겠어. 사제, 불을!"

노인이 뒤를 돌아보며 말했다. 그러자 그의 뒤에 있던 자들 중 노인 한 명이 고개를 숙여 보이고는 이내 커다란 화로에 불을 붙였다.

화르르!

한순간에 화로에서 수장에 이르는 불꽃이 일어났다. 그러자 그 불꽃으로부터 검은 연기가 치솟아 순식간에 괴인들이 타고 있던 배를 뒤덮었다.

그리고 잠시 후에는 그 연기들이 서서히 바람을 타고 허공 중에 흘러가기 시작했다. 바람이 뭍에서 강 쪽으로 불고 있어 대부분의 연기들이 상원의 고수들 쪽으로 밀려왔다. 순간 타유가 뒤쪽에서 소리쳤다.

"조심하시오! 연기에 독이 있소!"

타유의 외침에 배에 올라 있던 상원의 고수들이 당황하기 시작했다. 바람을 타고 날아드는 연기가 순식간에 몇 척의 상원 배를 뒤덮었다.

"커억!"

"억!"

독무에 노출된 상원의 고수들이 고통스런 비명을 지르기 시작했다. 육지라면 독무를 피해 달아날 수도 있을 테지만 배 위에서 독무를 피할 수 있는 곳은 많지 않다.

"좌측으로 이동하세요."

문득 청풍이 차간을 보며 말했다. 그러자 차간이 의아한 표정을 지었다. 청풍이 지목한 좌측은 다른 곳보다 너너 짙은 독무가 퍼져 있었기 때문이었다. 그러자 청풍이 다시 소리쳤다.

"잠시 숨을 멎고 독무를 뚫고 나가세요. 그러면 그 뒤쪽에는 독이 없을 겁니다."

청풍의 말에 타유가 급히 차간을 보며 말했다.

"그리하게."

타유까지 명을 내리자 차간도 더 이상 망설일 수는 없었다. 차간이 이내 배를 독무 가득한 좌측으로 몰았다.

"숨을 멈춰라!"

독무에 휩싸이며 타유가 소리쳤다. 그러자 모가장의 무사들이 일제히 숨을 멎고 죽을힘을 다해 배를 젓기 시작했다. 그러자 한순간 그들이 탄 배가 짙은 독무를 시원하게 벗어나며 깨끗한 공기가 사람들을 맞이했다.

"이제 됐어요!"

청풍의 말에 사람들이 참았던 숨을 크게 쉬었다. 그러자 신선한 공기가 코를 타고 들어와 사람들의 가슴을 진정시킨다.

"우욱!"

"카악!"

타유와 청풍이 이끄는 모가장의 무사들은 무사히 독무을 벗어났지만 대부분의 상원 배들은 여전히 독무 속에 있었다. 그리고 더 이상 독무를 견디지 못하고 곳곳에서 비명을 지르며 사람들이 쓰러졌다. 개중에는 독무를 피하겠다고 본능적으로 배에서 뛰어내려 물속으로 떨어지는 자들도 있었다.

그러나 물속으로 뛰어든 자들의 처지는 독무 속에 남아 있던 사람들보다 훨씬 처참했다.

"커컥!"

"악!"

물속에 뛰어든 자들로부터 더욱 처절한 비명이 터져 나오기 시작했다. 이미 물에 하독해 둔 독들 때문에 물속으로 뛰어든 자들은 순식간에 목숨을 잃었다.

"이쪽으로 오시오!"

타유가 우왕좌왕하는 상원의 배들을 향해 소리쳤다. 그러자 상원의 배를 지휘하는 고수들이 타유 일행이 무사한 것을 보고는 일제히 타유의 배가 있는 곳으로 몰기 시작했다.

가장 먼저 독무를 뚫고 나온 배는 사령주 복묘상이 타고 있는 배다. 복묘상이 무사히 독무를 뚫고 나오는 것을 본 타유가 그녀에게 고개를 끄덕였다. 그러자 그녀 역시 타유를 향해 괜찮다는 표시로 고개를 끄덕인다.

상원의 배들이 어렵사리 독무를 벗어났다. 그러자 한바탕 곤욕을 치렀던 상원 고수들의 얼굴에 노기가 번져 갔다.

"활을 준비하라!"

목우의 노성이 흘러나왔다. 그러자 상원의 고수들이 배에 실어두었던 철궁들을 꺼내 들었다.

"화살이 바닥날 때까지 쏴라!"

어찌 보면 무모한 공격 명령이 내려졌다. 그러나 다른 면에서 보면 상원이 가할 수 있는 가장 무서운 공격일 수도 있었다. 애초에 괴인들을 추격해 온 상원의 배들은 아홉 척이지만 그 뒤쪽에는 병장기와 양식 등을 실은 배 다섯 척이 더 따르고 있었다.

상원이 적과 싸우는 방식은 무림인들의 그것과는 조금 다른 면이 있었다. 그들은 주로 활과 암기 등 원거리에서 적을 공격하는 방법을 선호했다. 무림의 문파들이 도검을 들고 상대에게 뛰어들어 단번에 승부를 내는 것과는 다른 형태의 싸움이었다.

아마도 그건 상원 무사들의 부족한 무공을 상원의 막대한 재력으로 보충하려는 의도에서 고안된 싸움의 형태일 것이다.

상원의 무사들은 싸움에 투입되었을 때 값비싼 보검과 강철로 만든 강궁, 그리고 수십 장 밖에서도 적을 격중시킬 수 있는 암기들을 지원받는데, 그것도 후방의 든든한 지원에 힘입어 거의 무한대로 병장기들을 지원받을 수 있었다.

이러한 싸움의 방식을 처음 고안해 낸 사람은 문상인 신산 상평으로 알려져 있었다. 그는 무공으로는 도저히 무림의 세가들을 당해낼 수 없는 상원의 약점을, 싸움의 방식을 변경함으로써 무한정의 병기를 공급하는 방식으로 이겨냈던 것이다.

그러니 지금 목우가 화살이 떨어질 때까지 쏘라고 명한 것은 적이 모두 죽을 때까지 화살을 날리라는 의미와 같았다.

슈우욱!

한 대의 화살이 허공으로 날아오르자 뒤이어 수십 대의 화살이 허공을 수놓는다. 그리고 그때부터 상원의 역공이 시작됐다.

독인들이 타고 있던 흑선은 순식간에 벌집으로 변했다. 채일각이 지나지 않아 근 천여 대의 화살이 흑선에 꽂혔다. 그러나 괴인들 중 화살에 맞아 죽은 자는 없었다.

그들이 타고 있는 흑선은 애초부터 이런 공격을 대비했는지 기름 먹인 굵은 나무판으로 외투를 두르듯 배를 감싸고 있었다. 그나마 밖으로 노출된 배 앞머리 쪽 공간에서는 사람의 그림자를 찾아보기 힘들었다.

"불을 당겨라!"

목우의 차가운 명이 다시 떨어졌다. 그러자 흑선을 향해 화살을 날리던 자들이 화살 끝에 기름을 먹여 불을 붙였다. 그러고는 지체없이 흑선을 향해 불화살을 날려 보냈다.

불화살이 무서운 속도로 흑선에 꽂혀들었다. 순식간에 백여 대의 불화살이 흑선을 화염에 휩싸이게 만들었다. 그런데 기이하게도 배가 불타고 있음에도 흑선에선 아무런 인기척이 없었다.

흑선에서 타오르는 불길과 그 불길이 만들어내는 연기가 더욱 짙어졌다. 연기로 인해 사방을 분간하기 어려웠다. 그러나 불타는 흑선에선 여전히 사람의 목소리가 들리지 않는다. 마치 그대로 배와 함께 불에 타 소멸될 것처럼 흑선에 탄 자들은 미동이 없었다.

계속해서 불화살을 날리던 상원의 무사들도 어느 순간 활쏘기를 멈췄다. 더 이상 화살을 날리는 것은 무의미했다. 이미 흑선은 불길에 휩싸여서 서서히 침몰해 가고 있었다.

"무슨 생각일까요?"

차간이 이해할 수 없다는 표정으로 중얼거렸다. 딱히 타유나 청풍에게 묻는 말은 아니었다. 그런데 그 순간 갑자기 청풍이 소리쳤다.

"배를 뒤로 물려요! 어서!"

"무슨 일이냐?"

타유가 급히 물었다.

"그들이… 물속에 있어요!"

순간 타유의 머릿속에 아차 하는 생각이 들었다. 괴인들은 독인이다. 그러니 독이 풀린 물속에 들어간들 그들이 위험할 리는 없었다. 흑선에 은밀한 출구가 있어 물속으로 피했다면 화마를 피하는 것은 물론 은밀히 다가와 상원의 배들을 공격할 수도 있었다.

"배를 물리게!"

타유의 명에 차간이 얼른 뛰어나 노를 잡았다. 그리고 그 순간 타유가 가장 가까이 있던 사령주 복묘상의 배를 향해 소리쳤다.

"배를 물리시오. 그자들이 물속으로 들어갔소!"

타유의 경고에 복묘상이 시선을 돌린다. 타유가 그녀를 향해 고개를 끄덕였다. 순간 복묘상이 상황을 깨닫고는 얼른 명을 내렸다.

"배를 물려라. 그자들이 물속에 있다!"

복묘상의 경고에 상원의 배들이 급히 움직이기 시작했다. 그러나 때는 이미 늦은 감이 있었다. 한순간 가장 앞쪽에 있던 배에서 고함 소리가 터져 나왔다.

"막앗! 배에 물이 들어온다. 어서 물을 퍼내고 구멍을 막아 랏!"

"여기도 물이 샌다. 어서! 어서!"

곳곳에서 상원 무사들의 외침이 들려왔다. 그리고 뒤이어 사람들의 비명 소리가 들려왔다.

"커컥… 도, 독!"

배에 들어온 물을 퍼내던 무사들이 물속에 섞여 있는 독에 중독되어 고통 속에 쓰러져 갔다. 순간 목우가 노성을 토해냈다.

"배를 버려라! 성한 배들 쪽으로 이동해! 그리고 궁수들은 물속의 쥐새끼들을 노려라!"

목우의 명에 따라 구멍이 뚫린 배에 타고 있던 상원의 무사들이 황급히 성한 배 쪽으로 넘어왔다. 그리고 흑선을 향해 불화살을 쏘아대던 상원의 무사들은 이제 물속의 적을 찾아 수면으로 활을 겨누었다.

그러나 물속에서 괴인들을 찾는 것이 그리 쉬운 일이 아니었다. 사방이 흑선이 타며 만들어낸 연기에 휩싸여 있었기에 괴인들의 모습은 쉽게 발견되지 않았다. 그사이 또 두 적의 배가 하단이 파괴되어 침몰하기 시작했다.

"이대로는 안 되겠어요."

장내의 상황을 지켜보던 청풍이 타유에게 말했다. 물에는 독이 있고, 배들은 계속 침몰하고 있다. 이러다가는 전멸을 면치 못할 수도 있었다.

"배를 버려야 할 것 같구나."

타유가 말했다.

"다행히 뭍은 가까우니까요."

청풍이 고개를 끄덕였다. 그러자 타유가 뱃전에 올라서며 목우를 향해 외쳤다.

"무상! 하선하시지요!"

그러지 목우가 낭패한 기색을 보이다가 이내 결심을 한 듯 소리쳤다.

"모두 뭍으로 하선하라. 배를 버린다!"

목우는 노련한 사람이었다. 작은 것에 미련을 두다 큰 것을 잃을 사람이 아니었다. 지금은 배를 버리더라도 사람들의 목숨을 구하는 것이 중요했다. 배는 귀한 것이지만 상원 같은 곳에서 재물은 물보다 흔하다.

목우의 명이 떨어지기 전에 이미 타유 등이 타고 있던 배는 뭍으로 향해 움직이고 있었다. 호리병 모양의 호수 기슭이었으므로 뭍과의 거리는 그리 멀지 않았다. 배는 단번에 뭍에 이르렀다.

타유는 배가 미처 땅에 닿기 전에 몸을 날렸다. 그의 신형이 새처럼 허공을 날아 순식간에 땅에 내려섰다. 그의 뒤를 이어 모가장의 무사들도 속속 뭍에 내려섰다.

그 와중에도 호수 위에서는 여전히 침몰하는 배와 상원 무사들의 아우성으로 요란했는데 잠시 후 얼추 방향을 잡은 상원의 배들이 뭍을 향해 밀려오기 시작했다.

그런데 그 순간이었다. 갑자기 수면 한가운데에서 거대한 물기둥을 일으키며 괴인들이 침몰하는 배 위로 올라섰다. 그러고는 앙천대소하며 웃음을 터뜨렸다.

"하하하! 대 상원의 무상께서 그리 도주를 하시다니 체면이 말이 아니구려."

다분히 목우를 조롱하는 말이다. 그러나 목우는 상대의 조롱에도 아랑곳하지 않고 꿋꿋이 수하들을 이끌고 뭍에 이르렀다. 적의 조롱을 참아내는 목우의 심기 또한 우두머리의 격에 어울린다.

툭툭!

뭍에 내려선 목우가 마치 독이라도 옷에 묻은 듯 옷자락을 털었다. 그러고는 주변을 향해 명을 내렸다.

"대오를 정비하고 상한 사람을 파악하라."

"옛, 무상!"

각 령의 령주들이 목우의 명을 받는다. 그러고는 각자의 수하들을 단속하기 시작했다. 그 모습을 확인한 목우가 그제야 물 위에 있는 괴인들에게 시선을 돌렸다.

"시작은 이 목우가 크게 손해를 본 것 같구려."

침착한 목소리다. 그 모습에 연기 속에 서 있는 괴인도 감탄을 한 듯 가볍게 고개를 끄덕였다.

"과연 상원의 무상답구려. 이 상황에서도 그토록 침착하다니. 무상, 이제 다시 우리가 흥정할 때가 된 것 같지 않소이까?"

그러자 목우가 무슨 말인가를 하려다 말고 물었다.

"그대들은 누구요? 또 그대들이 원하는 것이 무엇이오?"

목우의 물음에 괴노인이 한줄기 미소를 지으며 대답했다.

"이제야 서로 이야기가 될 것 같구려. 우리의 정체는 지금 말해줄 수 없소. 나중에 한식구가 되면 그때 말해주겠소."

"한식구라……"

"우리가 원하는 것을 말하겠소. 우린 상원 천상사가의 한 자리를 원하오."

순간 목우가 노기를 담은 목소리로 소리쳤다.

"불가! 정말 그대들이 상원의 한식구가 되기를 원했다면 이런 식으로 일을 처리해서는 안 되었소. 이미 상원의 형제 수십 명이 당신들의 독에 죽었는데 어떻게 다시 한식구가 될 수 있겠소."

그러자 괴노인이 입을 열었다.

"내가 알고 있기로 상원 내 상가들의 암투는 상원이 시작된 이후 줄곧 있어 왔었다 하던데. 아니 그렇소?"

"물론 그렇소. 그러나 그건 상원 내 상가들의 싸움이오. 그대들처럼 정체 모를 외인들이 일으킨 싸움이 상가들의 암투와 같을 수 없소."

"이미 우리가 누구를 위해 일하는지 알고 있지 않소?"

"보림장을 말하는 것이오?"

"그렇소. 우린 보림장을 위해 싸우고 있으니 사해표국과의 분란은 결국 상가 내의 싸움이오."

"그에 대한 결론은 이미 천상회에서 내려졌소. 천상회는 이 싸움을 상원 내의 싸움이 아니라 외부의 적이 상원을 공격한 것으로 규정했소. 그러니 그대들이 아무리 보림장을 앞세운다 해도 상원의 식구가 될 수는 없소."

"하하하, 참으로 아쉬운 결정이구만. 그런데 말이오. 혹 오늘 이 싸움의 결과를 보면 천상회의 결정이 변할 가능성도 있지 않겠소?"

은근한 협박이다. 상원의 힘으로는 절대 자신들을 상대할 수 없으니 자신들의 요구를 받아들이라는 말이었다.

"아마도 그럴 일은 없을 거요. 그대들은 상원에 대해 잘 모르고 있소. 상원은 작은 싸움에선 패해도 큰 싸움에선 패하지 않소. 오늘 당장 이곳에서 그대들이 약간의 이득을 취하기는 했으나, 내 장담컨대 그대들은 절대 동정호를 벗어나지 못할 것이오. 지금쯤 이 동정호에는 천라지망이 펼쳤을 테니……."

"흥, 상원에 과연 이 너른 동정호를 통제할 힘이 있을까?"

노인이 비웃음을 흘렸다.

"두고 보면 알게 될 것이오. 상원의 천라지망이 무가의 천라지망에 비해 훨씬 무섭다는 것을!"

목우가 자신만만하게 말했다. 그러자 노인이 그런 목우를 노려보더니 이내 차가운 경고를 한다.

"이미 서로 원하는 것을 알았고, 그 속마음을 알았으니 이제 남은 것은 어느 쪽이 양보하느냐는 것이겠지. 일단 상원에서 우리의 요구를 거절했으니 우리 또한 그에 따른 대가를 치러 주겠소. 서로 대가를 치르다 보면 결국 한쪽은 손을 들지 않겠소. 오늘은 그만 물러가리다!"

노인이 말을 하고는 뒤쪽을 돌아보며 소리쳤다.

"배를!"

그러자 북쪽 기슭에 숨어 있던 작은 배가 노인 등이 있는 곳으로 빠르게 다가왔다. 아마도 오늘 이곳에서 어떤 일이 벌어질 것인지 미리 예상을 해 숨겨놓은 배인 듯 보였다.

배가 다가오자 노인과 그를 따르는 자들이 일제히 배에 올랐다. 노인은 툭툭 젖은 옷을 털고는 뱃전으로 나와 섰다. 그리고는 목우를 보며 다시 입을 열었다.

"무상, 그럼 다시 봅시다. 다시 볼 때는 아마도 한식구가 되어 있을 것 같구려."

"그런 일은 결코 없을 거요."

"후후, 누구의 말이 맞는지 두고 봅시다. 가자!"

노인의 명에 배가 동정호 중심을 향해 이동하기 시작했다. 그러나 노인을 실은 배는 결코 동정호로 나갈 수 없었다. 어느새 그들의 앞으로 십여 척의 배가 다가들고 있었기 때문이었다.

배가 섰다. 앞을 막은 배에서 날아오는 화살이 배의 십여 장 앞쪽에 떨어졌다. 배들이 길을 막아선 곳은 뭍에서 멀리 떨어진 바다와 같은 곳이었으므로 독을 풀어 주변을 통제할 수도 없었다. 이런 곳에서는 당연히 화살을 가진 쪽이 유리하다.

"그대들은 다시 돌아와야 할 것 같소이다만!"

길이 막혀 움직임을 멈춘 괴노인과 그 수하들을 보며 목우가 호탕한 웃음을 터뜨리며 소리쳤다.

"어떻게 된 거죠?"

청풍이 나직하게 타유에게 물었다. 그러자 타유가 대답했다.

"아마도 문상은 저들을 쫓아 이곳에 올 때 이런 일이 벌어질 것을 미리 예측한 모양이구나. 아니 이곳에서 벌어질 일을 예측했다기보다는 후방을 단단히 구축해 두었다는 말이 맞겠지. 역시 문상인가!"

타유가 고개를 끄덕인다. 이중으로 뱃길을 막는 계책은 아마도 문상 상평이 내었을 것이다. 그리고 그 뒤쪽으로도 또 몇 겹의 포위망이 더 있을지 알 수 없는 일이다. 괴노인들이 탄 배는 결코 동정호로 나아갈 수 없었다.

결국 괴노인이 탄 배가 뱃머리를 돌렸다. 그들은 애초에 그들이 머물렀던 곳, 독으로 가득한 호리병 모양의 호수 기슭으로 다시 돌아왔다. 그러고는 뭍에서 이십여 상 떨어진 곳에서 배를 멈췄다.

"이젠 뭍으로 나오겠죠?"

청풍이 물었다.

"그렇겠지. 문제는 저들이 상원과 남궁세가 둘 중 어디를 선택하느냐는 건데……."

물길이 상원에 의해 막힌 상태에서 괴인들이 선택할 수 있는 길은 하나다. 육로를 택해 이곳을 빠져나가는 것이었다. 형세로 보자면 서북쪽 숲에는 남궁세가의 고수 이십여 명이 지키고 있었고, 남서쪽 뭍에는 목우가 이끄는 상원의 고수들이 아직은 건재했다.

비록 배가 침몰하고 독수에 빠져 죽은 자가 여럿이지만 그래도 칠팔십여 명이 넘는 숫자의 무사가 남아 있는 상원의 세력은 남궁세가를 능가했다. 더군다나 한쪽을 선택한다고 해도 다른 쪽이 후미를 칠 것이기 때문에 흉수들의 행보는 결코 쉽지 않아 보였다.

그래서일까. 다시 돌아온 흉수들은 배 위에서 한동안 움직이지 않았다. 시간을 끌수록 그들에게 불리하다는 것을 알 텐데도 그들은 쉽사리 움직일 생각을 하지 않았다.

시간은 빠르게 흘렀다. 세 세력의 대치는 그 치열함에도 불구하고 사람들로 하여금 지루함을 느끼게 하고 있었다. 그런데 그때 문득 청풍이 말했다.

"저들은 남궁세가 쪽으로 향할 거예요."

"어째서냐?"

타유가 물었다. 그러자 청풍이 손을 들어 허공을 매만지며 대답했다.

"바람이요. 바람의 방향이 바뀌고 있어요. 해가 지기 시작하니 바람이 호수에서 숲 쪽으로 불기 시작했어요. 그 방향이 남궁세가의 사람들이 있는 쪽이에요. 독을 쓰려면 바람을 타고 움직여야겠지요. 저들은 날이 저물어 바람의 방향이 바뀌기를 기다렸던 거예요."

미세한 바람의 움직임이지만 청풍의 감각을 벗어날 수는 없다. 청풍의 말에 타유가 이내 고개를 끄덕였다.

"그렇구나. 그럼 그에 대한 대비를 해야겠지."

타유가 훌쩍 몸을 날려 목우와 세 명의 령주가 있는 쪽으로 이동했다.

"무상!"

"무슨 일이오?"

갑자기 타유가 다가서자 목우가 긴장한 표정으로 물었다. 낮에 있었던 한 번의 싸움으로 장내 상원 고수들은 타유에게 의지하는 바가 컸다.

적의 독공에서 그나마 큰 피해를 받지 않은 것이 발 빠른 타유의 움직임 덕이었다는 것을 상원의 무사들이 모르지 않기 때문이었다.

"적은 남궁세가를 향해 움직일 듯하오."

"음, 어째서 그렇소?"

"저녁이 되니 바람이 바뀌고 있소이다. 호수에서 뭍으로 부는데 그 방향이 남궁세가의 고수들이 있는 쪽이니 당연히 저들은 그들을 향해 움직일 것이오."

"음… 바람이라……."

목우가 미처 몰랐다는 듯이 손을 들어본다. 고수라면 손길
에 스치는 바람의 움직임을 놓치지 않는다.

"과연 그렇구려. 독을 쓰는 자들이니 당연히 바람을 타고 움
직이겠구려."

목우가 타유의 말에 동의했다. 그러자 타유가 다시 말했
다.

"독을 쓴다면 남궁세가의 고수들도 함부로 저들을 상대하
지 못할 것이오. 우리가 저들의 후미를 쳐야 저들을 잡을 수
있을 것이오."

"그렇구려. 준비를 하고 있지 않았다가는 그대로 놓칠 뻔했
소. 각 령은 날랜 자들을 뽑아 놈들의 후미를 칠 준비를 해주
시게."

목우의 명에 이령주 헌원고와 삼령주 척준홍 그리고 사령주
복묘상이 대답없이 고개를 숙여 보이고는 수하들을 단속하기
시작했다.

바람의 세기가 좀 더 강해졌다. 해가 서쪽으로 완전히 기울
어 높이 자란 숲 너머로 붉은 노을이 가득해졌다.

휘잉!

한 차례 바람이 이니 나무들이 서북쪽으로 기울어졌다. 그
러자 그 순간 괴인들이 타고 있던 배가 움직였다.

촤아악!

어느새 세운 돛이 잔뜩 바람을 머금자 배는 무서운 속도로 뭍을 향해 질주했다. 보통의 경우라면 돛을 접어 배의 속도를 줄인 후 안전하게 뭍에 닿아야 하겠지만 적진을 뚫고 나갈 생각을 하는 괴인들에겐 배의 안위 같은 것은 안중에 없었다.

화악!

한순간 배에서 불꽃과 함께 검은 연기가 치솟았다. 그러자 연기가 바람을 타고 배보다 빨리 숲을 향해 밀려가기 시작했다. 연이어 배가 땅과 충돌했다.

쿵!

어찌나 강하게 충돌했는지 배의 앞부분이 부서져 나갔다. 그러나 그 안에 타고 있던 괴인들은 이미 예상했던 일이라는 듯 배의 앞머리가 부서지자마자 일제히 허공으로 날아올라 검은 연기와 함께 숲으로 질주하기 시작했다.

"가자!"

목우의 명이 떨어졌다. 그러자 상원의 고수들이 일제히 서쪽을 향해 신형을 날렸다.

그들은 마치 구름 속에 몸을 숨기고 승천하려는 이무기 같았다. 독무는 그들의 친구였고, 보호막이었다. 괴인들의 거침없는 질주에 남궁세가의 고수들은 속수무책으로 길을 열 수밖에 없었다.

적보다 먼저 독이 밀려드니 그 독을 견디며 적을 막아설 수가 없었던 것이다.

차앙!

그 와중에 한줄기 맑은 소성이 터져 나왔다.

"욱!"

괴인 한 명이 비명을 터뜨리면서 그 자리에 쓰러졌다. 그의 등 뒤로 부러진 칼과 붉은 피분수가 솟는다. 그 앞으로 청색 장삼을 휘날리는 노검객 한 명이 검을 휘둘러 자신에게 밀려드는 독무를 흩어냈다. 검풍으로 독무를 밀어내는 공력이 놀랍다. 그만큼 강력한 내공을 지닌 고수란 뜻이다.

그러나 노인이 벤 자는 겨우 하나, 나머지 독인들은 어느새 남궁세가의 고수들을 모두 뚫어내고 있었다.

"목을 놓고 가라!"

노인이 다시 독무를 뚫고 들어가며 다른 괴인을 향해 검을 휘둘렀다. 그러자 그의 검에서 청색 검기가 일어나더니 독무에 휩싸여 달려가는 괴인의 등을 향해 폭사했다.

순간 노인의 공격을 받은 괴인이 뚝 걸음을 멈추더니 벼락처럼 돌아서며 들고 있던 검을 휘둘렀다.

쩡!

바위 갈라지는 소리가 일어났다. 순간 남궁세가의 노고수가 침음성을 흘리며 뒤로 물러났다.

"음!"

뒤로 물러나는 남궁세가 노고수의 눈에 경악스런 빛이 흐른다. 아마도 자신의 공력을 이겨내는 고수가 있다는 것이 믿기 어려운 모양이었다.

"남궁가 따위가 두려워 그냥 간다고 생각했느냐? 다시 한 번 이 일에 관여한다면 남궁가를 세상에서 지워 버릴 것이다. 이건 그에 대한 경고다!"

팟!

괴인이 뒤로 물러나는 남궁세가의 고수를 향해 왼손을 흔들었다. 그러자 그의 손에서 가느다란 바늘 같은 것이 튀어나오더니 미처 중심을 잡지 못한 남궁세가의 노고수 허벅지에 꽂혀들었다.

남궁세가의 노고수는 괴인의 공격에 잔뜩 긴장했다가 바늘 하나가 허벅지에 꽂힌 것에 그쳤으므로 안도의 숨을 내쉬며 다시 괴인을 향해 몸을 날리려 했다. 그러나 그 순간 그는 자신이 세상에서 가장 위험한 상황에 직면했음을 깨달았다.

"웃!"

남궁세가의 노고수 입에서 다급한 신음성이 터져 나왔다. 작은 침을 맞은 그의 다리가 커다란 바위에 묶인 듯 움직이지 않았다. 독이었다. 남궁세가의 노고수가 당황하면서도 재빨리 허벅지 부근의 혈도를 짚었다. 독이 전신으로 퍼지는 상황을 막으려는 것이었다. 그러자 멀리서 그에게 독침을 던져냈던 괴인이 소리쳤다.

"혈도를 막는 것으로는 부족할 것이다. 결국 그 다리를 잘라야 할 테니. 남궁가주에게 네 몸을 보여 나의 경고를 전하라. 다시 한 번 내 눈앞에 남궁가의 식솔이 보이면 그땐 내가 직접 남궁가를 찾아가리라!"

서늘한 경고에 노고수의 눈이 부르르 떨린다. 이 기이한 자들의 무서움은 대공자 남궁기룡의 죽음으로 알고 있었지만, 자신이 직접 경험한 괴인들의 무공은 예상보다도 훨씬 무서워 노련한 그조차도 두려움에 떨게 만드는 것이었다.

"나 남궁창을 두렵게 하는 자가 세상에 있을 줄이야!"

스스로 남궁창이라 칭한 노고수가 나직하게 탄식을 흘렸다. 그런 그를 향해 남궁세가의 고수들이 몰려오고 있었다.

타유와 청풍은 일정한 거리를 두고 괴인들을 추격했다. 이미 오는 길에 남궁세가에서 다섯 손가락 안에 드는 고수 남궁창이 괴인의 독에 당해 다리를 자를 위기에 처한 것을 보았으므로 조심하지 않을 수 없었다.

괴인들 또한 자신들을 직접 공격하지 않는 상원의 무사들을 공격하지는 않았다. 그렇게 일정한 거리를 둔 두 무리의 사람들이 기이한 추격전을 벌이는 사이 이제 호수는 사람들의 눈에서 멀어졌고 짙은 수림이 이어졌다.

그런데 그렇게 한동안 이어지던 추격전에 변화가 생겼다. 문득 독인들이 움직이는 방향 앞쪽에 붉은 깃발이 나타났다. 그러자 목우가 상원의 무사들을 향해 소리쳤다.

"모두 긴장하라. 원의 형제들이 앞길을 막았으니 필시 저들이 반격을 가하리라."

목우의 말에 놀란 것은 청풍이었다.

"어떻게 상원의 무사들이 이곳을 지키고 있는 거죠?"

"모르겠구나. 역시 신산 상평의 작품인가?"

타유도 감탄한 듯 중얼거렸다.

"그가 이곳에서 일어날 모든 일을 예측하고 있었다는 건가요?"

"그렇지 않다면 어찌 그가 이곳에 상원의 무사들을 매복시켜 놓았겠느냐?"

"정말 그렇다면… 그는 아마 세상에서 가장 무서운 사람 중에 한 사람일 거예요."

청풍의 말에 타유가 묵묵히 고개를 끄덕였다. 그러는 사이에 괴인들이 멈춰 섰다. 그들의 앞쪽에 화살을 든 수십 명의 무사가 모습을 드러냈기 때문이었다.

괴인들이 멈추자 추격하던 상원의 무사들도 정지했다. 이미 괴인들의 독이 무서운 걸 직접 눈으로 확인했으므로 누구도 독인들에게 다가서지 못했다.

"상원! 생각보다 대단하군."

독인들 중 앞서 남궁창을 상대했던 노인이 중얼거렸다. 그러자 목우가 앞으로 나서며 말했다.

"길은 막혔소. 이제 상원으로 가 이야기를 나눠봅시다."

정중한 표현이지만 항복을 권하는 말이다. 그러자 노인이 기이한 웃음을 흘렸다. 가소롭다는 표정 같기도 하고 재미있다는 표정 같기도 했다.

"상원 전체가 움직였다고 했소?"

"그렇소."

"그렇다면 이건 신산 상평이란 자의 작품이겠군."

"맞소."

목우가 순순히 고개를 끄덕였다.

"신산 상평이라… 한번 만나보고 싶기는 하군."

"잘 생각하셨소. 서로 만족할 만한 대화를 나눌 수 있을 거요."

목우로서도 이 기이한 괴인들을 그물에 가두기는 했지만 이들과 전면전을 벌이는 것이 위험하다는 것을 잘 알고 있었다. 이들의 독수가 펼쳐지면 비록 이들을 제압한다 해도 상원 역시 엄청난 손해를 감수해야 할 것이다.

"그러나 이대로는 갈 수 없지. 가더라도 포로가 아니라 승자로서 가리라."

팟!

한순간 노인이 신형을 날려 목우를 찔러왔다. 그러자 목우가 이미 준비하고 있었다는 듯 훌쩍 뒤로 물러나며 검을 휘둘렀다.

우웅!

목우의 검에서 흘러나온 검기가 노인의 전진을 방해한다. 노인이 검을 뽑아 들고 목우의 검기에 맞섰다. 독기를 머금어서인지 노인의 검기는 엷은 녹색의 기운을 띤다.

차앙차앙!

목우와 노인의 격돌이 점차 격해졌다. 노인의 몸에서는 자연스레 독기가 흘러나왔다. 목우는 그런 노인의 독기를 견제하느라 본신 무공의 칠 할도 발휘하지 못했다. 그러니 전세가 괴노인 쪽으로 기울어지는 것은 당연한 일이었다.

물론 그렇다고 목우가 당장 노인에게 목숨을 내줄 정도로 수세에 몰리는 것은 아니었다. 그저 세 번의 공격 뒤에는 다시 일곱 번의 수비를 해야 하는 싸움을 하고 있다는 것이 정확한 말이었다.

만약 괴노인에게 독이 없다면 이 싸움의 양상은 전혀 달랐을 것이다. 독을 걷어내고 순수한 무공으로 보자면 목우의 무공이 괴노인을 능가할 듯 보였던 것이다.

"상원 문무이상의 명성이 명불허전이군."

계속해서 목우를 몰아치며 괴노인이 탄식을 흘려냈다. 처음으로 그의 얼굴에 어두운 기색이 드리운다. 아마도 자신들이 예상했던 것보다 상원의 저력이 훨씬 강하다고 느낀 모양이었다.

"당신들은 이곳을 빠져나갈 수 없소."

목우가 말했다.

차앙!

다시 한 번 노인과 목우의 검이 부딪힌다.

"그대의 무공이 대단하다는 것은 인정하지. 그러나… 천하의 그 누구도 우리를 가두어둘 수는 없소. 형제들, 길을 열라. 남쪽으로 간다!"

노인의 말에 싸움을 지켜보고 있던 독인들이 일제히 남쪽을 향해 신형을 날렸다.

"막아랏!"

괴노인들을 추격해 온 상원의 고수들 중 이령주 헌원고가 소리쳤다. 그러자 상원의 무사들이 일제히 움직여 독인들이 나아가려는 방향을 장악하며 화살을 날리기 시작했다.

퍼퍼퍽!

날카롭게 쏘아진 강전들이 독인들 사이로 뚫고 들어가 나무에 박혀든다. 그러나 독인들 중 화살에 맞은 사람은 한 명도 없었다.

그러나 비록 화살에 당하지는 않았다 해도 그들의 발이 묶이는 것은 어쩔 수 없었다. 아무리 독인들의 무공이 대단하다 해도 비처럼 쏟아지는 화살을 뚫고 나갈 수는 없었다.

"살계를 열게 만드는구나."

독인들 중 노인 한 명이 노성을 토하더니 차갑게 명했다.

"하독하라!"

노인의 명에 독인들이 일제히 품속에서 독을 꺼내 들더니 사방으로 독을 던져 대기 시작했다.

푸스스!

순식간에 숲이 검은 독무로 가득 찼다. 상원의 무사들이 본능적으로 주춤거리며 뒤로 물러났다. 그러자 독인들이 독을 방패 삼아 다시 앞으로 전진했다. 순간 먼 숲 쪽에서 한줄기 목소리가 들려왔다.

"불을 놔라!"

명령일하 상원의 무사들이 기다렸다는 듯이 숲에 불을 놓기 시작했다. 그러자 순식간에 집채만 한 불길이 일어나기 시작했다. 아마도 이미 사전에 숲에 화공을 위한 준비들을 해놓은 모양이었다.

독의 상극은 불이다. 불길이 일어나자 독인들이 풀어놓은 독무들이 불길에 타들어가기 시작했다. 그러나 사실 독이 타는 것보다 독인들을 더 어렵게 만드는 것은 뜨거운 불길이었다.

그들을 중심으로 둥글게 원을 그리며 타들어가는 불길이 점점 더 독인들을 위기로 몰아넣고 있었다. 이대로 있다가는 독인들 모두가 불에 타 죽고 말 터였다.

"독하구나!"

여전히 목우를 상대하고 있던 노인이 노한 목소리로 소리쳤다. 그러자 목우가 차갑게 대꾸했다.

"그동안 당신들이 죽인 사람들을 생각하면 그런 말을 하지 못할 것이오."

"상원이 감히 본 곡과 원한을 맺으려하는 것인가?"

"처음부터 바로 그렇게 말해야 했소. 당신들의 정체를 밝히고 상원에 원하는 것을 이야기하고. 거래가 맞지 않으면 그 이후에야 검을 드는 것이 순리인데 그대들은 사람을 먼저 죽이고 나서 거래를 하고자 했지. 그것이 바로 오늘 그대들이 이런 위기에 빠진 원인이오. 이 모든 것은 자업자득이오!"

목우의 차가운 추궁에 노인이 아무런 대꾸를 하지 못했다. 목우의 말 중 틀린 것이 없었기 때문이었다. 그러나 그렇다고 자신들의 안위까지 상원의 의도에 따라 결정할 생각은 전혀 없는 노인이다.

"마지막 경고요. 길을 여시오."

노인의 말에 목우가 섬뜩한 느낌을 받는다. 그러나 다 잡은 고기를 놓아줄 어부는 없다.

"그대들이야말로 살길을 외면하지 마시오."

목우의 대답에 노인이 결심을 굳힌 듯 입술을 한 번 깨물고는 큰 소리로 외쳤다.

"신황독을 쓰라!"

순간 그의 명을 들은 독인들이 잠시 망설이는 듯한 표정을 짓더니 이내 각자의 품속에서 조심스레 무엇인가를 꺼내 들더니 불더미 너머로 던지기 시작했다.

파아악!

허공에서 독인들이 던진 검은 주머니들이 터져 나갔다. 그러자 그 안에서 검은색 가루가 쏟아지더니 이내 숲을 태우는 불길에 닿았다. 그러자 갑자기 몇 배의 연기가 피어오르면서 그 연기들이 사방으로 퍼져 나가기 시작했다.

푸스스!

한순간에 숲이 지옥의 땅으로 변했다. 불에 타지 않은 숲의 나무들은 스스로 죽어갔다. 땅조차도 검은 독무들이 스치고 지나가면 생기를 잃고 죽음의 땅으로 변했다.

"물러나라! 물러나!"

상원의 무사들 사이에서 다급한 목소리가 터져 나왔다. 그러나 이미 상원의 무사 중 일부가 독인들이 살포한 독에 노출되고 있었다.

"아악!"

"끄아악!"

상원 무사들 사이에서 비명이 터져 나오기 시작했다. 그러고는 속절없이 사람들이 죽어갔다.

"이건… 이건 너무 처참해요!"

청풍이 부르르 몸을 떨며 말했다. 그러자 타유가 어두운 안색으로 대답했다.

"일이 어렵게 되었구나. 이대로는 저들을 잡을 수 없다."

"어떡하죠?"

"결국 몇 명은 살려 보낼 수밖에. 그래도 최대한 타격을 주는 쪽을 택해야겠지. 그래야 저들도 앞으로는 준동을 하지 못할 테니까. 앞을 막는다. 저 처참한 독을 계속해서 풀어낼 수는 없을 것이다. 청풍, 바람길을 따라 들어가며 공격해야 한다. 절대로 바람을 정면에서 받으면 안 돼."

"알겠어요."

"차간!"

"예, 호법 어른!"

"그대들은 싸움에 끼어들지 말고 스스로의 몸을 살피라. 저들은 독인들이다. 굳이 이 싸움에 목숨을 걸 필요는 없다."

"알겠습니다, 호법 어른!"

차간이 타유의 말에 감복한 듯 고개를 숙여 보였다.

"가자!"

타유가 청풍을 이끌고 숲으로 들어갔다.

싸움의 양상은 완전히 변해 있었다. 이미 상원 무사들의 포위망이 흐트러진 것은 오래전의 일이었다. 독인들 역시 한데 모이지 못하고 화염 속에서 제각기 살길을 찾아 움직이고 있었다.

그리되자 지금까지와는 달리 사람과 사람, 무사와 무사 간의 일대일 대결이 숲에서 벌어지게 되었다.

상원의 무사들 대부분은 독인들의 독이 무서워 싸움에 끼어들 엄두를 내지 못했고 그나마 령주들과 몇몇 고수만이 독인들을 맞아 싸우고 있었다.

한 자루 칼이 나무를 통과해 쑥 앞으로 밀려 나왔다. 그러자 막 나무 옆을 스치고 지나가던 독인 한 명이 피할 사이도 없이 검에 찔려 그 자리에 고꾸라졌다. 순간 검이 나온 나무도 잘려 넘어지며 검 뒤의 사람이 모습을 드러냈다.

타유다. 타유가 그렇게 독인 한 명을 베고 다시 신형을 날렸다. 청풍이 그런 타유의 뒤를 그림자처럼 따랐다.

차앙!

거친 격돌음이 일어나며 검과 검이 불꽃을 만들어낸다. 그러자 복묘상이 상대의 진기에 밀려 너댓 걸음 뒤로 물러났다. 복묘상이 상대한 자는 초로의 노인이었는데 그 무공이 복묘상이 감당할 실력이 아니었다.

"운이 없구나."

노인이 복묘상을 향해 날아들며 소리쳤다. 자신을 만난 것을 원망하라는 말이었다. 그만큼 노인과 복묘상의 무공에는 격차가 있었다. 더군다나 노인은 독인, 복묘상이 자신의 모든 힘을 끌어내도 벅찬 상대였다.

그런데 노인의 승기는 그리 오래가지 못했다. 갑자기 그의 우측 위쪽에서 한 자루 검이 노인을 향해 떨어져 내렸기 때문이다. 노인이 재빨리 검을 돌렸다. 그러자 이미 그의 어깨에 다가온 날카로운 검날이 보인다. 노인이 재빨리 검을 휘둘렀다.

창!

날카로운 파열음과 함께 노인의 검이 자신의 눈 바로 앞에서 상대의 검을 막았다. 그런데 그 순간 노인의 얼굴에 당혹감이 떠올랐다.

"너 같은 애송이가……?"

노인이 자신을 기습한 사람의 얼굴을 보고는 그 나이가 너무 젊은 것에 놀라 소리쳤다. 검의 주인은 청풍이었다.

"소협, 물러나세요!"

복묘상이 청풍을 알아보고는 경악하며 소리쳤다. 청풍은 복묘상을 모르지만 복묘상은 청풍이 자신의 아들임을 안다. 아들이 독공의 고수와 싸우는 모습을 어미로서 차마 볼 수 없는 복묘상이다.

그러나 청풍은 그녀의 바람과 다른 대답을 했다.

"이자는 제가 맡지요."

"위험해요!"

복묘상이 소리쳤다. 그러자 청풍이 여전히 검을 노인과 맞댄 채 대답했다.

"걱정 마십시오. 충분히 상대할 수 있으니!"

청풍의 대답에 복묘상은 안타까움을, 노인은 분노를 느꼈다.

"애송이가 세상 무서운 줄 모르는구나. 기습으로 약간의 이득을 챙겼다고 감히 날 상대하겠다고!"

노인의 눈에서 노기가 번쩍인다. 깊은 공력을 담은 안광에 호랑이도 도망갈 판이지만 청풍은 어려서부터 상대의 강한 기운을 이겨내는 수련을 쌓아온 터라 노인의 노기에도 전혀 흔들리지 않았다.

차앙!

노인과 청풍의 검이 마찰을 일으키며 서로 삼 장 정도의 거리를 두고 떨어졌다. 그런데 다음 순간 청풍이 뒤로 물러나는가 싶더니 이내 다시 노인을 향해 달려들었다.

어찌 보면 무모한 공격이라고도 할 수 있었다. 상대는 독인이다. 그러니 근접전은 철저히 피해야 한다. 그럼에도 청풍은 오히려 노인의 품으로 뛰어들고 있었다.

창창창!

노인과 청풍의 검이 순식간에 다섯 번 뒤엉켰다. 그런데 두 사람 중 누구도 승기를 잡지 못하고 다시 거리를 벌리며 멀어졌다. 이상한 일은 노인이 청풍을 상대로 독을 쓰지 않는다는 사실이었다.

독을 쓰면 지금보다 훨씬 유리한 상황을 만들 수 있음에도 노인은 독을 쓰지 않았다. 그러면서 오히려 당혹스런 표정으로 물었다.

"넌 대체 누구냐?"

"당신들도 자신들의 정체를 말하지 않는데 내가 어찌 내 이름을 말해야 하오?"

청풍이 퉁명스레 물었다.

"상원의 무사냐?"

"뭐, 그렇다고 할 수 있소."

"음……. 상원에 너와 같은 신진고수가 있다는 말은 듣지 못했는데……."

노인이 고개를 갸웃했다.

"승부를 내시겠소?"

청풍이 제법 어른스레 물었다. 그러자 노인이 주변을 둘러보았다. 이미 그의 동료들은 죽거나 혹은 장내를 벗어나 눈에 보이지 않았다. 그러자 노인이 한 번 깊은 숨을 내쉬고는 물었다.

"막지 않겠느냐?"

"당신은 위험한 사람이오."

이대로 가겠다면 굳이 막지 않겠다는 의미다. 그러자 노인이 고개를 끄덕였다.

"너처럼 미세한 풍향을 읽으며 독인을 상대하는 자는 내 생전 처음 보았다. 그 재주가 놀랍다. 너의 무공도 놀랍지만 너의 재주가 더 놀랍구나. 몇 년이 지나면 정말 무서운 괴물이 되겠어. 널 다시 만나면 난 도망을 가야 할 것 같구나."

"부디 다시 만나지 말기를 바라오."

"후후, 그렇기는 하지만 세상일이라는 게……. 음, 난 그만 가야겠다. 귀찮은 자들이 오고 있구나."

노인이 슬쩍 뒤를 돌아보고는 이내 검게 죽은 땅 위를 달려 장내에서 사라졌다. 청풍이 고개를 들어보니 후방에서 남궁세가의 고수들이 뒤늦게 달려오고 있었다. 그때 문득 복묘상이 청풍 곁으로 다가들었다.

"몸은 괜찮은가요?"

걱정스런 복묘상의 물음에 청풍이 기이한 느낌을 받았다. 어디선가 본 듯한 얼굴. 익숙하지만 어디서 보았는지 생각이 나질 않는다. 더군다나 이 목소리 하며……. 복묘상을 볼 때마다 느끼는 기이한 가슴설렘에 청풍은 간혹 당황스러울 때가 많았다.

"괜찮습니다. 그런데 사령주께서는……?"

"저 역시 괜찮아요. 오늘 소협의 도움을 크게 받았군요."

"괘념치 마십시오."

청풍이 고개를 젓는데 어느 틈에 타유가 두 사람 곁에 다가서 있다.

"아버지!"

"다친 곳은 없느냐?"

"전혀요. 그런데 그자는요?"

타유 대신 청풍이 복묘상을 돕게 된 것은 타유가 독인 중 한 명을 상대하느라 손을 뺄 수가 없었기 때문이었다.

"죽었다."

"역시 아버지세요."

청풍이 감탄하며 말했다.

"사람 죽이는 일은 칭찬받을 일이 못 된다."

"사람을 죽이는 일이 아니라 아버지 무공을 두고 말씀드린 거예요."

청풍이 빙그레 미소를 짓는다. 눈길에 묻어나는 정이 깊다. 그러자 불편해진 것은 타유였다. 마치 자신이 복묘상의 것을 빼앗은 듯한 느낌이 들었던 탓이다.

그런 타유의 마음을 알았을까. 복묘상이 미소를 지으며 말했다.

"두 분의 모습은 참으로 보기 좋군요. 두 분 모두 강호인들이 두려워할 무공을 지니고 계신데 또한 부자간의 정 역시 다른 사람들이 부러워할 듯하군요."

"그렇게 보이세요?"

청풍이 되묻는다.

"네, 아주 좋아 보여요. 본래 강호란 곳은 자식이 성장하면 부자간에도 보이지 않는 긴장감이 있게 마련인데……."

"음, 그렇게 보아주시니 고맙습니다. 그러나 우리 부자라고 어찌 좋기만 하겠습니까? 이 아이도 제게 서운한 것이 많겠지요."

"아뇨, 아버지. 전 아버지께 서운한 것 하나도 없어요."

청풍이 얼른 고개를 젓는다.

"원, 녀석도 남세스럽게……."

타유가 복묘상 보기가 민망한지 시선을 회피한다. 그 모습을 보고 복묘상이 다시 무슨 말인가를 꺼내려고 하는데 한 떼의 사람들이 장내로 몰려들었다. 남궁세가의 사람들이다. 그들은 잠시 장내의 참혹한 광경을 살피다가 그중 한 명이 조심스레 타유 등에게 다가왔다.

"난 남궁세가의 남궁종이라 하오. 혹 상원에서 나오신 분들이오?"

그러자 타유가 대답했다.

"그렇소. 우린 상원의 사람들이오."

"이곳에서 도대체 무슨 일이 있었소이까? 어찌 땅이 이렇게……."

"괴인들이 극독을 풀었소이다. 죽은 땅으로는 문도를 들이지 마시오."

그런데 타유의 말이 채 끝나기도 전에 비명 소리가 들려온다.

"크억!"

비명을 지른 자는 남궁세가의 젊은 문도였는데 그는 검게 죽은 땅에 발을 들여놓았다가 순식간에 독에 중독되고 말았다.

"죽은 땅에 들어가지 마라. 독지(毒地)다!"

남궁종이 급히 세가의 문도들에게 경고했다. 그러자 남궁세가의 문도들이 분분히 검게 죽은 땅에서 멀어졌다. 그러나 처음 독에 중독되었던 자는 결국 독지를 벗어나지 못하고 그 자리에서 꿈틀거리며 죽음을 맞이했다.

"이… 악독한 자들!"

문도가 맥없이 죽어가자 남궁종이 이를 간다. 그러나 강호에서 남궁세가가 행한 살업 역시 독인들 못지않으리라.

"놈들은 어디로 갔소?"

남궁종이 당장에라도 독인들을 추격해 요절을 낼 것처럼 말했다. 그러자 타유가 고개를 저었다.

"이미 사방으로 흩어졌소이다. 그들을 찾는 것은 이제 쉽지 않을 것이오."

"이 죽일 놈들!"

남궁종이 검을 든 손을 부르르 떤다. 오늘 남궁세가가 입은 손해를 생각하면 남궁종의 분노는 당연한 일이었다. 문도 여럿이 상한 것도 그렇지만, 남궁세가에서 다섯 손가락 안에 드는 고수 남궁창이 한 다리를 잘라내야 하는 독상을 입은 일은 강호에서 남궁세가의 명성을 크게 떨어뜨리는 일이 될 것이다.

떨어진 명예를 회복하는 길은 오직 하나, 흉수들을 잡아 죽이는 것이지만 지금으로선 그조차도 어려웠다.

"상원에선 이제 어찌할 것이오? 그들을 계속 추격할 것이
오?"

남궁종 역시 상원의 힘을 알고 있다. 상원의 본진이 위치한
동정호 주변은 물론, 먼 서역과 남방까지 상인의 발길이 닿는
곳이라면 어디든 눈과 귀를 열어놓고 있는 곳이 상원이었다.
그런 상원이 흉수들을 계속 추격한다면 결국 흉수들도 그 꼬
리를 잡히고 말 것이다.

"원의 일은 내가 알 수 없소. 나야 위에서 내려오는 지시를
따를 뿐!"

타유가 대답했다. 그러자 남궁종이 그제야 자신이 타유의
신분을 제대로 알지도 못한다는 것을 깨달았다.

"대협은 상원에서 어떤 직책을 맡고 계시오?"

뒤늦게 남궁종이 타유의 신분을 묻는다.

"아직은 별반 직책이 없소. 난 상원에 도착한 지 며칠 되지
도 않았소이다."

그러자 남궁종의 얼굴에 실망의 기색이 어린다.

"그렇구려. 그럼 상원의 행보에 대해서는 잘 모르겠구
려."

싸늘해진 목소리다. 타유가 자신의 신분이 높지 않음을 알
고는 변해 버린 남궁종의 태도에 고소를 지으며 대답했다.

"맞소이다. 높은 분들의 결정을 알 바 없는 나요. 자, 우린
이만 가야겠소. 그럼 무운을 빌겠소."

타유가 가볍게 포권을 하고는 청풍, 복묘상과 함께 숲으로 달려갔다. 몇몇 남아 있던 상원의 무사들이 세 사람의 뒤를 따랐다. 그러자 남궁종이 고개를 갸웃하며 중얼거렸다.

"이상하군. 그의 움직임을 보건대 무공이 보통이 아니야. 그런데 어떻게 상원에서 저런 고수를 한직에 놓아둔 것일까?"

남궁종이 타유에 대한 의문에 빠져 있을 때 문득 일단의 젊은 무인들이 그에게로 달려왔다.

"사숙!"

"왔느냐?"

남궁종이 젊은 무인들을 반갑게 맞이한다. 젊은 무인 중 남궁종에게 인사를 올린 사람은 얼마 전 타유 등이 장강의 남궁세가 혈사 현장에서 만났던 백문후다.

"좀 전에 이야기를 나눈 사람이 혹시 모가장의 좌호법 우검이란 사람이 아닙니까?"

"응? 그가 바로 그였던가?"

남궁종이 놀란 표정으로 타유가 사라진 방향을 바라봤다.

"모르셨습니까?"

"말하지 않더군."

"제 눈이 틀리지 않다면 바로 그입니다. 며칠 전 강 위에서 보았으니 잊을 리가 있나요."

"그렇구나. 과연 그 움직임이 심상치 않아 보였다."

타유가 모가장의 좌호법이란 말에 남궁종의 표정이 다시 변했다. 타유를 무시하던 기색은 더 이상 찾아 볼 수 없다.

"경계해야 하는 자지요."

백문후가 말했다.

"그렇구나. 모가장의 사람이라면 결국 밀문과 관계가 있다는 말인데… 혹 밀문 출신일까?"

"모르지요. 하지만 그의 무공이 범상치 않으니 간과할 수도 없을 겁니다. 그나저나 의천맹에 사람을 보내야지 않겠습니까?"

"그래야겠지. 하지만 맹이 움직이기에는 시간이 촉박한데……."

"그렇지 않고서야 괴인들을 주살하는 데 어려움이 많을 것입니다. 세가의 손실도 커지고 있고. 맹에 도움을 청하면 당문의 사람들을 불러올 수 있습니다. 그들이라면……."

"그래. 잠시의 굴욕은 참으면 그뿐이지."

남궁종이 고개를 끄덕였다.

*   *   *

호수 변에서 벌어졌던 싸움은 일단락되었다. 독을 쓰는 괴고수들 중 죽은 자의 숫자는 넷, 나머지 대여섯 명의 괴인은 살려 보냈으니 사실 이 싸움에 투입한 상원의 전력을 생각하자면 실패라고 할 수 있는 싸움이었다.

그러나 상원의 무사들 사이에서 패배의 그림자는 찾아볼 수 없다. 그동안 사해표국이 속수무책으로 당했던 것을 생각하면, 또 그 전율적인 독공을 쓰는 절대고수들을 상대한 것을 고려하면 네 명을 죽인 것은 결코 작지 않은 성과라고 생각하는 모양이었다.

더군다나 이 싸움의 효과는 다른 곳에서 더욱 명백하게 드러났다. 그동안 괴인들의 공격에 상로가 거의 막히다시피 했던 사해표국의 표행이 더 이상 괴인들의 공격을 받지 않았던 것이다.

사해표국으로서도, 상원으로서도 결국 상로를 지켰으니 상인들의 입장에서는 승리한 싸움이다. 그러나 정작 이 싸움으로 이득을 본 곳은 달리 있었다. 그건 바로 모가장이었다.

독인들을 상대하는 동안 타유가 보여주었던 무공과 판단력이 새삼스레 상원의 무사들 사이에서 부각되기 시작했다. 개중에는 만약 타유가 없었다면 처음 호수 위에서 독무의 공격을 받았을 때 상원의 무사들이 전멸했을 수도 있다는 말까지 돌았다.

당연히 타유는 상원에서 일약 유명인물이 되었는데 그런 타유의 명성은 고스란히 모가장의 명성으로 이어지고 있었다.

반면 그와 싸움에서 이겼음에도 오히려 세가 크게 약해지는 곳이 있었다. 바로 괴인들의 공격 대상이 되었던 사해표국이었다.

사해표국은 기왕에 괴인들의 공격으로 입은 피해가 적지 않왔고, 그와 더불어 외부의 공격을 결국 스스로 해결하지 못하고 상원의 도움으로 이겨냈다는 것 때문에 그 위세가 급격하게 추락하고 있었다.

그리하여 사람들 중 일부는 결국 천상사가의 한 자리가 바뀌지 않을까 하는 말들을 시작했던 것이다.

타유의 활약으로 득을 본 가문이 모가장이라면, 역시 가장 큰 득을 본 사람은 엉뚱하게도 모잠이었다.

모잠이 금석촌에 들러 배에 철을 가득 싣고 상원에 들어온 것은 상원과 독인들과의 싸움이 끝난 지 삼 일 뒤였다. 그는 애초에 무척 긴장을 하고 상원에 들어왔으나, 생각지도 못한 환대를 받고는 이내 호기가 살아났다.

그리고 그 모든 일이 타유로 인한 것임을 알고는 타유를 더욱 신뢰하게 되었다.

이제 모잠에게 타유는 천하에서 가장 귀중한 보물과도 같은 존재가 되어 있었다. 그도 그럴 것이 타유로 인해 모가장의 정식 후계자가 되었고, 또한 상원에 들기도 전에 자신을 천상사가 주인들에 버금가는 위치로 올려놓았으니 그에게 타유는 귀한 사람이 아닐 수 없었다.

그리하여 그는 또 다른 꿈을 꾸기 시작했다. 애초에는 상원에서 그저 한 개의 령 정도를 맡는 것을 목표로 했었으나 갑자기 높아진 모가장의 위상에 사해표국이 차지하고 있던 천상사가의 한 자리에 눈독을 들이기 시작한 것이다.

그런데 모잠이 그렇게 새로운 야망에 들떠 있을 때 그를 수행해 온 모불승이 은밀히 타유를 찾았다. 그리고 예상치 못했던, 아니, 어쩌면 타유와 청풍이 그토록 바라고 있었던 말을 꺼냈다.

"그분이 이곳에 와 있소?"

타유가 조금 놀란 표정으로 물었다. 그러자 모불승이 가만히 고개를 끄덕였다.

"정말 나를 보자고 했소?"

다시 타유가 물었다. 믿을 수 없다는 표정이다. 모불승은 타유의 그런 표정을 진심으로 믿고 있었다.

"그렇소이다. 그분은 사실 성도에서부터 좌호법께 관심이 많았소이다."

"음, 조금 당혹스런 일이기는 하오. 장주나 대공자를 통해서 만나게 될 것이라 생각했는데…….."

타유의 말에 모불승이 은근한 표정을 지으며 말했다.

"좌호법 밀문이란 곳을 아시오?"

"나로서야 그저 말만 들었지 자세한 것은 모르오."

"음, 밀문은 복마전 같은 곳이오. 살기 위해, 권력을 잡기 위한 이합집산이 끊임없이 이뤄지는 곳이오. 밀황을 제외하고 모든 밀문의 고수는 경쟁 관계에 있다고 해도 과언이 아니오. 그리고 사실 그런 경쟁이 밀문을 더욱 강하게 만들고 있다오. 이 말을 왜 하는가 하면, 어차피 모가장이 밀문의 영역에서 벗어나지 못한다면 결국 밀문의 법칙이 모가장에도 적용된다는 말을 하기 위해서요. 장주나 좌호법이나 밀문의 틀에서 보면 경쟁자란 말이오."

"참으로 참혹한 곳이구려."

타유가 탄식했다. 그러자 모불승이 한줄기 미소를 지으며 대답했다.

"그렇기는 하지만 승자에게는 무척 달콤한 열매가 주어지는 곳이기도 하오. 그리고 내 생각이지만 천하는 결국 훗날 밀문의 손에 들어오게 될 거요. 밀문에선 나나 좌호법께서 알지 못하는 거대한 일들이 진행되고 있다오. 사왕을 만나는 것은 바로 그 밀문에 첫 발을 들일 수 있는 기회를 얻는 일이오. 망설이지 마시오."

"망설이는 것은 아니오. 단지… 음, 좋소이다. 그럼 만납시다."

"잘 생각하셨소. 그럼 내 사왕 어른과 날짜를 맞춰보겠소."

모불승이 한 번 더 은근한 표정을 지어 보이고는 타유의 거처를 나갔다. 그러자 청풍이 모불승이 나간 문을 통해 들어왔다.

"이제 된 건가요?"

청풍의 얼굴에 흥분이 드러난다.

"시작은 된 것 같구나. 그를 통해 밀문에 들어가면 우린 본류에 들어갔다고 할 수 있을 것이다. 그리고 결국에는 밀황을 만날 수 있겠지. 그리고 그들이 우리에게 무슨 일을 했는지, 우리가 왜 그를 만나려 했는지 알게 해줄 것이다."

"성공할 수 있을까요?"

"두려우냐?"

"두려워요. 하지만 그 두려움을 참아내는 것이 사내지요?"

"잊지 않았구나. 대견하다!"

타유가 미소를 지어 보였다.

동정호에 달이 드리웠다. 한곳에선 피비린내 나는 싸움이
일어나고, 또 다른 곳에선 유흥이 떠나지 않는 동정호다.

너른 바다와 같은 동정호에 한 척의 소선이 떴다. 배 위에는
타유와 모불승 두 사람이 타고 있었다. 두 사람 모두 긴장한
표정이 역력했다.

배는 느리게 움직여 한없이 넓은 동정호 중심으로 나아갔
다. 그러자 어느 한순간 푸른빛이 도는 또 다른 배가 두 사람
앞에 나타났다. 배 위에는 굴강해 보이는 노인 한 명이 무심한
표정으로 앉아 있었는데 타유 등이 탄 배가 다가가자 노인이
고개를 돌렸다. 그러자 그의 얼굴이 드러났다. 밀문 사왕 이궐
령이다.

"사왕을 뵙습니다."

모불승이 얼른 배에서 일어나 고개를 숙여 보인다. 타유도
몸을 일으켜 가볍게 고개를 숙였다.

"음, 건너오시게."

이궐령이 한 손을 들어 타유와 모불승을 자신의 배로 청했
다. 그때 바람이 불자 이궐령의 속이 빈 다른 쪽 소매가 바람

에 날린다.

'청담 그 친구의 흔적이군.'

타유가 밀문 사왕의 빈 소매를 보며 청담을 떠올렸다. 과거 사람의 흔적은 이렇게라도 남는다.

배에는 오직 이퀄렁 한 사람만 있었다. 이퀄렁쯤 되는 사람이라면 수하를 데리고 왔어야 하는데 그는 홀로 배에 앉아 있었다. 기이한 일이다. 타유를 만나는 일이 그만큼 비밀스런 일이란 의미일 수도 있었다.

'둘 중 하나군. 의외로 소탈한 면이 있든지 혹은 의심이 많아 수하조차 믿지 못하든지.'

타유가 이퀄렁의 얼굴을 보며 그의 심성을 살폈다. 그러나 무심한 이퀄렁의 표정에서 사람됨을 알아내기가 쉽지 않다.

"줄곧 보고 싶었소. 그런데 이렇게 만나게 되는구려."

이퀄렁이 먼저 입을 열었다.

"뵙게 되어 영광입니다."

타유가 고개를 숙여 보였다.

"음… 좌호법의 활약은 잘 보고 있었소. 내가 생각했던 것보다 훨씬 대단한 사람이란 걸 최근 들어서야 깨달았소이다. 초대가 늦었소."

"별말씀을. 사왕 어른에 비하면 조족지혈이지요."

타유가 공손하게 대답했다. 그 대답이 마음에 들었는데 이퀄렁이 한줄기 미소를 짓는다.

"그리 말해주니 고맙소. 그런데 좌호법!"

"말씀하시지요."

"밀문… 밀황류에 대해 얼마나 아시오?"

"이름만 들었지, 별로 아는 것이 없습니다. 밀문의 존재도 모가장에 들어서야 듣게 되었으니……."

타유가 말꼬리를 흐린다. 그러자 이쾌령이 짐작했다는 듯 고개를 끄덕이며 다시 말을 이었다.

"인연이 있는 자가 아니고서는 밀문의 존재를 쉬이 알기 어렵지. 그러나 세상에 이름이 널리 알려지지 않았다고 하찮은 문파는 아니오."

이쾌령의 말에 타유가 얼른 대답했다.

"어찌 밀문을 하찮은 문파라 생각하겠습니까? 천하의 대사가 밀문의 행보에 영향을 받고 있다는 것은 알고 있습니다."

"하하하, 그 정도 알면 다 안 것이지. 좌호법이 아주 중요한 말을 해주었소. 천하의 대사가 밀문의 행보에 영향을 받는다라……. 아주 좋은 말이오. 그리고 현 밀문의 위치를 정확하게 표현한 말이기도 하오. 그러나, 앞으로는 그 말이 바뀔 거요. 천하의 대사가 밀문의 뜻에 따라 움직인다로 말이오."

이쾌령의 말에 타유의 등골이 오싹한다. 밀문이 야망이 강호천하에 있음을 모르지 않았으나 그 속에 속한 당사자로부터 직접 그런 말을 들으니 전혀 다른 느낌이 들었다.

'이런 자들을 상대해야 하는 건가.'

살수로 살아온 타유에겐 버거울 수도 있는 일이다. 그러나 이미 시작한 일이니 아니 갈 수도 없다. 청풍에게도 누누이 말했지만 두려움은 누구에게나 있는 것이 아니던가.

타유가 말이 없자 이궐령이 다시 입을 열었다.

"난, 이런 곳에 좌호법을 초대하려 하오."

"제가 무슨 일을 하면 되겠습니까?"

타유가 짐짓 눈에 열기를 일으키며 물었다. 겉으로 보기에는 야망에 불타는 눈이다. 그 모습에 이궐령이 만족한 미소를 짓는다. 그가 원하는 타유의 모습이기 때문이었다.

"밀문은 지금 치열한 암투가 벌어지고 있소. 그 이유는 몇 년 후에 있을 커다란 행사 때문인데… 음, 그 이야기는 나중에 하기로 하고. 아무튼 최근 벌어지고 있는 암투의 승패는 몇 개월 후에 판가름이 날 것이오. 나 또한 그 싸움에서 자유롭지 않소. 난 좌호법이 이 싸움에서 날 도와주었으면 하오."

"제가 얻을 수 있는 것은 무엇입니까?"

대범한 질문이다. 또한 이궐령이 기대했던 반응도 아니다. 이궐령은 그저 타유가 자신의 지시에 따르겠다는 말을 원했었다. 그런데 지금까지의 모습과 달리 타유는 자신의 이익을 입에 올리고 있었다. 이궐령의 눈에 경계심이 떠오른다. 타유가 만만치 않은 인물임을 새삼스레 깨달은 것이다.

"무엇을 원하시오?"

이궐령이 되물었다. 그러자 타유가 머리를 조아리며 말했다.

"밀문의 사정을 모르니 제가 원하는 바를 말씀드리기 어렵습니다. 다만 사왕께서 제가 밀문이 쓰고 버리는 도구가 아닌 주인 중 한 사람이 되게 만들어주시었으면 좋겠습니다."

타유의 대답에 이궐령이 다시 한 번 놀란다. 처음과는 확연히 다른 느낌이다. 그런데 기이하게도 그런 타유가 점점 더 마음에 드는 이궐령이었다. 이런 자라면 정말 큰 힘이 되지 않을까 하는 기대가 생겨나는 모양이었다.

"음, 칼 든 무인이라면 누구나 자신이 누군가의 도구가 아닌 주인이 되기를 원하지. 보자……. 사실 밀문의 조직은 그리 복잡하지 않소. 아주 단순하지. 밀문의 절대자가 누구인 줄은 알 거요."

"그야 물론 알고 있습니다. 밀황의 존재를 어찌 모르겠습니까?"

타유가 대답했다.

"맞소. 밀문은 오직 밀황에 의해 유지되는 집단이라 할 수 있소. 밀황께서 없으시다면 밀문의 고수들은 아마도 뿔뿔이 흩어져 버릴 것이오. 서로에게 정이 없으니 어찌 한 문파를 이룰 수 있겠소. 밀황의 절대적인 존재감과 권력에 대한 야망, 이 두 가지가 밀문을 유지하는 힘이오. 그래서 조직도 무척 단순하오. 밀황께선 밀문의 조직을 사람을 쓰기 편하게 무척 간단히 만들었기 때문이오."

이궐령이 잠시 말을 끊었다. 그러고는 타유의 기색을 살핀다. 타유의 눈이 열망으로 가득하다. 이궐령은 열망에 빠진 자를 상대할 줄 아는 인물이다.

"밀문에는 나를 포함해 다섯 명의 왕이 있소. 그들을 밀문 오왕이라 부르오. 각 왕은 각기 하나씩의 전(殿)을 통솔하고 있는데 각 전에는 수십에서 수백에 이르는 고수가 운집해 있소. 이 단순한 다섯 개의 조직이 밀문의 전부요. 그러나 조직은 단순하지만 그 안에서 살아가는 고수들은 무척 다양하오. 온갖 종류의 사람들이 들어 있지. 살수에서부터 도둑까지 말이오. 밀문은 용광로와 같은 곳이오. 용광로는 쇠를 녹이지만 밀문이라는 용광로는 사람들의 야망을 녹인다오."

타유가 듣고 싶은 말이 연이어 이궐령의 입에서 흘러나오고 있었다. 이럴 때는 그저 들어주는 것이 이득이다. 타유가 자신의 이야기에 깊이 빠진 듯 보이자 이궐령이 득의한 표정으로 물었다.

"밀문의 도구가 아니라 주인이 되고 싶다고 했소?"

"그렇습니다."

"그 야망의 용광로에서 녹지 않고 버텨내야 그 자리를 차지할 수 있소. 그럴 자신이 있소?"

이궐령이 다시 묻는다.

"목숨을 걸 뿐이지요."

타유의 호기롭게 말한다. 그러자 이궐령이 고개를 끄덕였다.

"좋소. 그런 각오라면 가능할 수도 있지. 흠, 밀문에서 도구가 아닌 주인의 자리라고 할 수 있는 지위는 모두 열다섯이오. 각 전의 왕들, 그리고 그 왕을 보좌하는 부왕들, 그리고 밀황을 따르는 은밀한 고수들인 네 명의 사자가 바로 그들이요. 이들 열다섯의 고수야말로 실질적인 밀문의 주인이라고 할 수 있소."

"사왕께서는 그중 한 자리를 제게 주실 수 있습니까?"

타유가 다시 대범하게 물었다. 그의 옆에 있던 모불승조차 놀랄 정도였다. 타유의 물음에 이궐령이 고개를 저었다.

"미안하지만 난 그 자리 중 어떤 것도 그대에게 줄 수 없소. 이 열다섯 개의 자리는 오직 밀황에 의해서만 결정되는 자리요."

"실망이군요."

타유가 아쉬움을 숨기지 않는다. 어찌 보면 무척 무례한 말이다. 그러나 이궐령은 별반 기분이 상한 듯 보이지 않았다.

"대신, 난 좌호법을 그 자리에 가까이 갈 수 있도록 도와줄 수는 있소. 좌호법이 그 자리를 차지하느냐 마느냐는 결국 좌호법 자신에게 달려 있겠지만 말이오. 난 그대를 밀문에 들일 수 있고, 밀황께 소개할 수 있소. 특별한 임무를 주어 그대가 공을 세울 기회를 만들어줄 수도 있소. 이 모든 것들이 의도대로 이뤄진다면 그대는 그 열다섯 개의 자리 중 하나를 차지할 수 있을 것이오. 하겠소?"

이궐령이 정색을 하며 물었다. 그러자 타유가 잠시 고민에 빠진 듯하다가 대답했다.

"약속해 주실 수 있겠습니까?"

"나 이퀄령은 허언을 하지 않소."

그러자 타유가 얼굴을 굳히며 대답했다.

"좋습니다. 앞으로 이 우검은 사왕 어른을 따르지요."

"하하하, 역시 호걸이오. 이토록 결정이 빠르고 단호하다
니."

"사왕 어른께 충성을 다하겠습니다."

타유가 자리에서 일어나 이퀄령에게 깊게 포권을 해 보였
다. 그러자 이퀄령이 짐짓 자리에서 일어나 타유의 손을 잡는
다. 그러고는 은근한 어조로 말한다.

"누가 누구에게 충성을 하는 것이 아니라, 우리 두 사람 서
로 큰 꿈을 향해 힘을 합치는 것으로 합시다."

"그리 말씀해 주시니 감읍할 따름입니다."

"허허허, 이것 참 이렇게 좋은 날은 술이라도 한잔해야 하
는데 좌호법을 오래 붙들어둘 수 없으니 그게 아쉬울 따름이
오."

"저 또한 사왕 어른과 몇 날 며칠을 두고 가르침을 받고 싶
습니다만 아무래도 이젠 가봐야 할 것 같습니다. 상원의 눈이
워낙 매서우니……."

"그러시오. 아, 그런데……."

"말씀하시지요."

타유가 머리를 조아리며 말했다.

"그 독인들 말이오."

"사해표국을 공격했던 자들 말씀이십니까?"

"그렇소. 그들과의 싸움에 너무 깊이 관여치 마시오."

"그들을 아십니까?"

타유가 진심으로 놀라며 물었다. 그러자 이퀄령이 천천히 고개를 끄덕였다. 그의 얼굴이 자못 심각하다.

"그들은 독곡의 사람들이오."

"독곡이라면……? 처음 듣는 곳입니다만……."

말은 그리하지만 타유의 심장은 천둥이 치는 것처럼 흔들렸다. 독곡이라면 흑우저가 말했던 혈막 오류 중 한 문파다. 그런데 그 괴독인들이 바로 그곳의 사람들이었다니 마치 지옥문을 열고 그곳에 들어갔다 나온 느낌이다.

"그럴 거요. 독곡의 역사는 길고 무섭소. 그들의 저력은 우리 밀문과 견주어도 결코 부족하지 않소. 더군다나 그들은 우리와도 제법 밀접한 관계가 있다오. 멀지도 가깝지도 않은 사이인데 강호에서 서로 싸움을 피해야 할 정도는 되오."

"아, 그렇습니까?"

타유가 짐짓 놀란 표정을 지어 보였다.

"그들은 아마도 상원을 노렸던 것 같은데 이쯤 되면 이미 일이 틀어졌을 테니 더 이상 그들을 자극하는 행동을 하지 마시오. 만약 그들이 독한 마음을 먹고 독곡의 고수들을 몰아 나온다면 상원은 물론 상원과 인연을 맺는 문파들은 모두 몰살되고 말 것이오."

"그, 그런 정도였습니까?"

타유가 과장된 두려움을 드러낸다. 그러자 이퀄령이 손을 내저으며 말했다.

"아, 뭐 그렇다고 너무 걱정 마시오. 그들이 상원과의 일에 전력을 쏟을 일은 없을 거요. 그러기에는 너무 큰일이 기다리고 있으니. 아무튼 다시 그들을 만나거든 그들을 자극하지 마시오. 그리고 만약 상원에서 좌호법의 말이 무게를 지닌다면 상원 역시 그들과의 싸움을 피하도록 하시구려. 상원은 쓸모가 많은 곳이오. 모가장에 비할 바가 아니지. 그런 곳이 독곡에 의해 파괴되는 것은 아쉬운 일이오. 독곡은… 이쯤에서 물러설 거요."

이궐령이 단정적으로 말했다. 타유는 이궐령이 자신에게 말한 것보다 독곡에 대해 훨씬 많은 걸 알고 있다는 사실을 알고 있지만, 지금으로선 독곡에 대해 더 자세히 물어볼 수 없는 상황이었다. 그런 타유에게 다시 이궐령이 은근한 목소리로 말한다.

"돌아가시거든 모가장에서 세력을 모으시오."

"…무슨 의미이신지?"

"향후 모가장주 모혼은 결국 그대나 나의 경쟁자가 될 것이오."

"모가장주는 사왕 어른의 지시를 따르는 사람 아닙니까?"

"물론 지금까지는 그랬소. 그런데 최근 들어 그는 나의 통제를 벗어나려 하는 듯싶소. 그는 야심이 많은 자요. 언제든 나를 배신할 수 있지. 그러니 그에 대한 대비를 하지 않을 수 없소. 언젠가… 그가 이빨을 드러내면 난 아예 모가장을 그에게

서 빼앗아 버릴 생각이오. 그리고 그때가 되면 모가장의 주인
이 바뀌겠지."

이궐령의 시선이 타유에게서 모불승에게로 향했다. 그러자
모불승이 그 자리에 부복한다.

"그저 사왕 어른의 은혜만을 바랄 뿐입니다."

"하하하, 우리가 서로 이렇게 이해가 들어맞으니 무척 기쁘
구려. 자자, 또 말이 길어졌소. 이제 정말 다음을 기약하고 이
만 헤어집시다. 내 이번에 밀황님을 만나면 두 사람에 대한 말
을 할 것이오. 하면 밀황께서 반드시 한 번은 두 사람을 만나
실 것이오. 밀황께서는 문에 주요 인물을 들일 때는 직접 만나
시는 것을 원칙으로 하니 말이오."

이궐령의 말에 타유의 가슴이 뛴다. 밀황을 만날 수 있는 기
회가 생각보다 쉽게 찾아온 것이다. 그러나 흥분되는 속마음
을 숨기고 타유가 다시 한 번 이궐령에게 고개를 숙여 보이고
는 자신이 타고 왔던 배로 이동했다.

타유와 모불승이 배를 옮겨 타자 건너편 배에서 이궐령이
두 사람을 보며 말했다.

"나에게 제법 쓸 만한 사람이 몇 있소. 향후에는 그들을 통
해 소식을 전하게 될 것이오."

두 가지 의미가 있다. 하나는 정말 서로 간에 소통할 수단을
마련하는 것이고, 다른 하나는 두 사람에 대한 감시의 눈길이
항상 존재하고 있다는 경고가 담긴 말일 터이다.

"어찌 알아보리까?"

타유가 물었다. 그러자 이궐령이 타유를 향해 작은 물체를 하나 던졌다. 검은색 물체가 허공으로 둥실 떠오르더니 마치 살아 있는 나비처럼 날아와 타유의 손에 들어왔다.

놀라운 절기다. 타유가 내심 이궐령의 무공에 감탄했다. 그러나 두려워할 정도는 아니다. 단천마검을 들이댄다면 지금이라도 이궐령을 벨 자신이 있는 타유다.

타유의 손에 들어온 물건은 작은 철패였다. 가운데에 밀이라는 글씨가 새겨져 있고, 뒷면에는 넉사(四) 자가 음각되어 있었으며 그 테두리로 아수라상이 정교하게 그려져 있었다.

"이 패를 지닌 사람은 나의 사람이란 뜻이오."

"알겠습니다. 그리 알겠습니다."

타유가 공손하게 고개를 숙여 보였다.

"그럼 조심해서들 가시오."

이궐령이 손짓을 한다. 그러자 모불승이 배의 노를 잡고는 힘차게 젓기 시작했다. 멀어지는 타유와 모불승을 보고 있던 이궐령이 나직하게 중얼거렸다.

"좋은 칼을 얻었어. 그런데… 너무 날카로운 듯도 하군. 내가 베일 염려도 있겠어. 조심해서 다뤄야겠지. 아무튼… 저들을 이용해 모가장을 장악하면 밀황도 나를 함부로 대하지는 못할 것이다. 이후에는… 흐흠! 혼돈시라……."

이궐령이 뜻 모를 말을 중얼거렸다.

"어찌 생각하시오?"

문득 모불승이 타유에게 물었다.

"무엇을 말이오?"

"과연 그를 믿을 수 있겠소?"

모불승의 얼굴에 근심이 서려 있다.

"사왕 말이오?"

타유가 되물었다.

"그렇소."

"그를 믿지 못한다면 어찌 그를 따르는 것이오?"

"그야… 나로서는 선택의 여지가 없는 일이니 어쩌겠소. 하지만 그는 우리가 생각하는 것보다 훨씬 야망이 큰 사람이오. 우린… 언제든 버려질 수 있소."

그러자 타유가 빙그레 미소를 지으며 말했다.

"물론 나도 그를 완전히 신뢰하는 것은 아니오. 하지만 그를 통해서 얻을 수 있는 것이 많으니 일단 그를 따르도록 합시다. 연후에는… 그가 우리를 버릴 수 없게 만들면 되오."

"어찌 말이오?"

"우리 두 사람이 그가 도저히 버릴 수 없는 존재가 되면 되지 않겠소? 적으로 돌리기에는 너무 위험한 사람들이 되어 있다면 그가 어쩌겠소."

"그게… 가능하겠소?"

그러자 타유가 정색을 하며 말했다.

"밀황을 만난다면… 아마도 가능할 것도 같소. 밀황이 그를 견제한다고 했으니. 더군다나 우리 손에 모가장이 있다면 밀황은 필시 우리를 그가 버릴 수 없는 존재로 만들어줄 거요."

"어떻게 우리가 모가장을 손에 넣을 수 있단 말이오? 그 일은 결국 사왕의 도움이 필요한 일인데……."

모불승이 걱정스레 물었다. 타유를 대하는 모불승의 태도는 마치 어린애와 같다. 그건 그가 완전히 타유에게 종속되었음을 의미하는 것이다.

"대공자가 모가장주가 되면 되오. 대공자가 장주가 되면 모가장은 우리 것이나 다름없지 않겠소?"

"물론 그렇지만 아직은 장주가 건재한데……."

"세상에는 예상치 못한 일이 자주 일어난다오. 건강하던 사람도 갑자기 병이 들어 죽을 수 있고, 무너질 것 같지 않던 성도 바위 하나가 빠지면서 무너지기도 하오. 장주에게 그런 일이 벌어지지 말라는 법이 있겠소?"

타유의 말에 모불승이 하얗게 질렸다. 타유가 무슨 말을 하고 있는지 너무도 잘 알아들었기 때문이었다.

"그러나, 장주는 구중궁궐 같은 모가장에 머물러 있는데……."

"조만간 모가장을 떠날 일이 생길 거요. 천상사가의 한 자리에 앉는 일이라면 어찌 장주가 모가장을 나서지 않을 수 있겠소?"

타유의 말에 모불승의 얼굴에 두려운 빛이 서렸다. 지금 눈앞에 있는 인물은 그가 지금껏 보아왔던 좌호법 우검이 아니었다.

*　　　*　　　*

독인들은 더 이상 모습을 보이지 않았다. 사해표국도 더 이상 독인들의 공격을 받지 않았다. 동정호 주변은 물론 호남성 전체에 상원의 눈이 번뜩이고 있어서인지, 아니면 다른 이유가 있어서인지 독인들은 완전히 자취를 감췄다.

그러자 사람들의 관심이 다른 곳으로 향했다. 호랑이를 끌어들여 사냥에 나섰던 여우는 호랑이가 사라지자 그 자신이 사냥감이 되었다. 이 모든 사단의 중심, 보림장으로 상원의 칼이 겨눠지기 시작했다.

보림장을 공격하는 일에 가장 앞장선 곳은 당연히 사해표국이었다. 사해표국은 극심한 피해를 입기는 했지만 여전히 천상사가의 한 곳이었다.

이 일이 모두 마무리되었을 때에도 여전히 그들이 천상사가의 한 자리를 차지하고 있을지는 알 수 없었으나 그들은 자신들이 천상사가의 지위에 있는 동안만큼은 최대한 그 힘을 이용하려 했다.

그리하여 보림장에 대한 토벌이 결정됐다. 사실 천상사가의 다른 가문들도 이 토벌을 반대할 이유는 없었다. 보림장은 상로와 해로를 통해 막대한 부를 축적한 가문이다.

그들을 토벌한다면 그 이득이 적지 않을 것이므로 상원의 상가들이 보림장을 향해 탐욕의 군침을 흘리는 것은 당연한 일이었다.

그리고 모가장의 입장에서 보면 보림장의 토벌은 다른 어떤 상가들보다도 막대한 이득을 안겨줄 수 있는 일이었다. 그건 이 한 번의 싸움을 통해 그들이 사해표국을 넘어 천상사가의 한 자리를 차지할 기회를 잡을 수도 있기 때문이었다.

재물과 권력에 대한 약탈의 시간이 그렇게 시작되고 있었다.

*　　　*　　　*

온몸을 태울 것 같던 불의 기운이 단전으로 모여들기 시작했다. 홍수가 난 듯 쏟아지던 땀도 더 이상 흐르지 않았다.

그리고 쇠를 녹일 것 같던 동굴의 열기가 마치 어느 가을날 청명한 숲처럼 느껴진다. 그 모든 열기를 빼앗은 것은 강검산의 단전이었다.

영원히 꺼지지 않을 불꽃을 단전에 들인 듯한 느낌을 받으며 강검산이 눈을 떴다. 그러자 방남산이 그의 앞에서 지금까지 볼 수 없었던 경건한 표정으로 말했다.

"넌 방금 화기만주(火氣滿宙)의 경지에 들었다."

"세 번째 단계인가요?"

"그렇다. 정말 놀라운 일이다. 역대 화마경주들 중 네 나이에 그 경지에 이른 분은 아마도 한 분밖에 없으리라. 수백 년 전 화마경의 절정에 도달했었다는 송추월이라는 분이 계셨지. 그분은 화마경의 화기와 마기를 모두 뛰어넘어 궁극의 경지에 이르셨다고 알려진 분이다. 그분이 이룬 경지는 말로 표현할 수 없이 지고했다. 그분에 의해 조화성이 깨어지고 오경의 족쇄도 풀린 것이나 마찬가지니까. 이후 누구도 그분의 경지에 도달하지 못했다. 그런데… 넌 그 가능성이 보이는구나."

방남산의 표정이 워낙 진지해서 강검산은 평소와 달리 농담 한마디 하지 못했다.

"아쉽구나, 아쉬워!"

갑자기 방남산이 탄식한다.

"뭐가 말입니까?"

"네가 검의 주인이 아니라 검을 만드는 사람이 된 것이 말이다. 아쉽구나. 아쉬워……."

"아직 정해지지 않았다면서요?"

"그러나 선승의 머릿속에 있는 검의 주인이 너는 아닌 듯하더구나. 그 정도 눈치는 있지."

"내 것이 아니라면 미련없습니다."

강검산이 말했다.

"너는 그래도 난 아쉽다."

"욕심내지 마세요. 심마에 빠져요."

강검산이 퉁명스레 경고했다.

"그러게 말이야. 새삼스레 욕심이 생기네. 에잇! 일어나라.

이젠 이곳을 떠날 때다."

"화암골로 돌아가나요?"

"아니."

"그럼 어디로 가죠?"

"이젠… 죽음을 보러 간다. 이건 정말 하고 싶지 않은 일이
지만, 이제 지열로 얻을 수 있는 화기는 모두 얻었다. 남은 것
은 심화… 화마경의 어두운 면을 보여줄 수밖에 없구나. 그러
나 그 기운을 들이지 못하면 결코 화신밀공을 대성할 수 없어.
그리되면 신검도 만들 수가 없을 게다."

第三章 보림장

수선경

　신산 상평의 계책을 전해 들은 타유와 청풍은 소름이 돋았
다. 상계의 싸움이 무가의 싸움보다 더 치열하고 독하다는 것
을 새삼스레 느끼지 않을 수 없었다.

　상평의 계책은 보림장을 뿌리째 뽑는 것이었다. 먼저 보림
장과 천하를 이어주는 일곱 곳의 상로를 끊는다. 그리고 손발
이 잘린 보림장을 사방에서 포위해 쥐새끼 한 마리 허투루 살
려 보내지 않겠다는 것이 상평의 계책이었는데, 이대로라면
보림장은 멸문을 넘어 그 주춧돌 하나까지 상원의 상가들에게
약탈당할 터였다.

　"보림장주의 목을 베는 것이 가장 중요할 것 같소."

　모잠이 말했다. 새벽처럼 상원을 떠난 모가장의 고수들이

모잠을 필두로 남쪽을 향해 말을 달리고 있었다. 인원은 모두 스물, 많지 않은 숫자지만 보림장의 상로 한 곳을 끊기에 부족함이 없었다.

이들 스무 명의 모가장 무사는 모두 모가장에서 가려 뽑은 최고의 고수들이다. 이미 무가로 변한 모가장의 최고 고수들을 보림장의 사람들이 견뎌낼 수는 없을 터였다.

"그러나 우리의 위치가 제일 멀지 않습니까? 이는 필시 기존의 천상사가 우리 모가장이 공을 세우는 것을 꺼려했기 때문에 내린 결정일 것입니다."

모불승이 불만 섞인 표정으로 말했다.

"그만큼 일을 빨리 끝내면 되지 않겠소?"

모잠이 자신 있는 표정으로 말했다.

"적의 전력을 모르는 상황에서는 장담할 수 없는 일입니다."

모불승은 신중했다. 그러나 모잠은 이미 모든 일이 결정되어 있는 것처럼 자신만만했다.

"우리에겐 좌호법이 계시오. 저들의 분가에 누가 있어 좌호법의 검을 막을 수가 있겠소."

"그야 그렇지만……."

모불승 역시 타유라면 이제 한풀 꺾일 수밖에 없다. 모잠의 신뢰도 신뢰지만 자신이 소개한 밀문 사왕조차도 타유를 매우 존중하지 않았던가. 그러니 내심으로는 모잠보다도 타유를 따를 수밖에 없는 모불이었다.

"이산장이라고 했지요?"

문득 타유가 입을 열었다.

"그렇소이다. 보림장에서 서쪽으로 백여 리 떨어진 곳에 있는데 보림장의 오래된 분가(分家) 중 하나지요. 보림장에는 모두 열두 곳의 분가가 있는데 그중 다섯 손가락 안에 드는 곳이지요."

모불승이 대답했다. 그러자 타유가 잠시 생각에 잠겼다가 입을 열었다.

"세력이 제법 크다면 싸워서 이기기에는 너무 시간이 오래 걸리오."

"달리 방법이 없지 않소?"

이번에는 모잠이 물었다.

"그들의 항복을 받아낼 수만 있다면 예정했던 시간보다 하루는 빨리 보림장에 도착할 수 있소."

"그러나 어찌 그들의 항복을 받아낸단 말이오?"

"가는 동안 그 방책을 생각해 와야겠지요. 상원에서 확보한 이산장에 대한 정보는 언제 도착하오?"

타유가 모불승에게 물었다.

"이산장에 도착하기 하루 전에 받게 될 것이오."

"그럼 그때 방책을 강구해 봅시다."

타유의 말에 모잠이 고개를 끄덕였다.

"알겠소이다. 좌호법의 말대로 하지요. 자자, 그럼 어서 속도를 높입시다. 일단은 빨리 이산장에 도착하는 것이 우선이니!"

모잠이 말에 박차를 가한다. 그러자 일행이 일제히 달리는 속도를 높였다.

남방으로 내려오니 습기 많은 공기가 사람의 숨을 막히게 한다. 그러나 모가장의 무사들은 쉬지 않고 말을 달렸다. 그 덕에 사람보다 말이 먼저 지쳐 갔다.

말이 지치면 모잠은 금자를 풀어 새로운 말을 구해타고 다시 말을 달렸다. 수중에 넘쳐나는 금자를 마음껏 이용하는 모잠이다.

덕분에 일행은 예정보다도 하루 일찍 이산장의 근방에 도착할 수 있었다. 그리고 그곳에서 기다리고 있던 상원의 세작 위아구라는 자로부터 이산장에 대한 정보를 들었다.

"모든 식솔을 합치면 일흔다섯, 그중 도검을 다룰 줄 아는 자가 삼십이니, 머릿수로는 우리보다 낫습니다."

상원의 무사 위아구가 모잠을 보며 말했다.

"생각보다 많군."

모잠의 표정이 어두워진다. 물론 이기지 못할 숫자는 아니다. 비록 숫자는 이산장 쪽이 많아도 모가장의 무사는 모두 일류의 경지에 오른 고수들이다. 그러니 싸움에서 패할 리는 없었다. 그러나 문제는 승리가 아니다. 이산장과의 싸움에서 조금이라도 손실을 본다면 정작 보림장에 가서 싸울 사람이 부족할 수도 있었다.

"어찌하면 좋겠소?"

어려울 때는 어린애가 어미를 찾듯 타유를 찾는 모잠이다. 그러자 타유가 이미 예상했던 일이라는 듯 담담하게 말했다.

"지난번에 말했듯이 정면 대결은 피해야 할 것 같소이다. 설혹 싸움에 이긴다 해도 우리 쪽 피해도 만만찮을 것이고, 문을 닫아걸고 수성전을 벌이면 싸움이 길어질 수도 있소이다. 둘 모두 우리가 원하는 싸움은 아니지요."

"하면……?"

모잠이 다시 묻는다. 그러자 타유가 소식을 가지고 온 위아구에게 물었다.

"이곳엔 얼마나 계셨소?"

"올해로 삼 년째입니다."

위아구가 대답한다.

"그럼 이산장의 사정을 잘 알겠구려. 그 도검을 쓸 줄 아는 서른 명의 사람들 중 제일 고수가 누구요?"

"무보와 원우 두 사람입니다. 사실 다른 자들은 그저 평범한 무사들입니다만, 이 무보와 원우는 전혀 다른 인물들입니다. 이들은 모두 보림장에서 특별히 대우하는 자들로 이산장주 조동산조차 이들을 어려워합니다. 그들도 자신들을 보림장의 사람이라 생각하지, 이산장의 무사라고는 생각지 않지요."

"조동산이 어려워한다라. 생각보다 좋군."

타유가 중얼거렸다.

"방책이 있겠소?"

모잠이 얼른 묻는다. 그러자 타유가 대답했다.

"이산장의 이대고수라는 무보와 원우 두 사람을 베면 모든 일이 수월해질 듯하오. 두 사람은 보림장에서 파견한 사람이고, 이산장주가 그들을 어려워한다는 것은 이산장주가 그들을 꺼려한다는 말과도 같소. 이산장주로서는 장주의 권위를 넘어서는 두 사람이 무척 부담스러웠을 것이오. 두 사람을 베고 이산장주를 잘 구슬리면 그가 우리의 말을 따르게 하는 것은 어렵지 않을 것이오. 대저 장사꾼이란 시류에 따라 행보를 결정하는 법, 그가 상원의 토벌을 받게 된 보림장에 끝까지 충성할 가능성은 없을 거요."

"음, 듣고 보니 그도 그렇구려."

모잠이 고개를 끄덕인다. 그러자 상원의 무사 위아구가 걱정스런 표정으로 말했다.

"짧은 소견이지만 무보와 원우 두 사람을 베는 것은 그리 쉽지 않은 일입니다. 무사들을 동원해야 가능한 일인데 우리 쪽 무사들을 동원하면 저들도 모두 나서게 될 것이니……."

"그건 그대가 걱정할 일이 아니오. 그보다 그대는 이산장에 가서 비무를 청하도록 하시오."

"비무를 말입니까?"

위아구가 조금 뜻밖이라는 표정으로 물었다.

"그렇소. 비무에서 패하면 우린 그냥 돌아가겠다고 전하시오. 하면 반드시 무보와 원우 두 사람이 비무에 나설 것인데 그때 그 둘을 베겠소."

"누가 그들을 상대한단 말입니까?"

위아구가 관여치 말라는 말을 잊고 다시 물었다. 그러자 타유가 대답했다.

"나와 내 아들이 할 거요."

이산장의 역사는 근 일백여 년에 달한다. 광주에 똬리를 튼 보림장은 백여 년 전부터 크게 가문을 일으키기 시작했는데, 이산장은 바로 그 보림장의 성세를 대변하는 분가였다.

그 이유는 이산장은 보림장이 타지에 낸 첫 번째 분가이기 때문이다. 어떤 상가가 분가를 만들어낸다는 것은 본가의 규모로는 감당할 수 없을 만큼 상권이 커졌다는 것을 의미한다. 그러니 이산장은 보림장의 성세가 시작되는 것을 상계에 알린 증표라 할 수 있었다.

일백여 년을 내려온 장원이니 이미 그 땅과 조화를 이뤄 안정감이 느껴지는 모습을 하고 있다. 하늘은 구름 한 점 없이 맑고 햇살을 투명하다.

그러나 장원에 이는 분위기는 먹구름이 낀 것처럼 무거웠다. 장원의 정문은 다섯 명의 무사가 지키고 있었는데 그들의 얼굴에도 두려움이 잔뜩 깃들어 있었다.

그런 그들을 향해 일단의 사람들이 다가왔다. 모잠이 이끄는 모가장의 무사들이었다.

모가장의 무사들을 발견한 이산장의 무사 한 명이 황급히 정문 안으로 달려 들어갔다. 그러자 잠시 후 장원 안이 소란해지더니 무겁게 닫혀 있던 장원의 문이 열렸다. 열린 문을 통해 수십 명의 사람이 몰려나왔다.

손에 도검을 들고 몰려나온 이산장의 사람들 얼굴에 두려움과 투기가 공존한다. 개중에는 도검을 들어 흔들며 모가장 사람들을 자극하는 자들도 있었다.

그러나 모가장의 무사들은 이산장 무사들의 도발을 심드렁하게 받아들였다. 이미 상가에서 무가로 변신한 모가장의 무사들에게 이산장의 무사들이 눈에 찰 리 없었다.

"누가 모가장의 대공자요?"

먼저 입을 연 쪽은 이산장에서 나온 한 명의 중년인이었다. 풍채 좋은 몸에 비단 장삼을 입고 있는 그는 한눈에 보아도 부유하게 살아온 상인의 티가 난다.

"이산장주 조동산입니다."

위아구가 재빨리 입을 열어 중년 사내의 정체를 알린다. 그러자 모잠이 고개를 끄덕이고는 두어 걸음 앞으로 나아가 짐짓 이산장주 조동산에게 포권을 해 보였다.

"이 사람이 모잠이오. 이산장주를 뵈어 영광이오!"

그러자 조동산이 모잠을 한 차례 쓸어 보고는 차갑게 추궁했다.

"내가 알기로 모가장은 남서 삼성의 패자로 강호의 도의에 어긋나는 일을 한 적이 없는 것으로 알고 있는데 어째서 오늘날 이렇게 아무런 은원도 없는 이산장을 침탈하려 하는 것이오?"

모가장의 실체를 아는 사람이 들으면 박장대소할 소리를 조동산이 해댔다. 타유도 내심 실소를 금치 못했다. 모가장이 강호의 도의가 아니라 철저히 자신들의 이득에 따라 움직이는 문파임은 천하가 아는 사실이다.

"난들 어찌 좋아서 왔겠소이까? 그러나 최근 들어 보림장이 상계를 어지럽힌 것은 사실이고, 또한 상원을 적대시했으니 그 보림장에 속한 이산장 역시 책임을 피할 수 없을 것이오. 난 지금 모가장의 사람으로 온 것이 아니라 상원의 사람으로 왔으니 그 점 양해해 주시기 바라오."

모잠의 말에 조동산이 다시 입을 열었다.

"비록 보림장이 작은 분란을 일으키기는 했으나 그것이 이렇게 우리 이산장까지 공격당해야 하는 일인지는 모르겠소."

"음, 나도 그 점에 대해 안타깝게 생각하오. 그래서 내 장주의 사정을 보아드리려 사람을 보내 비무를 청한 것이오. 양쪽이 전면전을 벌이면 애꿎은 사람들만 죽어나가게 되니 이는 서로에게 큰 손해가 되는 일일 것이오. 비무를 통해 승부를 내든지, 아니면 지금이라도 이산장이 보림장과 인연을 끊고 상원의 뜻을 따르든지 둘 중 하나를 택하시는 것이 장주를 위해서도 좋지 않을까 하오."

정중한 모잠의 권유에 이산장주 조동산의 표정이 흔들린다. 그로서는 본가인 보림장이 더 이상 이 세상에 존재할 수 없음을 누구보다 잘 알고 있었다. 또한 비록 수십 년 보림장의 한 분가 주인으로 살아온 그이지만 보림장과 운명을 같이하고 싶은 생각은 없었다. 피할 수 있다면 피하고 싶은 싸움이다.

그러나 그런 보림장주 조동산의 갈등을 용납하지 않는 사람들이 있었다.

"상원 내의 싸움은 언제나 있어왔거늘 어찌 우리 보림장만이 이렇게 공격을 받아야 한단 말인가? 우린 상원의 결정을 받아들일 수 없다."

냉랭한 목소리로 소리치며 이산장주 조동산의 앞으로 나선 사람은 상가의 사람답지 않게 단단해 보이는 체구를 지닌 중년 사내 둘이었는데, 각기 도검을 든 두 사내의 눈이 형형하기 이를 데 없다. 무시할 수 없는 고수들임이 분명하다.

"말씀드린 무보와 원우입니다. 지금 말을 한 자가 무보입니다."

위아구가 재빨리 말했다.

"그대들은 누구요? 난 지금 이산장주님과 말을 하고 있소. 그대들이 감히 이산장주님의 말을 대신할 신분이오?"

적어도 이런 면에서 모잠은 무척 영활한 사람이다. 이산장주를 들먹임으로써 보림장에서 파견한 무보와 원우 두 사람과 이산장주의 사이를 이간질하려는 수작이었다.

"우린 충분히 장주님을 대신할 수 있다. 장주님과 우리 모두는 보림장에 뿌리를 둔 사람들이다. 그러니 간교한 말로 장주님의 심기를 흔들지 마라. 이산장과 보림장의 운명은 하나다!"

쿵!

무보가 들고 있던 도로 땅을 찍었다. 그러자 그 울림이 타유의 발끝까지 다가온다.

'보림장이 천상사가의 한 자리를 노릴 만했구나. 이런 고수들을 분가에 파견할 정도라니.'

타유가 내심 무보의 공력에 감탄했다. 무보의 공력이라면 강호에서도 일류의 경지를 넘어선 고수로 평가받을 것이다.

무보가 보여준 강력한 기세 때문일까. 이산장의 장주 조동산은 얼굴만 붉힐 뿐, 앞으로 나설 엄두를 내지 못했다. 그러나 모가장으로서는 성공적인 시작이라 할 수 있었다. 무보와 원우가 나서서 조동산의 체면을 손상시켰으니 그 두 사람만 제거한다면 조동산은 쉽게 모가장의 제안을 받아들일 것이다.

"비무는 받겠소?"

모잠이 무보에게 물었다. 그러자 무보가 대답했다.

"약속을 할 수 있겠는가?"

"믿지 못하겠다면 비무를 하지 않아도 상관없소. 물론 그 대가는 수많은 생명이 되겠지."

모잠의 말에 무보가 한동안 모잠을 노려보다 훌쩍 신형을 날려 앞으로 나서면서 소리쳤다.

"누가 나의 도를 받겠는가?"

무보가 나서자 모잠이 타유를 돌아봤다. 그러자 타유가 청풍의 어깨를 툭 쳤다. 이 비무를 청풍에게 맡긴다는 의미다. 청풍이 타유를 보며 고개를 끄덕이고는 천천히 앞으로 걸어나갔다. 그러자 모잠이 걱정스런 표정으로 타유에게 물었다.

"괜찮겠소이까?"

아무래도 그는 타유가 직접 비무에 나서기를 바랐던 모양이다.

"저 아이의 순수한 무공은 나를 능가하오. 단지 경험이 부족할 뿐인데 무보 정도의 인물이라면 저 아이에게 좋은 상대가 될 것이오. 너무 걱정 마시구려."

"우 소협의 무공이 좌호법을 능가한단 말이오?"

모잠이 몰랐다는 듯이 깜짝 놀라며 물었다.

"저 아이는 특별한 재능을 가지고 있는 아이오. 공력은 이미 나를 넘어섰을 거요. 무보라는 자가 도를 쓰고 공력이 장점이라니 어울리는 상대요."

"음…… 우 소협에게 그런 능력이 있는 줄 미처 몰랐소이다."

모잠이 호기심을 드러내며 청풍에게로 시선을 돌렸다.

청풍이 앞으로 나서자 무보의 얼굴에 한줄기 비웃음이 떠오른다. 청풍 같은 애송이는 자신의 상대가 될 수 없다고 생각하는 모양이었다. 그도 그를 것이 무보는 강력한 공력을 바탕으로 한 도법을 쓰는데 그 공력이란 것은 보통의 경우 무공을 수련한 시간에 따라 고하가 결정되게 마련이었다.

무보와 청풍의 나이 차이는 얼핏 보아도 삼십여 세, 공력에서 청풍이 무보를 따라잡기는 어려운 차이였다.

"애송이를 내보다니…… 모가장에 생각보다 사람이 없구나!"

무보가 청풍을 보며 비웃듯 말했다. 그러나 청풍은 아무런 대답 없이 검을 들어 무보를 가리켰다. 타유에게 배운 또 하나의 원칙은 싸움에선 입이 필요없다는 것이다.

청풍의 태도에 무보의 얼굴에 설핏 긴장감이 돌았다. 청풍의 모습에서 무시할 수 없는 무거움을 느꼈기 때문이다. 한편으로는 서남 삼성의 패자로 군림하는 모가장이 이 젊은이를 자신의 상대로 내보낼 때는 그만한 이유가 있을 것이란 생각도 들었다.

스윽!

무보가 슬쩍 땅에 머리를 박고 있던 도를 끌어 올렸다. 도 끝에서 묻어나는 흙이 옅은 먼지를 일으킨다. 그 먼지가 바람에 닿아 청풍에게로 날아왔다.

얄팍한 수작이다. 먼지로 상대의 시야를 흔들려는 좁은 수작인데 그 모습에 청풍은 오히려 마음이 놓였다. 이런 수법까지 동원한다는 것은 상대가 자신을 크게 경계한다는 것이다. 두려운 자는 자신의 능력을 제대로 발휘하지 못한다.

'선공이 필요해. 미처 손 쓸 사이 없이 몰아치면 이자는 제 풀에 꺾일 것이다.'

청풍이 마음으로 무보를 상대할 방책을 세웠다. 결심이 선 이상 실행을 머뭇거릴 청풍이 아니다. 이 또한 타유에게 물려받은 싸움의 기법이다.

청풍이 한 발을 뒤로 뺐다. 마치 날아오는 먼지를 피하려는 듯한 모습이다. 그러자 무보가 자신의 계책이 성공한 것으로 믿고 그대로 청풍을 향해 밀고 들어가려는데 그보다 빨리 뒤로 물러나던 청풍이 그를 향해 화살처럼 날아왔다.

파악!

"웃!"

귀영팔보를 펼친 청풍의 신형은 눈에 보이지조차 않는다. 그사이 어느새 검 한 자루가 무보의 눈앞에 다가와 있다. 무보가 다급성을 토해내며 거칠게 도를 휘둘렀다. 자랑하는 바가 공력이니 급하게 휘두른 도에도 백 근의 힘이 실려 있다.

깡!

도와 검이 충돌했다. 강렬한 파열음이 일어났다.

"흡!"

그런데 그 순간 무보의 입에서 자신도 모르게 기겁성이 터져 나왔다. 그도 그럴 것이 지금까지 자신의 공력이 실린 도를 받아낸 자가 흔치 않았는데 청풍의 검이 도를 뒤로 튕겨냈던 것이다.

투투툭!

무보가 청풍의 기세에 밀려 사오 장 뒤로 밀려났다. 그러자 청풍이 이번에는 좌우로 신형을 흔들며 무보를 향해 달려들었다. 무보가 일순간 청풍의 신형을 잃어버렸다.

그런 무보를 향해 청풍이 야천구검을 전개했다. 타유의 살검을 바탕으로 만들어진 야천구검은 날카롭기 이를 데 없다. 서릿발 같은 살기가 무보를 덮쳐 왔다.

"애송이 지나치구나!"

무보의 외침처럼 과연 비무에서 사용하기에 야천구검은 과한 검법이다. 그러나 이 비무가 그냥 비무가 아니라 생사결이란 것은 무보 역시 인정할 수밖에 없는 사실이다. 하니, 그가 야천구검을 쓰는 청풍을 비난할 이유는 없었다.

　웅!

　무보가 전신의 공력을 도에 모아 다가오는 청풍을 횡으로 베었다. 순간 청풍의 신형이 푹 아래로 꺼지더니 이내 무보의 두 다리를 번개처럼 찔렀다.

　"욱!"

　무보의 입에서 신음성이 터져 나왔다. 그의 허벅지에서 피어오른 혈화가 눈부신 태양 아래 사방으로 퍼져 나간다. 무보의 양쪽 허벅지를 모두 베어낸 청풍이 한순간도 여유를 두지 않고 무보에게 바싹 다가서더니 검을 들지 않은 손으로 그의 가슴을 매섭게 가격했다.

　쾅!

　"커억!"

　청풍의 장력이 가슴을 가격당한 무보가 이번에는 입으로 피를 토하며 허공으로 솟구쳤다가 이내 땅에 고꾸라졌다.

　"으으!"

　두 다리를 깊이 베이고, 가슴에 장력을 맞아 호흡이 흐트러진 무보가 신음성을 흘리며 버적거린다. 그런 무보를 일견한 청풍이 천천히 검을 거두고는 뒤로 물러났다.

사람들은 예상과 달리 너무 쉽게 끝나버린 비무에 어안이 벙벙해졌다. 이산장의 사람들은 말할 것도 없고, 모가장의 무사들 역시 놀라기는 마찬가지였다.

물론 그동안 청풍의 무공을 보지 못했던 것은 아니지만 십여 초도 되지 않아 이산장 최고의 고수 중 한 명이라는 무보를 꺾어버릴 것이라고는 생각지 못했던 것이다.

장내가 잠시 침묵에 빠졌다. 패배한 무보는 한동안 멍한 눈으로 청풍을 바라보고 있었고, 이산장의 장주 조동산은 묘한 표정으로 무보와 원우를 번갈아 살펴봤다.

그리고 잠시의 침묵을 깬 사람은 청풍의 승리로 호기가 승천한 모잠이었다.

"장주, 더 이상 비무가 필요하겠소?"

모잠이 조동산을 보며 물었다. 그러자 조동산이 슬쩍 무보를 부축하는 원우를 바라봤다. 무보는 힘겹게 걸음을 옮기면서도 원우의 귀에 대고 무엇인가를 급히 말했다. 그러자 원우가 고개를 끄덕이고는 무보에게서 떨어져 나와 모잠을 보며 소리쳤다.

"한 가문의 운명을 어찌 비무 따위에 맡기겠는가?"

"지금 약속을 지키지 않겠다는 것이오?"

모잠이 차갑게 물었다.

"우린 그런 약속 따위 한 적 없다."

순간 원우의 말을 듣고 노한 것은 모잠이 아니라 이산장주 조동산이다. 비록 무보와 원우가 보림장에서 파견한 특별한 존재들로 그동안 이산장주에 버금가는 지위를 누렸다고는 해도, 조동산 자신이 외인에게 한 약속을 부정하는 것은 곧 장주인 자신에 대한 반란이나 마찬가지였다.

"원 대협, 지금 뭐라 하셨소?"

조동산이 싸늘한 표정으로 물었다. 한 무리의 우두머리는 아무리 보잘것없어도 그만한 위엄을 지니고 있게 마련이다. 무겁고 차가운 조동산의 말에 원우가 약간 당황한 기색으로 대꾸했다.

"장주, 우리 이산장은 보림장이라는 뿌리에서 나왔소이다. 오늘 상원에 항복한다면 그건 그동안 받은 보림장의 은혜를 저버리는 일이오. 지금은 항복을 할 것이 아니라 모두 나서서 최후의 한 사람까지 적과 싸워야 할 때요."

"이산장의 주인은 나요."

조동산이 여전히 차갑게 말했다. 그러자 원우도 노기를 드러냈다.

"그래서 정녕 보림장을 배신하고 저들에게 항복을 하겠다는 것이오?"

"한 가문을 책임진 수장으로서 가장 중요한 것은 식솔들의 목숨이오. 지금 상원에 대적한들 우리가 이길 가능성은 없소. 물론 우리 이산장이 보림장에 의해 세워진 것은 부인할 수 없소. 그러나 지난 백 년 동안 우리 이산장은 보림장을 위해 각고의 노력을 다했소. 매년 장원의 이문 중 칠 할이 보림장으로 갔고, 장원의 식솔들 중 보림장을 위해 죽은 사람도 많소. 그러니 보림장에서 받은 은혜는 그동안 충분히 갚았다고 할 수 있을 것이오."

"장주, 당신이……?"

원우가 조동산을 노려본다.

"냉정하게 생각하면 보림장의 분가들이 본가에 충성을 다한 것은 본가가 우리 분가들의 안위를 책임져 주었기 때문이었소. 각 분가의 이문을 칠 할이 넘도록 나눈 것은 그에 대한 대가라고도 할 수 있었소. 그런데… 지금은 그 보림장이 이산장 식솔들의 목숨을 지켜줄 수 없소. 그렇다면 당연히 이산장 스스로 살길을 찾아야 하는 것이 아니오?"

조동산의 말에 원우가 아무런 대꾸를 하지 않는다. 사실 조동산의 말이 틀린 것도 아니었다. 보림장과 각 분가들의 관계는 맹목적인 충성을 강요할 수 있는 그런 관계가 아니다.

지난 세월 보림장이 각 분가의 든든한 울타리가 되어주는 대신 분가들이 치른 대가는 결코 적지 않았다. 결국 이들의 관계는 서로의 신뢰가 아닌 서로 간에 이득을 얻기 위해 맺은 거래와 같은 것인데 더 이상 보림장이 줄 것이 없다면 거래는 끝날 수밖에 없었다.

원우도 이런 사실을 모르지 않았다. 당장 그조차도 보림장의 힘을 등에 업고 이산장주를 무시해 왔으니 지금 와서 그에게 보림장에 충성을 하라고 강요할 입장이 아니었다. 그러고 보면 그간 이산장주를 무시한 것이 후회되기도 하는 원우다.

그러나 그렇다고 이대로 이산장을 상원에 내어줄 수는 없다. 원우는 노련한 자였다. 적은 그리 많지 않다. 이산장의 모든 사람이 힘을 모아 장원의 문을 걸어 잠그고 수성전을 한다면 힘들지만 이산장을 내어주지 않을 수도 있었다.

그렇게 며칠이 지나면 보림장에서 필시 구원대가 오리라는 것이 원우 판단이었다. 그런데 그러자면 결국 이산장주가 걸림돌이 된다. 그가 상원에 항복하는 순간 보림장을 위해 목숨을 걸 이산장의 식솔은 채 열이 되지 않을 터였다.

원우가 신형을 날렸다. 그런데 원우가 날아간 곳은 적인 모가장 무사들 쪽이 아니라 이산장주 조동산이 있는 방향이었다.

"원우 네놈이?"

이산장주 조동산이 크게 놀라 황급히 검을 빼 들며 자신의 가슴을 찌르는 원우의 검을 쳐 냈다.

차앙!

맑은 검음이 허공으로 퍼져 나간다. 이산장주 조동산이 원우의 검을 이기지 못하고 주춤거리며 뒤로 물러났다. 그런 조동산을 덮쳐 가며 원우가 소리쳤다.

"이산장은 보림장의 분가다. 분가가 종가를 배신하는 것은 용납될 수 없다. 배신자의 최후는 오직 죽음뿐, 조동산 당신은 스스로 죽음을 자초한 것이다."

원우의 검이 허공에서 빙글빙글 돈다. 그에 따라 검무리가 구름처럼 일어났다. 조동산의 목숨이 순식간에 풍전등화의 상황에 처했다.

비록 그가 이산장의 장주이기는 하나 무공으로는 원우에 비할 바가 아니다. 원우와 무보는 이산장이 가지고 있는 무력의 절반에 해당하는 고수들이 아닌가.

"에잇!"

조동산이 다가오는 원우를 향해 검을 집어 던졌다. 그러자 그의 검이 무서운 속도로 원우를 향해 날아갔다. 원우가 자신을 향해 날아오는 검을 쳐냈다. 그사이 조동산이 얼른 몸을 빼 모가장의 고수들이 있는 쪽으로 달려갔다. 그러면서도 허공을 향해 소리쳤다.

"두 놈을 베라! 두 놈이 반역했다!"

이산장의 무사들에게 내린 명이다. 그러나 이산장의 무사들은 조동산의 명을 따르지 않았다. 그들은 그저 검을 굳게 고쳐 잡고 당황한 표정으로 원우와 조동산을 번갈아 바라볼 뿐이었다.

"너 같은 자가 한 가문의 수장이라니 내가 부끄럽구나!"

조동산의 검을 쳐낸 원우가 경멸하듯 소리치며 재차 원우를 향해 날아갔다. 이제 검조차 들지 않은 조동산이 살길은 오직 하나였다. 원우의 검보다 먼저 모가장의 고수들 틈으로 도주하는 것이다. 그리고 마침 모가장이 고수 한 명이 그를 마중했다.

팟!

타유가 가볍게 땅을 찍었다. 그러자 그의 신형이 단번에 조동산을 날아 넘어 원우의 앞에 내려섰다.

캉!

불문곡직하고 내려친 타유의 검이 원우의 검을 때렸다.

"음!"

순간 원우의 입에서 묵직한 침음성이 흘렀다. 타유의 검에 실린 힘에는 지금껏 그가 경험하지 못한 위력이 있었다.

투툭!

원우가 재빨리 다섯 걸음 뒤로 물러나 검을 고쳐 잡았다. 그러자 타유가 침착한 목소리로 말했다.

"그만 검을 거두시오. 이미 보림장의 운명은 끝장이 났소. 공격은 보림장의 모든 분가에서 이뤄지고 있소. 이제 곧 보림장은 팔다리가 잘릴 것이고, 그 뿌리가 뽑힐 것이오. 그대는⋯ 애써 이곳에서 죽을 필요가 없소. 그대가 보림장을 위해 죽는다 한들 변하는 것은 없소. 그러니, 검을 버리시오. 하면 그대가 가고자 하는 곳, 하고 싶은 대로 하게 해주겠소. 단 이산장을 지키는 것을 제외하고는 말이오."

워낙 조용하게 말을 건넨 때문인지 원우가 오히려 당황한 듯 보였다. 상대의 무공을 보건대 일검에 자신을 벨 수도 있을 것 같았다. 그런데 오히려 상대는 자신이 살길을 열어주려 하지 않던가. 그리고 기이하게도 그런 상대의 조용한 설득이 원우의 가슴 깊이 파고들었다.

한순간 원우는 자신이 하고 있는 일이 모두 무의미하게 느껴졌다. 생각해 보면 자신이 보림장을 위해 목숨을 바칠 이유가 무엇인가.

물론 보림장주에게 제법 총애를 받았다고는 하나, 그 역시 보림장의 혈통은 아니다. 천하를 주유하던 젊은 시절 보림장주와 맺은 인연으로 보림장의 사람이 되었을 뿐인 그였다. 그렇게 따지고 보면 그 역시 이산장주 조동산과 다를 바 없는 처지다.

"그러나……."

원우가 나직하게 중얼거렸다. 보림장에 대한 충성심을 따지기 전에 그는 무인이다. 무인이 적을 앞에 두고 검 한 번 제대로 휘두르지 못하고 도주한다는 것은 부끄러운 일이다.

"한 수 청하겠소."

마치 비무를 청하듯 원우가 말했다. 그러자 타유가 고개를 끄덕였다. 원우의 심사를 읽어낸 것이다. 그를 벨 필요는 없다. 패배를 인정하면 그는 떠날 것이다. 그것이 무인이다.

스릉!

타유는 최근 들어 두 개의 검을 가지고 다녔다. 하나는 그저 질 좋은 철로 만든 평범한 검이고 다른 하나는 단천마검이다. 검을 두 개 준비한 것은 단천마검을 쓰는 일을 타유 스스로 꺼렸기 때문이다.

단천마검은 천하에서 가장 강한 검 중 하나이지만 그 검을 자주 쓰다보면 검의 날카로움에 의지해 정작 자신의 무공이 퇴보할지도 모른다는 불안감이 있었던 것이다.

그런데 오늘은 타유가 단천마검을 빼 들었다. 물론 잠시 검

집을 벗어나려 할 때의 그 서늘한 기운은 단천마검이 완전히
검집을 벗어났을 때 사라져 버렸다. 검의 기운이 타유의 손을
통해 그의 내부로 전해지기 때문이었다.

'보림장을 떠날 명분을 확실하게 주어야겠지.'

타유가 단천마검을 꺼내 든 이유는 분명했다. 완벽하게 원
우를 꺾음으로써 원우에게 무인으로서 검을 거두고 보림장을
떠날 이유를 만들어주기 위함이었다.

슥!

원우가 먼저 선공을 취하기 위해 앞으로 나섰다. 원우는 이
미 그 기세에서 타유가 자신보다 적어도 몇 수 위의 고수임을
깨닫고 있었다. 이런 경우 선공을 내어주는 것은 패배를 자초
하는 일이다.

속절없이 공격을 당하다 무릎을 꿇기 십상이다. 원우로서는
비록 패하더라도 그런 식의 패배는 원치 않았다. 검이라도 한
번 제대로 휘둘러 볼 생각인 원우다.

팟!

원우의 신형이 한순간 땅을 차고 올랐다. 군더더기없는 움
직임이다. 고수를 상대하는 데 화려한 검식이나 허수는 필요
치 않다. 오직 충실한 일초의 검식이 필요할 뿐이다.

번쩍!

타유는 허공에서 자신을 향해 번쩍이는 검광을 보며 단천마
검을 들어 올렸다. 강하거나 혹은 약하거나에 상관없이 자신
의 모든 것을 검 하나에 담은 무사의 혼은 강렬하다. 그리고

그것이 삼류무사의 검일지라도 존중받을 만하고, 그만큼 위험하다. 하물며 보림장에서도 손꼽히는 고수 원우라면 더 거론할 일이 아니었다.

콰아!

원우가 만들어낸 검광이 타유의 일장 안으로 들어왔을 때 타유의 단천마검도 움직였다. 마치 태산을 들어 올리듯 타유가 단천마검을 들어 원우의 검을 막았다. 그리고 아무런 격식도 없는 두 개의 검이 허공에서 격돌했다.

쾅!

벼락 치는 듯한 소음이 터져 나왔다. 동시에 사람들 눈에 반으로 잘린 검끝이 허공으로 치솟는 것이 보였다.

"아!"

누군가의 입에서 탄성이 흘러나왔다. 사람들의 시선이 일순간 허공으로 날아가는 잘린 검끝에 모아졌다가 이내 타유와 원우 두 사람에게로 향했다.

원우는 경악스런 시선으로 타유를 보고 있었고, 그런 원우의 목젖에 타유의 검이 닿아 있었다.

땡그렁!

원우가 반으로 잘린 검을 손에서 놓았다. 검이 맥없이 떨어지면 날카로운 소음을 일으켰다.

"가시오."

타유가 검을 거두며 말했다. 원우의 목에 가는 혈선이 그어져 있었으나 위험한 부상은 아니다.

"손속에 사정을 두어주어 고맙소!"

원우가 침착하게 정신을 차리고는 타유를 향해 포권을 해보였다. 그러고는 미련없이 신형을 돌리더니 바람처럼 날아가 부상을 입은 무보를 훌쩍 어깨에 들러메고는 순식간에 장내에서 사라졌다.

갑작스럽게 원우와 무보가 떠나자 장내에는 일순간 차가운 정적이 흘렀다. 무보와 원우가 없다면 이산장에 더 이상 모가장의 상대할 고수들이 없다. 그리고 이산장의 사람들 중 눈치가 가장 빠른 자는 다름 아닌 이산장주 조동산이다.

"대공자, 이렇게 목숨을 구원받았으니 은혜가 큽니다."

상인은 시세에 따르는 것을 부끄러워 않는다. 오히려 그를 거부하는 자가 비난을 받는 것이 상계의 법칙이다.

조동산은 이제 자신의 운명이 모가장의 대공자 모잠에게 달려 있음을 누구보다 잘 알고 있었다.

"첫 만남이 서로에게 유익했으니 우린 앞으로 많은 일을 함께할 수 있겠소이다."

모잠이 의미심장한 표정으로 말했다.

"물론입니다. 천하의 대세가 모가장으로 향하고 있다는 이야기는 이 벽촌의 늙은이 귀에도 들려오고 있었지요. 그런데 오늘 이렇게 대공자와 인연을 맺게 되었으니 이 늙은이의 말년 운도 나쁜 것만은 아닌 듯합니다."

"하하하! 듣기로 이산장주께서 천하에 적수가 없는 달변가라더니 과연 그렇구려."

비웃음이 섞인 말이었으나 그를 마음에 둘 조동산이 아니다.

"안으로 드시지요. 비록 한적한 곳이지만 제법 만난 음식과 술이 있습니다."

"그럽시다."

모잠이 고개를 끄덕였다. 그러자 조동산이 재빨리 장원의 정문을 지키고 있던 자들에게 소리쳤다.

"문을 열고 대공자님을 뫼셔라."

조동산의 명에 이산장의 문이 모가장의 고수들을 향해 활짝 열렸다.

"이럴 시간이 있을까요?"

청풍이 눈살을 찌푸리며 말했다. 이산장주는 과연 귀한 손님을 접대할 줄 알았다. 산해진미에 흔히 볼 수 없는 미인들까지 데려온 이산장주의 잔치는 밤이 깊어도 끝날 줄을 몰랐다.

모잠은 마치 자신이 황제라도 된 양 이산장주의 아부를 기분 좋게 받아들였다. 물론 모잠만이 아니었다. 모가장의 대부분 고수들이 자신들이 정복자나 되는 마냥 이산장주가 마련한 잔치를 즐겼다. 술을 먹지 않는 사람은 오직 둘, 타유와 청풍뿐이었다.

"나쁜 일은 아니지."

타유가 대답했다.

"이러다가는 선봉의 기회를 놓칠 거예요."

청풍이 말했다.

"물론 그럴 수도 있다. 그러나 그 또한 나쁜 일은 아니다."

"어째서요? 가장 먼저 보림장에 도착해서 큰 공을 세워야 모가장이 사해표국을 누르고 천상사가의 자리에 오를 수 있잖 아요?"

애초의 계획을 부정하는 타유의 말에 청풍이 고개를 갸웃하 며 물었다. 그러자 타유가 나직한 목소리로 대답했다.

"이건 오늘 든 생각이지만 아마도 가장 먼저 보림장에 도착 하는 세력은 큰 화를 당할 것이다."

"그게 무슨 말씀이세요?"

청풍이 놀란 표정으로 물었다. 그러자 타유가 신중한 표정 으로 대답했다.

"애초에 가장 먼저 보림장에 들어갈 생각을 한 것은 그들이 아무리 세력이 강하다고 해도 결국 상계의 사람들이기 때문이 었다. 그들이 사해표국을 위협한 것은 자신들의 힘이 아니라 그 독곡의 고수들 때문이었다. 그런데 이제 독곡의 고수들이 자취를 감추었으니 보림장의 힘으로 상원의 공격을 막아낼 수 없을 거라 생각했던 거지."

"그런데요?"

"그런데 지금은 생각이 조금 바뀌었구나. 그들이 상원의 공 격을 막아내지 못할 것은 분명하지만 적어도 상원에 적지 않 은 피해를 입힐 수는 있을 것 같아."

"왜 그런 생각을 하시게 된 거죠? 혹시 그 원우와 무보라는 사람들 때문인가요?"

"그렇다. 넌 그들의 무공을 어찌 보았느냐?"

"강호에서 일류고수 소리를 듣고도 남음이 있었죠. 상계의 사람들이라고 보기 어려웠어요."

청풍이 대답했다.

"나 또한 그리 보았다. 비록 절정에 이른 고수들은 아니지만 어떤 무가에서도 한몫할 사람들이었지. 그런데 그런 고수들이 보림장의 본가가 아닌 분가에 나와 있었다. 그건 곧 보림장에 그들을 능가하는 고수들이 여럿 있다는 말이 된다. 만약 그런 자들이 생사에 연연치 않고 보림장을 지킨다면 보림장과의 싸움은 결코 쉽지 않을 것이다."

타유의 말에 청풍이 고개를 끄덕인다.

"생각해 보니 그렇기도 하겠군요. 그럼 제일 늦게 가는 것도 한 방법이겠군요."

"그러는 것이 좋을 것 같다. 상원은 필시 보림장과의 싸움에서 큰 어려움에 봉착할 텐데 그때 싸움에 뛰어든다면 얻는 것이 많겠지."

"그가 놀 시간은 충분하겠군요."

청풍이 미녀들 사이에 앉아 연신 술을 마시고 있는 모잠을 보며 말했다.

"놀 운이 타고난 사람이라고 할 수 있겠지."

타유가 미소를 지었다.

"하지만 그래서 결국 자신과 가문을 망치겠지요."

"우리에겐 좋은 일이지."

잔치는 새벽까지 이어졌다. 모가장의 무사들은 해가 중천에
이를 때까지 잠을 잤다. 그러고는 퍼뜩 그들이 지금 한가하게
잠이나 자고 있을 때가 아니라는 것을 깨달은 모가장의 고수
들이 분주하게 모잠의 곁으로 모여들었다.

"때를 놓칠지도 모르겠습니다."

걱정스레 말을 꺼낸 사람은 모불승이다. 계획대로라면 이미
보림장을 향해 떠났어야 할 시간이었다.

"음……. 이것 참, 어찌 이런 실수를 했을까?"

모잠이 겸연쩍은 표정으로 고개를 주억거린다. 지난밤 지나
치게 주흥에 빠졌던 자신을 탓하는 기색이 역력하다. 그러면
서 슬쩍 타유의 눈치를 살핀다. 자신의 탓으로 일을 그르치게
된 것에 대한 미안함이 묻어나는 눈치다.

그런데 의외로 타유가 미소를 지었다.

"대공자, 너무 걱정 마시지요."

"하지만 선봉으로 보림장에 들어가기에는 너무 늦었으
니……."

모잠이 말꼬리를 흐린다.

"어찌 보면 오히려 잘된 일일지도 모르는 일이외다. 그래서
굳이 어젯밤 형제들의 주흥을 말리지 않았던 것이지요."

"아니, 그게 무슨 말씀이시오? 일부러 주흥을 말리지 않았
다니?"

모잠이 의아한 표정으로 물었다.

"음……. 이보시오, 장주!"

타유가 모잠의 질문에 대답을 하는 대신 이산장주 조동산을 불렀다.

"하문하시지요, 대협!"

조동산의 눈치가 빠른 사람이다. 이미 그는 이 모가장의 일행 중 타유가 모잠보다도 더 중요한 사람이란 것을 알아채고 있었다. 그러니 타유에게 공손할 수밖에 없다.

"어제 도주한 원우와 무보는 보림장에서 어느 정도의 위치에 있던 사람들이오?"

갑작스런 질문에 조동산이 잠시 어리둥절한 표정을 짓다가 이내 정신을 차리고 대답했다.

"보림장에는 꽤나 많은 고수들이 있습니다. 하나 그들의 서열이 정확하게 정해진 것은 아니지요. 보림장주는 강호에서 고수들을 많이 끌어들였지만 그들에게 특별한 지위를 주지는 않았기 때문입니다. 무인들이 상가의 사람으로 완전히 정착하는 것이 어려운 일이기도 하고 해서……. 아무튼 그래서 무보와 원우 두 사람의 위치를 정확히 따질 수는 없지만 아마… 보림장에서 스무 명 안에는 드는 고수였을 겁니다."

조동산의 말에 타유가 고개를 한 번 끄덕이고는 다시 물었다.

"그럼 적어도 그들보다 강한 자들이 이십여 명 가까이 있다는 것이겠구려?"

"그렇다고 봐야지요."

"그럼 칼을 들고 싸울 수 있는 자는 몇이오?"

"대략 이백여 명은 될 것입니다. 본래 보림장에 있던 무사들은 백여 명에 미치지 못했으나 최근 들어 상원과의 분쟁이 격렬해지면서 장원 밖으로 나가 있던 무사들을 불러들였지요. 지금은 보림장의 모든 전력이 장원에 모여 있습니다."

조동산의 대답을 들은 타유가 고개를 돌려 모잠에게 말했다.

"대공자, 지금 우리의 전력으로 이런 보림장과 선봉으로 붙으면 승산이 있다고 보시오?"

"음, 그것이……."

모잠이 말꼬리를 흐린다. 조동산의 말을 듣고 보니 보림장 본가의 전력이 예상외로 강했다.

"그저 검이나 다룰 줄 아는 자들을 상대하는 것은 숫자가 크게 문제가 되지 않지요. 그러나 앞서 상대한 무보와 원우, 두 사람 같은 고수 이십여 명에 노련하게 칼을 쓰는 자들이 이백이라면 선봉으로 보림장에 들어가는 것은 불속에 뛰어드는 것과 같은 것이외다."

"과연 우 대협의 말씀이 옳은 것 같습니다."

옆에서 모불승이 타유의 말을 거든다. 그러자 모잠도 고개를 끄덕였다.

"듣고 보니 그렇구려. 하면 어찌해야 하겠소?"

"보림장의 세가 예상보다 강하니 싸움의 선봉은 다른 문파에게 양보해야지요. 내 생각으로는 아마도 사해표국이 가장 먼저 앞으로 나설 것 같소이다. 그들을 보림장에 원한이 가득하니 앞뒤를 가릴 여유가 없을 것이오."

"그건 그렇소."

"그러나 사해표국이 전력을 기울여도 보림장을 꺾기는 힘들 것이오. 하면 다른 상원의 가문들도 싸움에 뛰어들 것이고… 아마도 큰 혼전이 벌어질 것이외다. 우린 때를 기다렸다가 싸움이 무르익었을 때 싸움에 뛰어들어 기세를 몰아가면 보림장은 한순간에 무너질 것이오. 그리하여 싸움을 이기면 결국 싸움에서 이긴 공은 우리에게 돌아올 것이외다. 아마도 그때쯤이면 선봉으로 나섰던 사해표국의 피해도 결코 만만치 않을 것이고……."

"우리가 천상사가의 한자리를 차지하게 되겠구려."

모불승이 눈빛을 빛내며 말했다.

"이런 경우를 두고 어부지리라 하지요."

타유가 미소를 지으며 대답했다. 그러자 모잠이 탄복하듯 말했다.

"아, 과연 우 대협이시오. 무공으로도 이미 강호에 그 적수가 없고, 시세를 읽은 눈은 강호의 사대현자라는 자들을 능가하니 내가 우 대협을 얻은 것은 천하를 얻은 것이나 마찬가지일 것이오."

사실 생각해 보면 타유가 말한 계책은 머리를 조금 쓰는 사람이라면 누구라도 생각해 낼 수 있는 계책이었다. 그러나 모잠은 이미 타유에게 깊이 빠져 있었으므로 타유가 하는 말 한마디 한마디가 모두 대단한 식견에서 나오는 말처럼 느껴지는 것이었다.

"과찬이시오. 아무튼 상황이 이러하니 우리에겐 조금 시간이 있다고 할 수 있을 것이오. 그러니 천천히 준비하고 오후에나 출발을 합시다."

타유의 말에 모잠과 모불승이 모두 고개를 끄덕여 타유의 의견에 동의했다.

모가장의 고수들은 타유의 의견대로 그날 오후 늦게 이산장을 떠났다. 이산장과 보림장의 거리는 대략 백여 리, 발 빠른 무인이라면 능히 하루에 닿을 수 있는 거리다. 그러나 모가장의 고수들은 길을 서둘지 않았다.

그들은 중도에 적당한 곳에서 야숙을 하며 충분히 휴식을 취한 후 다음 날 보림장에 도착하는 것으로 일정을 정했다. 물론 이 또한 모두 타유의 의견에 따라 결정된 일이었다.

                    *   *   *

까마귀 수십 마리가 원을 그리며 하늘을 날고 있다. 부러진 도검이 주인을 잃고 땅 위에 나뒹굴었다. 사람의 시신은 보이지 않았다. 그러나 땅을 물들은 검은 핏자국은 이곳에서 격렬한 싸움이 벌어졌다는 것을 말해준다. 타유와 청풍이 모가장의 고수들과 함께 보림장으로 가는 길 위에서 본 풍경이었다.

"이 길이라면 사해표국의 진로입니다."

모불승이 모잠을 보며 말했다.

"어리석군."

모잠이 혀를 찼다. 이럴 때 보면 모잠에게도 제법 비범한 재능이 없는 것은 아니다.

"맞습니다. 이렇게 전력을 소비해서야 보림장에 복수한다 해도 결국 자신들도 쇠락하고 말겠지요."

모불승이 대답했다.

"인간이 복수에 눈이 멀게 되면 앞뒤 분간을 못하는 법이지. 아무튼 우리에게 나쁜 것은 아니오."

모잠이 대답했다. 그 소리를 들은 타유와 청풍이 자연스럽게 서로를 돌아본다. 마치 자신들에게 들으라고 하는 소리 같았기 때문이었다. 두 사람 역시 복수를 위해 거대한 적을 향해 무모한 도전을 해나가고 있지 않은가.

"좋은 충고군요."

청풍이 나직하게 말했다.

"그러게 말이다. 우리는 앞뒤 분간을 해야겠지."

타유가 빙그레 미소를 짓는다.

"전진한다."

모잠의 명이 떨어졌다. 그러자 이십여 명의 모가장 무사가 일제히 말을 몰아 앞으로 나아가기 시작했다.

길 주변에선 개미 새끼 한 마리 찾아보기 힘들었다. 민가에
도 사람이 보이지 않았다. 아마도 큰 싸움이 일어날 것을 염려
해 미리 몸을 숨긴 것이 분명했다.

수백 년 역사의 보림장 주변이 그렇게 황량한 폐허로 변해
가고 있었다. 사람과 가문의 몰락은 그렇게 일순간에 일어난
다는 것을 보여주는 광경이다.

'모두 욕심 때문이지.'

타유가 생각했다. 만약 보림장이 천상사가의 자리에 욕심을
두지 않았다면, 그래서 독곡의 독인들을 끌어들이지 않았다면
절대 오늘 같은 멸문의 위기가 닥쳐오지는 않았을 것이다. 결
국은 자업자득인 셈이다.

카카캉!

문득 멀리서 도검의 충돌음이 들린다. 일행이 시선이 일제
히 소리가 난 쪽으로 향했다. 아득하게 보림장의 거대한 장원
이 눈에 들어오고 치솟는 검은 연기도 보였다.

"벌써 불을 놓은 것인가?"

모잠이 조금 조급한 목소리로 말했다. 장원이 탄다는 것은
상원의 고수들이 보림장에 진입했다는 의미가 된다. 그렇다면
보림장의 멸망이 생각보다 빠를 수도 있었다. 그건 모가장의
계획과 크게 어긋나는 일이다. 그들이 도착하기도 전에 싸움
이 끝난다면 일부러 전진을 늦춘 것은 악수가 된다.

그런데 그때였다. 문득 청풍이 입을 열었다.

"보통 연기가 아닌 듯합니다."

"그게 무슨 소리냐?"

타유가 청풍에게 물었다. 사람들의 시선도 청풍에게로 향했다.

"불에 의해 만들어진 연기가 아니라… 독무 같아요."

청풍이 눈을 가늘게 뜨고 말했다.

"독무!"

갑자기 일행에게 한순간 잊고 있던 공포가 다시 찾아왔다. 그 대단하던 독곡의 독인들을 떠올리지 않을 수 없었다.

"독곡의 사람들이 끝까지 의리를 지키는 것일까요?"

모불승이 두려운 낯빛으로 물었다. 보림장에서 독무가 일어났다면 그것은 십중팔구 독곡의 독인들에 의한 것일 터였다.

"음……. 그럴 수도 있겠구려."

모잠 역시 두렵기는 마찬가지였다. 독이란 본래 사람에게 본능적인 두려움을 안겨주는 물건이 아니던가.

"조심해서 전진해야겠습니다."

모불승의 말에 모잠이 고개를 끄덕였다.

"그럽시다. 아무래도 보통 일이 아닌 것 같소."

모잠이 고개를 끄덕이고는 앞에 선 무사에게 눈짓을 한다. 그러자 선두에 선 무사가 조심스럽게 앞으로 전진하기 시작했다.

타유는 기이한 일이라는 생각이 들었다. 독의 출현이 그렇다는 것이 아니라 아무도 청풍에 대해 의심하지 않는다는 것이 그러했다. 일행과 보림장의 거리는 어림잡아도 수백여 장이다.

그런데 그 먼 곳에서 일어난 연무의 정체가 연기가 아니라 독무라는 것을 어찌 알 수 있단 말인가. 타고난 청풍의 재능을 알고 있는 타유가 아니라면 누구라도 의심해 봐야 할 문제였다.

그런데 모가장의 식솔들 중 누구도 청풍을 의심하지 않았다. 그들은 마치 청풍이 눈앞에 있는 독을 발견한 것처럼 행동하고 있었다.

'두려움이 이성을 마비시키는가.'

그리 생각할 수도 있었다. 그러나 그것만으로는 설명이 되지 않는다. 그리하여 타유가 내린 결론은 하나다. 모가장 무사들이 마음 깊이 자신과 청풍을 신뢰한다는 사실이었다. 그 신뢰감이 당연히 의심을 품어야 할 상황에서도 청풍을 의심치 않게 만들었던 것이다.

'일은 성공이라고 할 수 있겠구나. 이제 이들은 우리가 어떤 말을 해도 믿을 것이다. 그러나……'

타유의 마음이 무거워진다. 언젠가는 배신해야 할 사람들에게 신뢰를 얻는다는 것은 슬픈 일이다. 어쩌면 이들 중 상당수를 자신의 검으로 베어야 할지도 모른다.

"경솔했다."

마음속의 무거움이 전혀 다른 말로 뱉어졌다.

"예?"

청풍이 갑작스런 타유의 말에 놀라 타유를 바라봤다.

"수백 장 밖 독무를 알아보는 자에 대해 어찌 생각하느냐?"

"아!"

그제야 타유가 질책한 이유를 깨달은 청풍이 나직하게 탄식을 흘렸다. 그도 자신이 실수했음을 깨달은 것이다.

"조심할게요."

"너의 그 재능을 다른 사람이 알아서는 안 된다. 그 재능이 알려지면 사람들이 널 경계하게 될 것이다."

"알겠어요."

청풍이 다시 고개를 끄덕인다.

"보림장에서는 더욱 조심하거라. 저곳에 독곡의 고수들이 있다면 일은 생각처럼 쉽지 않을 것이다."

"정말 그들이 있을까요?"

"글쎄다. 일단 가보자꾸나!"

사방이 독지로 화해 있었다. 땅 곳곳이 검게 변해 있었고, 독에 중독되어 죽은 자들이 그 독지 위에 너부러져 있었다. 상원의 고수들은 보림장을 넓게 포위한 채 앞으로 전진하지 못하고 있었다. 아무리 적이 궁지에 몰렸다고는 해도 독지를 향해 전진할 용기를 지닌 사람은 흔치 않다.

독무는 더 이상 피어오르지 않았다. 그러나 독이 스며든 땅은 여전히 공포심을 일으킨다.

모가장의 고수들이 천천히 상원의 수뇌부가 있는 곳으로 향했다. 그러자 무상 목우가 앞으로 나와 모가장의 고수들을 맞이했다.

"조금 늦었습니다."

모잠이 정중하게 목우에게 말을 건넸다.

"도중에 무슨 일이라도 있었소이까?"

"그런 것이 아니라 이산장의 저항이 워낙 거세서……."

모잠이 말꼬리를 흐린다.

"그랬구려. 하긴 이산장은 보림장의 분가 중 그 세가 가장 강한 곳이니 쉽지 않았을 것이오."

"그나저나 이게 어찌 된 일입니까?"

모잠이 독지로 변한 보림장 주변을 둘러보며 물었다.

"놈들이 독을 썼소."

목우의 얼굴에 노기가 서린다. 독에 죽어간 자가 적지 않은 모양이었다.

"독곡의 고수들이 여전히 그들을 돕고 있는 모양이군요."

"음, 그건 알 수 없소. 독을 쓰기는 했지만 독곡의 고수들은 보이지 않았소."

목우의 말에 모잠이 의아한 표정을 짓는다.

"그럼 독곡 고수들의 도움 없이 보림장에서 이런 독지를 만들었다는 말입니까?"

독을 다루는 일은 극히 위험한 일이다. 덕분에 독공을 수련하는 일은 하루아침에 이뤄질 수 없었다. 그러므로 독곡의 도움 없이 보림장이 스스로 이렇게 광범위하게 독을 썼다는 것은 쉽게 믿기 힘든 일이다.

"그렇지는 않을 것이오. 보림장 스스로 이런 일을 벌일 수는 없소. 이건 무척 치밀하게 계획된 하독이었소. 보림장 안으로는 독무가 들어가지 않았고, 정확하게 계획된 시간에 독무를 일으켰소. 이렇게 독을 다룰 수 있다는 것은……. 더군다나 쓰인 독이 극독이었소. 닿기만 해도 죽음에 이르더이다."

"호수에서 쓴 연무의 독과 같은 것인 듯한데……."

곁에서 타유가 검게 변한 땅을 보며 말했다. 그러자 목우가 고개를 끄덕였다.

"그런 것 같소. 결국 같은 독이라면 역시 독곡의 독인들이 개입되었다는 말이오."

그러자 모잠이 두려운 빛을 보이며 말했다.

"그들이 모가장에 머물고 있다면… 위험한 일 아닙니까?"

"음, 그렇기는 하지만 그렇다고 여기서 공격을 멈추고 돌아갈 수도 없소. 이미 빼어 든 칼이오. 보림장을 베지 못한다면 상원은 웃음거리가 될 것이고, 결국 강호의 호랑이들이 약세를 보인 상원을 향해 이빨을 들이댈 것이오."

목우의 말은 정확했다. 상원은 강호의 제 문파들에게 탐나는 먹잇감이다. 상원에 속한 상가들의 재력이면 세상을 훔칠 수도 있었다.

"하면 저들을 어찌 상대하실 생각이신지……?"

"음……. 일단 포위를 하고 문상을 기다릴 생각이오."

"문상도 오십니까?"

"원주도 오고 계시오."

"원주까지……!"

모잠이 놀란 기색을 보였다. 상원의 원주 초군 구중원이 직접 전장에 나서는 것은 극히 드문 일이었다. 비록 승리가 예정된 싸움이라 해도 그랬다. 전장의 도검에는 눈이 없어서 우연찮게 큰 화를 당할 수도 있었다.

"원주께선 보림장을 제압한 후 사후의 일처리를 이곳에서 직접 하실 생각이신 모양이오."

목우의 말을 듣고 있던 타유가 씁쓸한 미소를 지었다.

'역시 장사치군. 먹을 것이 많은 곳이니 위험해도 오지 않을 수 없다는 것이군.'

보림장을 멸문시키면 그들이 쌓아 놓은 막대한 재물은 결국 상원의 것이 된다. 상원은 여러 가문이 모여 만든 세력이니 보림장의 재산을 분배해야 하는데 상원의 원주이자 구가장의 장주인 구중원이 직접 그 분배를 주도해 자신의 가문에 유리한 결정을 내리려는 의도일 터였다.

"싸움은 끝나지도 않았는데 논공행상을 먼저 생각하는군요."

모잠이 비난하듯 말했다.

"사람이란 언제나 사후의 일을 대비해야 하는 법이 아니겠소?"

목우가 구중원을 두둔한다.

"그래도 지금은 일단 보림장을 제압하는 일이 시급하겠군요."

모잠이 눈을 가늘게 뜨고 보림장을 바라봤다. 그러자 목우
도 보림장으로 시선을 돌리며 말했다.

"그렇소이다. 일단 문상이 오면 계책을 내어놓을 것이오.
원주도 오시니 형제들의 사기도 올라갈 것이고……."

"원주의 칼 솜씨를 좀 볼 수 있으려나?"

모잠이 한줄기 비웃음을 흘리며 걸음을 옮겼다. 과거 모가
장 역시 상가였음에도 불구하고 무가로 성장한 모가장의 대공
자 모잠의 눈에 상원의 원주 구중원은 한낱 장사치로밖에는
보이지 않는 모양이었다.

음울한 시간이 흘러가고 있었다. 보림장의 사람들은 코빼기
도 보이지 않았다. 그들은 독으로 둘러싸인 장원에서 영원히
살 것처럼 모습을 드러내지 않았다.

그렇다고 상원의 고수들이 보림장을 향해 진격하지도 않았
다. 보림장의 고수들은 무서울 것은 없으나 보림장 주변에 뿌
려놓은 독들은 무서웠기 때문이다.

그리하여 사람들의 시선은 북쪽으로 향했다. 북쪽에서 이어
진 관도를 따라 나타날 사람들을 기다리고 있는 것이다. 상원
의 원주 구중원과 문상인 신산 상평이 그들이었다.

수백에 이르는 상원 고수들의 기다림은 저녁노을이 질 때까
지 이어졌다. 두 사람이 상원 진영에 모습을 드러낸 것은 노을
이 지고 나서 사위에 어둠이 깔렸을 때였다. 타유는 그들이 어
둠이 내리자 모습을 드러낸 것은 상원의 원주 구중원이 적을

두려워하고 있기 때문이라고 생각했다.

아마 구중원의 귀에도 이미 보림장 주변에 독이 뿌려졌다는 소식이 들어갔을 터였다. 그 소식을 들은 구중원은 독곡의 독인들이 보림장에 있을지도 모른다고 생각했을 것이다. 어쩌면 자신이 직접 보림장에 온 것을 후회하고 있을지도 몰랐다.

아무튼 구중원은 도착하자마자 상원의 수뇌들을 불러 모아 보림장을 공략을 계책을 논의하기 시작했다. 물론 그 계책이 결국은 문상 신산 상평의 머리에서 나올 것이란 것은 상원의 수뇌들 누구라도 알고 있는 사실이었다.

타유와 청풍은 구중원의 초대를 받지 못했다. 대신 모가장을 대표해 수뇌회의에 초대된 사람은 모잠이었다. 어찌 보면 당연한 일인 듯 보였지만 상원의 몇몇 고수는 이 문제를 두고 수군덕거렸다. 이유는 하나, 그동안 타유가 보여준 일련의 능력들은 그가 상원의 수뇌회의에 참여해도 전혀 이상할 것이 없다는 것을 알고 있기 때문이었다.

그리하여 사람들은 어렴풋이 원주 구중원이 은근히 타유를 견제하고 있는 것을 깨달았다. 물론 그건 타유와 청풍이 가장 생생하게 느끼는 것이기도 했다.

"아버지를 두려워하나 봐요."

청풍이 수뇌들이 모여 있는 막사를 바라보며 말했다.

"내가 제이의 문상과 무상이 될지도 모른다고 생각하는 모양이더구나."

타유가 대답했다.

"누가 그래요?"

청풍의 말에 타유가 잠시 입을 닫았다. 구중원이 자신을 경계하고 있다는 말을 전해준 사람은 복묘상이었다. 타유에게 주의를 주기 위함이었는데 그 일을 청풍에게 바로 말하기는 꺼려지는 타유였다.

이미 청풍은 본능적으로 복묘상에게 친근감을 느끼고 있었다. 이런 때 복묘상을 계속해서 청풍에게 노출시키는 것은 위험한 일이었다. 어느 날 갑자기 청풍이 복묘상을 알아볼 수도 있기 때문이었다.

복묘상이 많이 변했다고는 해도 그녀는 청풍의 친모다. 더군다나 청풍은 총명한 머리를 가지고 있으니 그 기억력이 복묘상을 되살려내는 것도 불가능한 일은 아니었다.

"무상이 그러더구나."

타유가 애써 둘러댔다.

"그는 이상한 사람이군요."

"뭐가 말이냐?"

"그가 충성을 다해야 할 사람은 원주 아닌가요? 그런데 원주를 조심하라고 경고를 해 주다니……."

"상원은 원주의 것이 아니다. 원주도 상원을 이루는 한 가문의 수장일 뿐이지. 상원의 사람들은 한 사람에게 충성을 바치는 것이 아니다. 상원이라는 세력에 충성을 바치는 것이지. 원주야 언제든 바뀔 수도 있는 것이고……."

"그렇긴 하지만……. 혹, 무상에게 다른 생각이 있는 것은 아닐까요?"

"다른 생각?"

"간혹 이상한 느낌을 받았어요. 상원의 주인이 천상회나 원주가 아니라 문상과 무상이라는……. 오히려 천상사가는 문상과 무상이 움직이는 상원의 일개 구성원이라는 생각이 들 때가 있어요."

"그렇더냐?"

어쩌면 맞는 말일 수도 있었다. 문상과 무상의 존재로 인해 상원에서 외족의 존재감은 천상회의 천상사가와 견줄 수 있는 수준이었다.

거기다가 비록 원주의 재가가 필요하기는 하지만 상원의 거의 모든 일이 문상 신산 상평에 의해 계획되고 무상 목우에 의해 실행되고 있었다. 모양만으로 보자면 상원은 문상과 무상 두 사람이 지배하는 세력이라고도 할 수 있었다.

천상사가는 단지 문무이상이 만들어주는 재물을 취할 뿐이었다. 어쩌면 문상과 무상도 자신들이 상원의 주인이라고 생각하고 있을 수도 있었다.

"세상 어디에도 그 안에 싸움이 없는 집단은 없다. 사람을 모아놓으면 권력이 생기고, 권력이 생기면 다툼이 만들어진다. 상원도 다를 바가 아니지."

"제가 궁금한 것은요……."

청풍이 잠시 말을 끊었다. 그리고는 나직하게 속삭이듯 말했다.

"과연 문상과 무상의 뿌리가 어딘가 하는 거예요."

"응?"

타유가 무슨 소리냐는 듯 청풍에게 되물었다.

"그 두 사람이 정말 세상에 아무런 연고도 없던 사람들일까요? 그런 능력을 지닌 자들이 정말 강호의 낭인으로 떠돌다 어느 날 불쑥 상원의 위급함을 구하기 위해 상원에 들어왔을까요?"

"다른… 신분이 있을 거란 말이냐?"

"그런 생각이 들어요. 그들이 상원을 처음부터 노리고 있었다는 생각이요."

"음……."

타유가 나직하게 침음성을 흘렸다. 만약 정말 그렇다면 그건 타유와 청풍 그리고 복묘상에게 그리 좋은 소식이 아니다. 목우의 뿌리가 다른 곳에 존재한다면 그 뿌리를 위해 언제든 자신과 복묘상의 관계를 이용할 수도 있기 때문이었다.

"그들에 대해 좀 더 알아볼 필요가 있겠구나."

"그러자면 그들과 좀 더 가까워져야겠지요."

"이번이 좋은 기회가 될지도 모르겠군."

타유의 시선이 다시 상원의 수뇌들이 모여 있는 막사로 향했다.

상원 수뇌들의 모임은 새벽이 다 되어서야 끝이 났다. 모임에서 돌아온 모잠은 급히 타유를 만나려 했으나 타유는 이미 청풍과 잠자리에 들었기에 모잠 역시 그날 밤은 그대로 잠을 청할 수밖에 없었다.

그리고 아침이 밝았을 때 모잠은 또다시 타유에게 지난밤 모임에서의 일을 이야기할 기회를 잃었다. 왜냐하면 일은 그가 일어나기도 전에 시작되었기 때문이다.

덜그럭거리는 마차 소리가 요란하다. 지난밤 구중원의 막사에 모여 밤늦게 보림장을 공격할 대책을 논의한 사람들이야 늦은 잠을 자고 있을 테지만, 일찍 잠자리에 들었던 타유와 청풍은 어느새 잠자리를 털고 일어나 아침 해와 함께 상원의 진영으로 들어오는 여러 대의 마차를 보고 있었다.

"술은 아니겠죠?"

청풍이 물었다.

"기름이다."

타유가 대답했다. 타유의 코끝으로 기름 냄새가 느껴진다.

"유황도 있네요."

이번에는 청풍이 말했다. 청풍의 오감은 타유보다 뛰어나다. 타유는 살수의 수련을 통해 후천적으로 오감을 발달시켰지만 청풍은 타고난 재능으로 남들보다 뛰어난 오감을 지닌 사람이다.

"화공을 쓰겠다는 말이군."

타유가 어두운 표정으로 말했다. 기름에 유황이라면 화공이 분명하다. 확실한 방법이기는 했다. 독은 결국 불이 약이다. 화공을 펼치면 보림장 주변에 퍼져 있는 독들을 태울 수 있을 것이다. 그러나 그리되면 보림장도 타 버린다.

"독한 계책이에요."

"문상의 계책일까?"

"모든 계책은 그로부터 나온다고 했잖아요."

청풍이 대답했다. 그러자 타유가 한숨을 내쉬었다.

"정말 그렇다면… 경계해야 할 사람이구나. 장원이 불타면 그 안에 들어 있는 모든 생명도 탈 것을 모르지 않을 터인데……"

화르르!

폭풍처럼 불꽃이 일었다. 기름 부은 땅은 금세 화염에 휩싸였다. 매캐한 냄새가 허공을 떠돌았다. 신산 상평은 투석기까지 동원했다. 하루아침에 투석기가 동원되었다는 것은 그가 이곳에 오기 전부터 화공을 준비하고 있었다는 말이 된다.

투석기를 이용해 보림장의 장원을 깨뜨리려는 것은 아니었다. 상평은 독지로 변한 보림장 주변의 땅에 투석기를 이용해 기름을 부었다. 사람이 들어가 기름을 붓는 것이 불가능하기에 투석기에 기름통을 달아 먼 곳의 땅까지 기름을 퍼뜨린 것이다.

그리하여 독이 뿌려진 땅을 기름이 덮었고, 그 위에 불을 놓았다. 보림장은 금세 화염에 휩싸일 수밖에 없었다. 그런데 이제 곧 화마에 휩싸여 소멸할 보림장을 바라보고 있던 타유의 표정이 언제부터인가 살짝 변했다.

"불이 잦아들면 전진한다. 모두 준비하라!"

수백의 상원 고수를 모아놓고 그 선두에서 불타는 보림장을 바라보고 있던 목우가 소리쳤다. 상원의 무사들 눈에 살기가 흐르기 시작했다. 충천하는 불길이 그들의 살기를 더욱 북돋고 있었다.

"서둘지 마시오."

전의를 불태우는 사람들 중에는 모잠도 있었다. 애초의 계획들은 모두 틀어진 상태였다. 선공에 나선 상원의 고수들이 위기에 처했을 때 싸움에 뛰어들어 공을 취하려던 타유와 모잠의 계획은 보림장 주변에 독이 뿌려짐으로써 더 이상 기대할 수 없게 되었다.

그러니 이제 싸움에서 공을 세우려면 선봉으로 보림장에 뛰어들어야 한다는 것이 모잠의 생각이었다. 더군다나 화염에 휩싸인 보림장의 반격은 미미할 것이라는 것이 모두의 생각이었다. 그런데 그런 모잠을 타유가 제지하고 있었다.

"먼저 들어가지 않으면 공을 다른 곳에 빼앗길 것이오."

모잠이 이번만은 타유의 의견에 동의할 수 없다는 듯 말했다. 그러자 타유가 고개를 저었다.

"그렇지가 않소이다. 우린 우리 계획대로 하면 되오."

"다시 후방을 노려야 한단 말이오?"

"그렇소이다."

"저들에게 상원의 공격을 버텨낼 힘이 있다고 보시오?"

"충분히."

타유가 단호하게 말했다. 그러자 모잠이 의아한 표정으로 되물었다.

"어떻게 그렇게 확신하시오? 저 불길 속에서 사람들이 견딜 수 있겠소?"

그러자 타유가 눈길을 돌려 불길 너머의 보림장을 보며 말했다.

"처음에는 나도 이 화공으로 보림장은 끝이라고 생각했소. 그런데… 지금은 조금 생각이 다르오."

"무엇이 말이오?"

모잠이 더 이상 궁금함을 참을 수 없다는 듯 급히 물었다.

"소리가 들리지 않소."

"소리?"

"그렇소. 보림장이 화마에 휩싸였으면 당연히 죽어가는 사람들의 비명 소리가 들려야 하는데 대공자는 그 비명 소리가 들리오?"

이번에는 타유가 물었다. 그러자 모잠의 표정이 변했다. 그러고 보니 불타고 있는 보림장 안쪽에서는 한마디 비명 소리도 들리지 않았다. 오로지 타오르는 불길이 만들어내는 기이한 소음만이 장내를 뒤덮고 있을 뿐이었다.

"이, 이게 도대체 어찌 된 일이오?"

"둘 중 하나요. 불길이 보림장 안쪽 깊숙한 곳까지는 미치지 못했거나, 혹은… 보림장에 비도가 있어 그들이 불길을 피해 다른 곳으로 피신을 하였거나. 아무튼 둘 중 어느 경우라도 선봉으로 보림장에 들어가는 것은 위험할 것이오. 불길이 미치지 못했다면 들어오는 적을 기습하기 위한 준비가 있을 것이고, 또 비도를 통해 탈출을 했다면 떠나면서 보림장 자체를 큰 함정으로 만들어 놓았을 것이기 때문이오. 우린 역시… 나중에 들어가는 것이 좋겠소."

타유의 말에 모잠이 두려운 빛을 보였다. 타유의 말대로라면 보림장은 거대한 죽음의 함정으로 변해 있을 것이다.

"알겠소이다. 역시 우 대협의 식견을 따를 수가 없소이다."

안도와 함께 타유에 대한 신뢰가 묻어나는 모잠이 말이다.

그러나 모잠의 성급함은 말릴 수 있지만 다른 상원 고수들의 살기까지 막을 수는 없는 타유다. 불길이 잦아들자 상원고수들의 투기는 더욱 강렬해졌다. 어쩌면 보림장 안에 쌓여 있을 금은보화에 대한 욕심이 더욱 그들의 전의를 북돋고 있는지도 몰랐다.

"전진한다."

불길이 완전히 잦아들자 목우의 명이 떨어졌다. 그러자 상원의 무사들이 젖은 장삼을 어깨에 걸친 후 미리 준비한 물통을 하나씩 들고 보림장을 향해 전진하기 시작했다.

촤아악!

물통에 든 물이 뿌려지면 불타 버린 땅이 비릿한 냄새와 함께 연무를 일으켰다. 혹 독이라도 섞였을지 몰라 연무가 잦아들면 전진하던 상원의 무사들이 어느 순간부터 연무에 독이 섞이지 않았음을 확인하고는 보림장을 향해 전진하는 속도를 높이기 시작했다.

촤아악!

다시 물이 뿌려진다. 이번에는 좀 더 멀리까지 물이 뿌려졌다. 땅에서 남겨진 열기와 물이 섞여 만들어내는 수증기가 아침 안개처럼 피어오른다. 그 위로 이젠 열기조차 두려워 않는 상원의 고수들이 달리기 시작했다.

"담을 넘어라!"

목우의 명에 따라 수십 명의 상원 고수가 보림장의 담장을 넘었다. 그러나 안쪽에선 어떤 반격도 이뤄지지 않았다. 불에 탄 건물들만이 을씨년스럽게 상원의 고수들을 맞이한다.

"아무도 없습니다!"

가장 앞서서 보림장으로 뛰어들었던 이령주 헌원고가 목우를 보며 소리쳤다. 그러자 목우가 재차 명을 내렸다.

"매복이 있을 수 있으니 조심하라. 혼자 움직이지 말라. 서넛이 짝을 이뤄 장원을 샅샅이 뒤져라."

목우의 명에 상원의 고수들이 삼삼오오 짝을 이뤄 보림장 곳곳으로 퍼져 나갔다.

"역시 예상대로군요."

청풍이 불에 그슬린 담장 위에 서서 말했다.

"그러게 말이오. 역시 우 대협의 안목을 나로서는 도저히 따를 수 없구려."

모잠이 타유에게 아부의 말을 해댄다. 그도 그럴 것이 지금 보림장 안에서 벌어지는 일은 모두가 타유가 예상한 대로였기 때문이다.

"이제 곧 어느 곳에서든 비명이 들리겠군요."

모불승이 말했다. 그러자 타유가 고개를 끄덕였다.

"아마도 그럴 것이오."

그런데 타유의 말이 채 끝나기도 전에 두 사람의 말이 현실이 되어 나타났다.

펑!

"악!"

"으아악!"

한순간 커다란 폭음과 함께 장원 안쪽 깊숙한 곳에서 불길이 솟기 시작했다. 그러고는 그 불길이 다시금 보림장을 태우기 시작했다.

화르륵!

한번 일어난 불길은 순식간에 보림장을 덮쳤다. 그리고 그 안에서 상원의 고수들이 죽어가기 시작했다.

"악!"

"적이다!"

곳곳에서 비명과 경고성이 들려왔다.

"화공에 화공으로 보답한다. 역시 보통이 아니군."

모잠이 중얼거렸다. 그는 감히 불타는 보림장 안으로 들어갈 엄두를 내지 못하고 있었다.

"갑시다."

타유가 모잠을 보며 말했다.

"저 화마 속으로 말이오?"

모잠이 두려운 듯 되물었다. 그러자 타유가 고개를 끄덕였다.

"험지이긴 하지만… 얻는 것도 많을 것이오. 사해표국의 무사들이 향한 곳으로 갑시다. 그들에게 이젠 그들의 자리를 우리 모가장이 차지할 때가 되었다는 것을 알려줄 필요가 있소이다."

타유의 말에 모잠이 두려운 빛을 보이면서도 입술을 깨물었다. 여기서 물러날 수는 없는 일이다.

"알겠소이다. 갑시다."

모잠이 고개를 끄덕였다. 그러자 타유가 먼저 신형을 날려 화마에 뒤덮인 보림장 안으로 들어갔다.

차앙차앙!

날카로운 도검의 충돌음이 어지럽게 일어났다. 그 속에서 수십 명의 사람이 뒤엉켜 있었다. 연기 속에서 혈향이 묻어난다. 죽은 자의 시신이 가끔 발에 걸리기도 했다.

"이놈들!"

연무속에서 한 사내가 호랑이처럼 날뛰고 있었다. 눈에는 혈광이 충천했고, 머리는 분노로 하늘 높이 솟구쳐 있었다. 그야말로 야차와 같은 모습이다. 그 모습으로 이리저리 날뛰며 적을 베고 있는 자는 사해표국의 후계자이며 상원의 삼령주인 척준홍이다.

그는 이번 보림장과의 싸움에서 가장 큰 피해를 입은 사람이라고 할 수 있었다. 가문은 몰락 일보 직전이고 상원에서의 입지도 크게 축소되어 있었다. 더군다나 오늘 보림장이 파놓은 함정에서도 가장 큰 피해를 보고 있는 것이 선봉으로 보림장에 뛰어든 사해표국의 식솔들이니 그의 분노가 이성을 상실케 하는 것은 당연한 일이었다.

그런데 그런 그를 향해 한 자루 검이 무서운 속도로 파고들었다. 이성을 잃고 날뛰던 척준홍조차 소름끼치는 살기를 느끼고는 재빨리 몸을 틀었다.

삭!

척준홍의 반응은 조금 늦은 감이 있었다. 어느새 그를 향해 다가온 검이 척준홍의 등을 길게 베고 있었다.

"놈!"

척준홍이 노기를 토하며 자신을 공격한 자를 향해 검을 내려쳤다.

웅!

강력한 진기를 머금은 검이 홍수의 어깨 위로 떨어져 내렸다.

"애송이!"

홍수가 한마디 비웃음을 흘리며 재빨리 검을 들어 척준홍의 검을 비껴냈다. 그러고는 번개처럼 원을 그리며 검을 휘둘렀는데 그에 따라 척준홍의 검이 마치 지남철에 붙은 듯 흉수의 검에 매달려 방향을 잃고 이리저리 춤을 췄다. 그야말로 놀라운 무공이 아닐 수 없었다.

"죽어랏!"

흉수의 입에서 살기 어린 음성이 흘러나오더니 한순간 자신의 검에 매달려 있던 척준홍의 검을 강하게 밀어내고는 그 찰나를 이용해 척준홍의 심장을 찔렀다.

척준홍은 비록 상가 출신이지만 자신의 무공이 강호무가의 고수보다 대단하다고 자부하는 사람이었다. 그 무공이 그를 사해표국의 후계자로 만들었고, 또 상원 삼령의 령주로 만들었다. 그런데 오늘 그는 뜻밖의 고수를 만나 힘 한 번 제대로 써보지 못하고 심장을 내어줄 상황이 되었다.

그런데 흉수의 검이 막 척준홍의 심장을 찌르려던 찰나 갑자기 흉수가 검로를 바꿔 급히 검을 머리 위로 치켜들었다.

창!

강렬한 파열음이 일어나며 흉수가 대여섯 걸음 뒤로 물러났다. 그러고는 놀란 눈으로 자신을 기습한 자를 바라봤다. 그곳에 청풍이 서 있다. 그리고 어느새 청풍의 뒤에 타유가 바싹 다가서고 있었다.

"네놈은 누구냐?"

흉수가 청풍을 보며 물었다. 그러자 청풍 대신 죽을 고비를 넘긴 척준홍이 소리쳤다.

"그러는 네놈이야말로 누구냐?"

"나? 나를 모른단 말인가?"

흥수가 비웃듯 말했다.

"내가 어찌 너와 같은 쥐새끼를 알 수 있단 말이냐?"

척준홍이 악에 받쳐 소리쳤다. 흥수의 검에 베인 등에선 피가 꾸역꾸역 흐르고 있다. 목숨을 잃을 정도는 아니지만 빨리 치료를 받아야 할 상황이다. 그러나 척준홍은 자신의 부상에 아랑곳하지 않고 흥수의 정체를 추궁했다.

"후후, 이러니 사해표국이 몰락할 수밖에. 자신들을 적에 대해 이렇게 무지하니 어째 성세를 유지할까. 오래전 사해표국이 천하를 주유하고 천상사가의 지위를 차지했을 때의 네 선조는 그러하지 않았다. 너와 같은 후손이 나와 표국의 힘을 약화시키니까 오늘날과 같은 일이 벌어진 것이다."

"늙은이 어디서 요망한 말장난이냐? 사해표국은 결코 무너지지 않는다. 네 정체나 밝혀라!"

척준홍이 악을 쓰듯 소리쳤다.

"난, 오헌이라 한다. 들어봤겠지?"

노인이 물었다. 순간 척준홍의 얼굴이 붉게 달아올랐다. 분노가 그의 이성을 상실케 만들었다.

"네놈이… 네놈이 바로 오헌이구나."

"그렇다. 내가 바로 오헌이다. 난 당연히 너 정도 되는 자면 날 알고 있을 것이라고 생각했는데, 역시 모자란 놈이었어. 아깝구나, 너와 같은 자가 후계자인 사해표국을 멸하지 못하고 오늘 우리 보림장이 이런 수치를 당하다니!"

노인, 스스로 오헌이라 부른 자가 한탄하듯 말했다.

"저자가 오헌이군요."

청풍이 말했다.

"그러게 말이다. 듣던 것보다 더 대단한 것 같구나."

타유가 대답했다. 두 사람 역시 오헌이란 이름은 알고 있었다.

오헌은 보림장에서 칠대무객이라 불리는 고수들 중 수위를 차지하고 있는 인물이었다. 상가인 보림장에는 장주 이하 오대상두와 칠대무객이라 불리는 열두 명의 수뇌가 있었다.

오대상두는 뛰어난 상재를 지닌 인물들로 상가로서의 보림장을 오늘의 성세로 이끈 상인들이었다. 반면 칠대무객은 보림장의 숨은 힘으로 알려진 자들로서 상인이 아닌 무인들이었다.

보림장은 어려운 일이 일어날 때마다 바로 이들 칠대무객을 움직여 그 난제를 풀어냈는데 그 때문에 강호에선 보림장의 진실한 힘은 바로 이들 칠대무객에게서 나온다고 말하고 있었다.

그중 오헌이란 노인은 칠대무객의 수장으로 보림장주 오요명의 하나밖에 없는 동생이었다. 그런 자이므로 그가 보림장에서 차지하는 비중은 막대했다. 알려지기로 사해표국에 대한 도발은 모두 오헌, 이자에 의해 주도되었다고 했으니 그에 대한 척준홍의 분노는 충분히 이해가 가는 일이었다.

"오헌, 네가 도망을 가지 않고 이곳에 남아 있다니, 용기가 가상하구나."

척준홍이 검을 고쳐 잡으며 말했다.

"후후, 갈 때가더라도 네 머리는 가져가려고 남은 것이다."

오헌이 지지 않고 대꾸했다.

"도대체 네놈들은 우리 사해표국과 무슨 원한을 맺었길래 본 표국을 공격했던 것이냐? 천상사가의 자리를 노렸다면 다른 상가들을 공격할 수도 있었을 텐데……."

줄곧 척중홍이나 다른 상원의 고수들이 궁금해하던 문제다. 본래 천상사가의 네 가문 중 그 무력에선 사해표국이 가장 앞선다고 알려져 있었다. 그러니 보림장이 천상사가의 자리를 노리고 벌린 이 한판의 혈사에서 사해표국을 적으로 정한 것은 이해가 되지 않는 일이었다.

"네 아비가 말해주지 않더냐?"

오헌이 싸늘한 표정으로 물었다. 순간 척준홍이 오헌의 살기에 흠칫한 표정을 지었다.

"아버님이 그 이유를 알고 있다는 말이냐?"

척준홍이 되물었다. 그러자 오헌이 비웃듯 말했다.

"흥, 척가가 그래도 부끄러움을 아는 모양이군. 그 일을 지금껏 입 밖에 내지 않았으니……."

"도대체 무슨 소리를 하는 것이냐? 아버님께서 언제 보림장과 원한을 맺었단 말이냐?"

"사해표국이 어떻게 오늘의 부를 이룰 수 있었는지 정녕 모른단 말이냐? 지금으로부터 사십 년 전, 그러니까 네 아비가 서른 살이었던 시절에 사해표국은 감히 천상사가의 지위를 꿈꿀 수 없는 비루한 표국이었다. 그런데 바로 그 해, 사해표국은 막대한 부를 얻었지. 반면 그때까지 사해표국의 수 배에 달하는 재력을 지니고 있던 우리 보림장은 몰락을 길을 걷기 시작했다. 그 연유를 정말 모른단 말이냐?"

"그게 우리 사해표국의 탓이란 말이냐?"

"흐흐, 정말 모르고 있었군. 네 아비가 당시 남해에서 악명을 날리던 해적단 일곱 곳을 끌어들여 우리 보림장의 전 재산을 가로챈 사실을 말이다."

"어디서 그런 망발을……!"

"망발? 홍 그때 우리 보림장은 가문의 전 재산을 들여 천축까지 이어지는 상행을 강행했었다. 만약 그 상행이 성공했다면 지금쯤 천상사가의 우두머리는 우리 보림장이 되어 있었을 것이다. 그런데 네 아비와 네 할아비가 남해의 해적단 일곱 곳을 동원해 상행을 공격했지. 그 일이 비록 먼 남역의 바다에서 일어난 일이라지만 세상에 비밀은 없다. 네 아비와 할애비는 잔인하게도 당시 상행에 참여했던 모든 사람을 죽였다. 자신들이 행한 일이 강호에 알려지면 상계에서 축출될 것을 알았기 때문이겠지."

오헌이 차가운 살기를 드러내며 말했다.

"세상에 그런 허언을 믿을 사람이 있다고 생각하느냐? 만약 정말 그런 일이 벌어졌다면 왜 그동안 그 사실을 강호에 알리지 않은 것이냐?"

"그야 우리도 그 일의 진상을 십여 년 전에야 알았기 때문이지."

"흥, 사십 년 전 벌어진 일의 진상을 십여 년 전에 알았다니 그 또한 허황된 말이 아니더냐?"

척준홍이 비웃듯 말했다. 그러자 오헌이 비장한 표정으로 말했다.

"당시 너의 아비와 일곱 명의 해적 두목은 상행에 참여한 모든 보림장 형제들을 죽임으로써 살인멸구를 시도했다. 그리하여 우리 보림장에서도 상행이 태풍이나 다른 이유로 실패했다고 생각했었지. 그런데… 그때 모든 사람이 죽은 것이 아니었다. 당시 상행에는 보림장의 형제들 말고 남방의 원주민들도 동행하고 있었다. 남방의 바닷길은 워낙 험해서 그들의 도움을 받아야 했으니까."

오헌이 척준홍을 노려보며 잠시 말을 끊었다가 다시 입을 열었다.

"너의 아비는 그들조차도 모두 죽여 버렸지. 그런데 천우신조로 그중 한 젊은이가 살아났다. 근 일백에 이르는 사람들 중 오직 그분만이 살아남았지. 그분이 살아난 것은 한 무가의 고인들 덕분이었는데 그분은 그 무가에 들어 무공을 익히게 되었다. 그리고… 수십 년 간 자신의 무공을 완성한 그분은 당시의 흉수를 찾기 시작했다."

"그래서 겨우 한 사람의 말을 믿고 그 일이 우리 사해표국이 한 일이라고 우기는 것이냐?"

"후후후, 네 아비는 참으로 대범하더구나. 네 아비는 그 일이 영원히 바다에 묻혔을 거라 생각하고, 그 일에 끌어들였던 해적들을 사해표국에 받아들였다. 그들이… 바로 오늘날 사해표국의 중추를 이루는 자들이다. 그분께서는 비록 세월이 지났지만 한눈에 그 당시의 해적두목들을 알아보았지. 당시의 일이 너무도 잔혹했기 때문에 흉수들을 잊을 수 없었던 것이다. 이후 그분은 당시에 일어난 일의 전말을 전하기 위해 본장을 방문하셨다. 그리고 그때부터 보림장의 복수가 시작된 것이지."

"그자가 누구냐? 누가 감히 본 표국에 누명을 씌우는 것이냐?"

"흥, 너와 같이 비루한 자가 어찌 감히 그분의 존안을 뵈올 것이냐? 그러나 내 특별히 은혜를 베풀어 널 그분께 데려가겠다. 물론 가는 것은 네 머리만이겠지만……."

"네놈이……!"

척준홍이 노기를 담은 눈으로 오헌을 노려보며 소리쳤다. 그러자 오헌이 침착한 표정으로 말했다.

"사실 우리로서는 천상사가의 자리를 얻지 못해도 상관없는 일이지. 그 일에 대해서는 형님의 욕심이 과한 면이 있었어. 욕심을 부리지 않으셨다면 굳이 상원과는 척을 질 필요가 없었을 텐데……. 그러나 이미 벌어진 일은 어쩔 수 없는 일이지."

오헌이 아쉬운 표정을 지으며 중얼거렸다. 그러다가 다시 척준홍을 노려보며 말을 이었다.

"하지만 이번 일이 아직 끝난 것은 아니다. 우리 보림장이 오늘 멸문한다고 해도 너희 사해표국이 벌인 과거의 더러운 짓거리는 결국 천하에 알려지게 될 것이다. 그리고 살아남은 형제들이 언제든 네놈들의 목을 노릴 것이야. 그러니… 몰락은 우리 보림장만의 것이 아니다. 사해표국 역시 함께 몰락하게 될 것이다. 그 시작이 오늘 네 목을 베어가는 것이겠고……."

오헌이 슬쩍 검을 들어 척준홍을 겨눈다. 천준홍이 분노와 부끄러움으로 얼굴이 붉으락푸르락해지며 더 이상 오헌이 입을 여는 것을 두고 볼 수 없다는 듯 그를 향해 달려들었다.

창!

오헌과 척준홍의 검이 다시 격돌했다. 두 사람은 이미 한 차례 검을 섞어 보았고, 그 무공의 고하도 이미 드러난 상태였다. 척준홍은 오헌의 상대가 되지 못했다.

그는 다시 오헌과 검을 섞는 순간부터 위기에 몰리고 있었다. 오헌의 검은 일 초 일 초에 강렬한 살기를 머금고 있어 척준홍이 일으킨 분노를 두려움으로 변하게 만들었다.

그런데 척준홍이 연신 위기에 처하고 있었지만 이번만큼은 타유도 쉽게 척준홍을 돕지 않았다. 타유는 마치 오헌이 척준홍을 죽이기를 바라는 사람 같았다.

곳곳에서 매복해 있던 보림장의 고수들과 상원 고수들 간에 치열한 싸움이 벌어지고 있었다. 모가장의 고수들도 이미 그 싸움에 깊이 빠져 있었다.

그러나 타유와 청풍 그리고 모잠은 싸움에서 한 걸음 떨어져 오헌과 척준홍의 싸움을 살필 뿐, 싸움에 뛰어들지는 않았다.

"저러다가 죽겠소."

문득 모잠이 입을 열었다. 비록 오헌의 입을 통해 과거 사해표국이 보림장에 행한 악행을 알게 되었지만 어쨌든 보림장은 상원의 공적이다. 지금으로선 척준홍을 도울 수밖에 없었다.

그러나 그렇다고 모잠이 함부로 척준홍을 돕기 위해 나설 수는 없었다. 오헌의 무공이 생각보다 훨씬 뛰어나기 때문이었다. 물론 모잠 역시 스스로 자부할 만큼 뛰어난 무공을 지니고 있었지만, 오헌과의 싸움은 승패를 자신할 수 없는 모양이었다.

그러니 자연히 모잠의 시선은 타유에게로 향할 수밖에 없었다. 장내에서 오헌을 온전히 제압할 수 있는 사람은 오직 타유밖에 없다고 생각하는 모잠이었다.

"조금 더 기다립시다."

타유가 말했다.

"그러다 삼령주가 죽으면 사람들이 우리를 비난할 거요."

어차피 사해표국은 몰락의 길을 가게 되어 있다. 그러니 이제 모가장이 그 자리를 차지하는 것은 정해진 수순이나 다름없었다. 이럴 때는 세간의 평판이 나빠지는 것을 조심해야 할 때였다.

"쉽게 죽지는 않을 것이오. 팔다리 하나쯤은……."

타유가 말꼬리를 흐렸다.

"그럴 이유가 있소?"

"그가 삼령주의 자리를 스스로 물러날 수밖에 없는 상황을 만들려면 역시 저 오헌이란 자의 검을 빌리는 것이 가장 좋은 방책이오. 삼령주가 온전하다면 과연 그가 상원에 남은 사해 표국의 마지막 보루인 삼령을 내어놓겠소?"

타유의 말에 모잠이 문득 깨달은 바가 있다는 듯 눈빛을 반짝였다.

"듣고 보니 과연 좌호법의 말씀이 맞소이다. 삼령을 쉽게 내어놓게 하려면 역시 그가 재기하지 못하는 것이 가장 좋겠구려."

모잠의 눈빛이 음흉하게 번뜩인다. 그러나 사실 타유는 척준홍에게서 삼령을 내어 받기 위해 싸움에 개입하지 않는 것이 아니었다. 그는 단지 오헌에게 과거의 원한을 풀 기회를 주고 싶었을 뿐이었다.

"죽어랏!"

한순간 오헌이 번개처럼 척준홍에게 달려들며 매섭게 검을 찔렀다. 이미 수세에 몰려 검 쓰는 법이 어지러웠던 척준홍이 미처 오헌의 검을 막지 못하고 급히 몸을 틀었다.

퐛!

오헌의 검이 비끼듯 척준홍의 어깨를 베어냈다.

"악!"

척준홍이 비명을 지르며 왼손으로 오른쪽 어깨를 감싸 쥐었다. 검을 들었던 오른손이 맥없이 늘어지며 들고 있던 검이 땅에 떨어졌다. 아마도 어깨의 힘줄이 완전히 상한 듯 보였다.

"끝이다!"

한 팔을 잃은 척준홍을 향해 오헌이 빙글 신형을 돌리며 최후의 일격을 가했다. 그의 검이 비틀거리고 있는 척준홍의 심장을 찔렀다. 그런데 그 순간 어느새 다가온 타유가 오헌의 검을 걷어냈다.

차앙!

날카로운 소음과 함께 검과 검의 마찰로 불꽃이 일어났다.

"여기까지요!"

타유가 바싹 오헌에게 다가서며 말했다. 그러자 오헌의 눈동자가 흔들린다. 그는 타유가 자신을 벨 수 있었음에도 불구하고 사정을 보아주었다는 것을 알아챌 만한 고수였다.

"그를 죽여야겠소."

"그럼 당신이 죽소. 내가 양보할 수 있는 것은 여기까지요."

다른 사람의 귀에 들리지 않을 정도로 낮은 목소리의 타유다. 그러자 한순간 오헌의 눈에 의혹이 떠오른다.

"왜……?"

상원의 일원으로 와서 상원의 공적이 자신의 사정을 봐주는 것에 대한 의문이다.

"그저 과거 보림장이 겪은 일에 대한 동정심 정도로 해둡시다. 가시오. 지금 가지 못하면 내가 아니더라도 그대의 목을 벨 사람이 여럿 있을 거요."

그러자 오헌의 눈동자가 다시 흔들렸다. 그러다가 이내 살짝 고개를 숙여 보이며 뒤로 몸을 뺐다.

"고맙소. 잊지 않겠소."

오헌의 신형이 한순간에 불타오르는 연기 속으로 사라졌다. 그러자 모잠이 급히 타유의 곁으로 다가서며 말했다.

"역시 대단한 고수구려. 좌호법의 손에서 도주하다니!"

"일부러 살려 보낸 것이오."

모잠 정도의 고수라면 의심을 할 수도 있었다. 그러니 구 할은 진실을 말해야 한다.

"아니, 왜 일부러 그를 살려주었단 말이오?"

"사해표국이 쇠락한다 해도 그들에겐 여전히 저력이 있소. 그 저력을 제대로 발휘하게 못하게 하려면 위험한 적이 어둠 속에 존재하는 것도 좋지 않겠소?"

"아하! 역시 좌호법이시오."

모잠이 탄복한 듯 무릎을 쳤다.

"이제 문도들을 불러들입시다. 이 싸움은 이쯤에서 끝난 것 같소."

"알겠소이다. 피해를 줄이는 것이 상책이지요."

모잠이 고개를 끄덕이고는 이내 불길 속에서 싸움의 광기에 빠져 있는 모가장의 무사들을 불러 모으기 시작했다.

불은 장장 삼 일 동안 꺼지지 않았다. 싸움이 끝난 지는 오래지만 보림장을 태우는 불길은 삼 일이 지나서야 꺼졌다. 상원의 수뇌부는 애써 보림장의 불길을 잡으려 하지 않았다.

상원에 적대한 세력의 말로를 천하 상계에 보여주려는 듯, 상원의 수뇌들은 불길이 완전히 보림장을 태워 그 기둥까지 사라질 때까지 불길을 잡지 않고 기다렸다.

그사이 그들은 보림장 앞에 거대한 진채를 세우고 그곳에서 향후의 대책을 논의하며 불타는 보림장을 지켜보았다.

화마가 보림장을 휩쓸었으니 그 안에서 죽은 사람이 몇인지도 가늠할 수 없었다. 그러나 사람들은 알고 있었다. 보림장의 사람들이 여전히 강호에 존재한다는 것을, 상원의 무사들이 보림장을 공격하기 이전에 이미 상당수의 보림장 고수들이 장원을 떠나 세상 속에 스며들었음을 모르는 사람은 없었다.

그리하여 당연히 추살의 일이 논의되었다. 본시 세상일이란 그 뿌리를 남겨두어서는 언제든 화근이 되는 법이다. 보림장은 불탔으나 사람들은 여전히 남아 있으니 일은 절반의 성공이라고 할 수 있었다.

이제 상원은 나머지 절반, 강호로 숨어든 보림장의 생존자들을 완전히 제거하기 위한 추살의 일을 논의하고 있었다.

물론 그 일에 가장 적극적인 곳은 사해표국이었다. 보림장이 불탄 곳까지 달려온 사해표국주 척흠신은 보림장이 불타는 내내 잔혹한 살기를 드러내며 도주한 보림장의 식솔들을 추살할 것을 요구했다.

그러나 이미 세상의 인심은 변해 있었다. 비록 여전히 천상사가의 지위를 지니고 있었지만, 상원의 사람들은 더 이상 사해표국주 척흠신의 말에 귀 기울이지 않았다.

보림장의 생존자들에 대한 추살을 목소리 높여 주장하던 척흠신도 삼 일째가 되던 날부터 자신의 처지를 깨닫기 시작했다.

그가 아무리 목소리를 높여도 누구 하나 관심을 두지 않던 이들이 모가장의 대공자 모잠의 말에는 흘려 지나는 말조차도 반응하고 있기 때문이었다.

"참으로 잔인한 사람들이에요."

"그리 생각하느냐?"

넓게 늘어선 상원의 진채를 보며 타유가 되물었다.

"아무리 몰락했다고 해도 사해표국은 아직은 천상사가예요. 그런데 그들을 이렇게 철저히 무시하다니. 좋게 물러나게 할 수도 있잖아요."

청풍은 상원 수뇌들의 행동에 불만이 많은 듯 보였다.

"예전이라면 그랬겠지. 그러나… 이미 그들이 사십여 년 전에 행한 일들이 세상에 알려졌다. 사해표국의 뿌리에 해적단이 개입되어 있다는 것도 기정사실화되었지. 상원은, 그 일을 용납하기 힘들 것이다. 해적들은 상원의 상가들에게는 제일적이나 다름없으니까."

"하지만 그건 이미 사십 년 전 일이에요."

"들어보니 그게 그렇지 않더구나"

타유가 고개를 저으며 말했다.

"다른 일이 있나요?"

"그동안 몇몇 원인이 밝혀지지 않은 사건들에 대해 상원의 상가들이 사해표국을 의심하는 듯하더구나. 사해표국이 여전히 바다의 해적들을 이용해 비밀리에 자신들의 잇속을 챙겨왔다는 것이다."

"그런 일이……?"

"사해표국은 육로의 상로는 물론 바다의 상로까지 장악한 천하제일의 표국이다. 그런데 그들이 바다의 상로를 장악한 방법이 의심받고 있는 것이지. 해적들을 동원해 다른 상가들의 상선을 침탈했을 수도 있다는 의심을 받고 있는 듯하구나. 사실이든 아니든 사해표국은 이제 몰락할 수밖에 없는 지경이다."

"아, 정말 그렇다면 지금 그들이 당하는 멸시는 자업자득이군요."

"그렇다고 봐야지."

그런데 그때였다. 문득 모가장의 무사 한 명이 바쁘게 뛰어와 타유의 앞에 고개를 숙였다.

"무슨 일인가?"

"대공자께서 좌호법님을 찾으십니다."

"그래? 오늘 아침에는 특별한 일이 없는 것으로 알고 있는데?"

"그것이… 드디어 사해표국주가 굴복한 모양입니다."

"응?"

"그가 아침에 상원의 수뇌부의 소집을 요구했고, 그 자리에서 천상사가의 자리를 내놓을 듯하답니다."

"음……. 결국 그리되었군."

"그로서도 버티기 어려웠을 것입니다. 이곳에 있는 동안 다른 상가들로부터 완전히 고립되었고, 또한 이미 상원의 상가들이 사해표국과의 거래를 끊고 있다고 합니다."

"안과 밖에서 목줄을 죄었군."

"그래서……."

"알겠네. 내 바로 가지."

"그럼!"

모가장의 무사가 타유에게 고개를 숙여 보이고는 이내 언덕을 달려 내려갔다.

"결국 일은 뜻대로 되었군요."

"그렇구나. 가보자."

타유가 고개를 끄덕이며 걸음을 옮기기 시작했다.

하늘을 맑았으니 공기는 무거웠다. 수십 채의 막사가 형성한 진채에 적막이 돌았다.

사람들은 진채의 중앙에 둥글게 모여 앉은 상원 수뇌들의 모습을 멀리서 바라보고 있었다. 이 회합을 요구한 사해표국주 척흠신은 회합이 시작되는 순간부터 얼굴이 붉게 상기되어 있었다. 그도 그럴 것이 오늘 그는 가문의 생존을 위해 가장

존귀한 자리를 내어놓아야 하기 때문이었다.

"모두들 모이셨소?"

먼저 입을 연 것은 상원의 원주 구중원이다. 그러자 장내에 모인 상원의 수뇌들이 일제히 고개를 숙이는 것으로 대답을 대신했다. 그러자 구중원이 한 차례 고개를 끄덕이고는 다시 입을 열었다.

"오늘은 참으로 기쁘면서도 슬픈 날이오. 그동안 상계를 어지럽혔던 보림장을 완전히 섬멸한 것을 축하하는 날이기도 하고, 또 그들 역시 상원의 한 식솔이었음을 생각하면 허황된 욕심으로 동료의 적이 되어 스스로를 망친 그들이 신세가 슬픈 날이기도 한 것이오. 그래서 술을 준비하지는 않았소. 모두 이해해 주시기 바라오."

"원주의 마음을 어찌 모르겠소이까? 이곳에 모인 사람들 중 술이 그리운 사람은 없을 것이오."

구중원의 말에 대답한 자는 헌원우량이다. 헌원세가의 장주이자 천상회의 일원인 그는 싸움이 끝나자마자 기다렸다는 듯이 보림장으로 달려왔다. 역시 보림장이 가지고 있던 이권의 재분배에서 손해를 보지 않으려는 속셈이었다.

"그리 생각해 주시니 고맙소. 그야 어쨌든 오늘 이 자리는 사해표국의 국주께서 청해 이뤄진 자리요. 그동안 보림장에 의해 제일 큰 피해를 당한 곳이 사해표국이고, 또한 이번 싸움에서 가장 앞서 싸운 곳도 사해표국이오. 상원의 원주로서 이에 대해 심심한 위로와 감사를 드리오."

구중원이 척흠신을 보며 말했다. 말은 그리했지만 구중원의 표정에선 어떤 동정심도 읽을 수 없다. 그 속내를 모르지 않는 척흠신이 쓸쓸한 미소를 지으며 대답했다.

"원주의 말씀에 감사드리오. 그리고 오늘날 이렇게 본 표국의 위급함을 도와주기 위해 보림장의 섬멸에 나서주신 상원의 형제분들께도 이 자리를 빌어 감사드리오."

척흠신이 앞으로 나서서 정중하게 포권을 해 보였다. 그러나 장내의 반응은 얼음장처럼 차갑다. 개중에는 척흠신을 향해 노골적이 적의를 드러내는 사람도 있었다.

"국주의 마음은 모든 사람이 잘 알고 있을 것이오. 그래, 국주께서 오늘 이렇게 사람들을 청하신 이유를 들어봅시다."

구중원이 척흠신을 보며 말했다. 그러자 척흠신이 흠칫한 표정을 짓다가 이내 한숨을 쉬며 말했다.

"그럼 오늘 제가 여러 동도분을 청한 이유를 말씀드리겠소이다. 그 첫째는 근자에 들어 돌고 있는 본 표국에 대한 소문은 사실이 아님을 말씀드리기 위함이오. 본 표국은 절대 무도한 방법으로 오늘날의 성세를 이루지 않았소이다. 그러니… 동도 여러분께선 근거도 없는 낭설로 인해 본 표국에 대한 오해하지 않으시길 바라오."

그러자 장내에서 몇몇 비웃음 소리가 흘러나온다. 그러나 그렇다고 누구도 드러내놓고 척흠신을 추궁하지는 않았다. 비록 보림장과의 싸움으로 그 세가 크게 쇠하기는 했으나 사해 표국은 여전히 상계의 강자다. 함부로 그들과 원한을 맺을 필요는 없는 것이다.

사람들의 반응이 싸늘함에도 불구하고 척흠신은 일단 자신들의 무고함을 밝힌 것에 만족한 듯한 표정이었다. 믿고 안 믿고가 중요한 것이 아니었다. 이렇게 직접적으로 반발하는 사람이 없다는 것은 여전히 사해표국에 힘이 있다는 증거다. 사람들의 반응을 살핀 척흠신이 다시 입을 열었다.

"물론 여전히 우리 사해표국을 의심하는 사람이 여전히 있을 것이라 생각하오. 강호의 오해는 그리 쉽게 풀리는 것이 아니니 말이오. 해서 난 본 표국의 무고함을 증명하기 위해 오늘부로 천상사가의 지위를 내려놓으려고 하오. 이후 사해표국은 상원의 한 일원으로서 백의종군할 것을 밝혀두는 바이오."

"음!"

"흠……!"

장사치들은 과거의 일을 올바로 잡는 것보다 오늘 당장 내게 이득이 되는 일을 중시한다.

척흠신의 사해표국이 천상사가의 자리에서 물러나겠다는 것은 그들이 과거 벌인 일의 과오를 덮어두기에 충분한 선언이었다.

척흠신으로서도 어차피 물러나야 할 천상사가의 자리라면 이렇게 과거의 일을 덮어둘 수 있는 기회로 삼는 것이 이득이라는 것을 알고 행한 일이었으니 과연 이재에 밝은 자라 할 수 있었다.

"국주께서 참으로 어려운 결정을 하셨소이다. 스스로 천상사가에서 물러나는 것으로 아마도 상원의 형제들이 사해표국에 대한 오해를 풀었을 것이오."

구중원이 마치 손도 대지 않고 코를 풀었다는 표정으로 말했다. 사해표국을 천상사가에서 끌어내리는 것은 어찌 보면 구중원이 맡아 처리해야 할 곤란한 일이었는데 이렇게 척흠신이 스스로 물러나겠다고 했으니 구중원으로서는 악역을 맡을 필요가 없어진 것이다.

"대신 원주께 한 가지 청이 있소이다."

척흠신 구중원의 표정이 밝아진 것을 보고는 기회를 놓칠세라 입을 열었다.

"음, 무엇이오? 내 들어드릴 수 있는 것이라면 힘써보리다."

"고맙소이다. 먼저… 상원의 형제들께서 우리 사해표국과의 거래를 꺼려하지 마셨으면 하오이다. 이젠 오해를 풀고 부디 예전처럼 본 표국을 많이 이용해 주시기 바라오."

"그 일이야, 각자 상가에서 알아서 할 일이니 원주라도 내가 관여할 문제는 아닌 것 같구려."

구중원의 말처럼 비록 그가 상원의 원주기는 하는 각 상가의 거래에 관여할 힘은 없었다. 그러자 척흠신이 고개를 끄덕인다.

"물론 그렇지요. 나 또한 원주께 거래를 성사시켜 달라고 부탁드리는 것이 아니라 이곳에 모인 각 가문의 주인께 이렇게 부탁드리는 것이외다."

척흠신이 두 손을 모아 장내의 사람들에게 정중하게 포권을 해 보인다. 그러나 사람들의 반응은 여전히 싸늘하다. 그런 사람들의 반응에 씁쓸한 미소를 지은 척흠신이 다시 구중원을 보며 말했다.

"원주께 드릴 진짜 부탁은 이것이외다. 부디, 오늘날 이런 혈사를 일으킨 보림장에 대한 추살을 계속 이어나가 주셨으면 하는 것이오."

"음……. 그 일이야 당연히 그래야지 않겠소? 이미 보림장은 상원의 공적으로 지목되었으니 그들의 본가가 불탔다고 하여 추살을 멈출 생각은 없소."

"고맙소이다. 내 그들에게 이 원한을 풀 수만 있다면 어떤 일이든 감수할 것이외다."

척흠신이 한순간 차가운 살기를 흘렸다. 그러자 지금까지 그를 멸시하고 비웃던 장내의 인물들이 흠칫한 표정을 짓는다. 썩어도 준치, 비록 사해표국이 몰락했다고는 해도 척흠신은 맨손으로 사해표국을 천상사가의 자리에 올린 사람이다. 그러니 사실 장내에서 척흠신을 홀로 상대할 자는 극히 적었다.

"보림장의 도주자들에 대한 추격은 원으로 돌아가 바로 논의토록 하겠소. 그때는 국주의 의견도 중히 듣도록 하리다. 자, 그 일은 그쯤하고, 사해표국이 천상사가의 자리를 내놓았으니 이제 그 자리를 채워줄 가문을 선택해야 하지 않겠소?"

구중원의 말에 사람들이 놀란 표정을 지었다. 설마 구중원이 오늘 이 자리에서 사해표국을 대신할 가문을 정하자고 할 줄은 누구도 예상치 못했던 것이다.

"원주, 그 일을 그리 급하게 논의할 필요가 있겠소이까? 그 일은 원으로 돌아가서 논의하는 것이 어떻겠소이까? 상원에는 수많은 가문들이 속해 있는데 그중 어느 곳이 천상사가에 들어올지 정하는 것이 그리 단순한 일은 아니지 않소이까?"

구중원의 의견에 반발한 사람은 헌원세가의 가주 헌원우량이다. 사실 헌원세가나 혹은 다른 상가들도 구중원에게 기습을 당한 것이나 마찬가지라고 할 수 있었다.

사해표국이 천상사가에서 빠진 자리를 어느 가문이 차지하느냐에 따라 상원의 세력판도가 완전히 변할 수 있었다. 헌원우량이 생각하기에 구중원이 이렇게 급하게 새로운 천상사가의 한 자리를 정하겠다고 나선 것은, 이미 그의 심중에 향후 상원의 권력을 어찌 재편해 나갈지 계산이 서 있기 때문인 듯 보였다.

만약 구중원의 생각대로 일이 진행되면 향후 상원에서 구중원의 권력은 더욱 강해질 것이 분명했다.

지금도 그는 상원의 원주로서 다른 가문에 비해 월등한 영향력을 행사하고 있지 않은가. 여기에서 더 구중원의 힘이 강해지는 것은 다른 가문들로서는 결코 환영할 일이 못되었다.

"물론 다른 경우라면 충분한 시간을 가지고 논의한 후 천상사가의 빈자리를 채워야 할 것이오. 그러나 지금은 조금 다른 것 같소이다."

구중원이 헌원우량의 보며 말했다.

"지금의 상황이 어떻게 다르다는 말이시오?"

비록 구중원이 상원의 원주이지만 헌원우량 역시 천상사가의 한 주인으로서 구중원에 필적할 만한 영향력을 가진 사람이다. 가문의 이권이 걸린 일에서는 아무리 원주라도 한 치의 양보가 없는 것이 상원의 가문들이다.

"근자에 들어 강호는 무척 혼란하오. 또한 보림장의 잔존 세력은 여전히 상원을 노릴 것이오. 이젠 원한까지 깊어졌으니 어느 가문이든 그들의 공격에서 자유로울 수 없을 것이오. 이런 시절에 상원이 천상사가의 자리를 두고 내부에서 다툰다면 상원의 힘은 크게 약화될 것이오. 더군다나 이번의 경우에는 비어 있는 천상사가의 한 자리를 채울 문파가 너무도 명확하기 때문에 굳이 일을 뒤로 미룰 필요가 없을 것 같소."

"그게 무슨 소리요. 원주의 말씀은 이미 천상사가에 들어올 문파가 이미 정해졌다는 말이오?"

"거의 그렇지 않겠소?"

"불가한 일이오. 어찌 중지도 모으지 않고, 또 천상회의 동의도 없이 천상사가의 한 자리가 결정될 수 있단 말이오? 도대체 누구에게 그런 권한이 있다는 말이오?"

헌원우량이 따지듯 물었다. 그러자 구중원이 고개를 저으며 말했다.

"누군가가 그 일을 결정한 것이 아니라 이번의 경우에는 그 가문이 스스로 자신들이 천상사가 일원이 될 수 있다는 것을 증명한 경우요. 헌원가주! 가주께서는 지금 이 상황에서 사천의 모가장 말고 어떤 가문이 천상사가에 들어올 수 있다고 생각하시오?"

구중원이 불쑥 물었다. 너무도 노골적인 물음에 헌원우량이 당황한 표정을 지었다. 누가 보아도 지금 상황에서 모가장이 천상사가의 일원으로 가장 유력했다. 그들이 상원에 들어온 것이 최근이기는 하지만 사해표국의 일을 해결하는 데 있어서는 모가장만큼 활약한 곳이 없기 때문이었다.

모가장은 독곡 고수들과의 싸움에도 직접 참여하였고, 이번 보림장 토벌에서도 크게 두각을 나타낸 문파였다. 더군다나 사천, 귀주, 운남 삼성의 무계와 상계를 장악하고 있으니 오히려 그 세력에서는 천상사가의 다른 가문들을 능가한다고 할 수 있었다.

"그렇기는 하지만……."

헌원우량이 말꼬리를 흐린다. 그로서도 함부로 모가장이 천상사가에 들어오는 것을 반대할 수만은 없었다. 헌원우량이 딱히 반대의 이유를 들지 못하자 구중원이 좌중을 돌아보며 물었다.

"새롭게 천상사가를 정하는 일에 발언권을 가진 곳은 오늘 이곳에 모인 사람들이 전부라고 할 수 있을 것이오. 물론 상원에는 여러 가문이 속해 있다지만, 이번 보림장 토벌에 참여치 않은 상가는 천상사가를 정하는 일에 관여할 자격이 없다고 할 수 있소. 그러니 이 일을 뒤로 미룰 일이 뭐가 있겠소. 일을 결정할 가문들이 모두 이곳에 있는데 말이오. 말했듯이 난 보림장이 천상사가의 한 가문이 되어야 한다고 생각하오. 다른 의견들이 있으면 말해보시오."

구중원의 말에 상원의 고수들이 서로 간에 눈치를 볼 뿐, 아무도 입을 열지 못한다. 그도 그럴 것이 원주인 구중원이 이렇게 강하게 주장하기도 하거니와 이미 장내의 사람들 대부분이 모가장을 두렵게 느끼고 있었기 때문이다. 사람들이 침묵을 지키자 한 여인이 앞으로 나서며 말했다.

"원주께 한 말씀드리겠습니다."

"오령주시구려. 말씀해 보시오."

구중원이 고개를 끄덕인다. 앞으로 나선 여인은 사십대 초반으로 보이는데도 마치 육칠십은 됨직한 연륜이 느껴졌다. 그렇다고 외모가 추하게 늙은 것은 아니어서 여전히 여인의 아름다움을 간직하고 있었다.

여인은 상원의 다섯 개 령 중 마지막인 오령의 령주로서 화문을 대표하는 고수 주홍이다. 화문의 문주가 이번 토벌에 참여치 않았으므로 비록 그녀가 오령의 령주로서 원주 구중원의 명을 따르는 처지이기는 하나 화문의 문주를 대신하고도 있었다.

"저 역시 모가장이 천상사가에 들 자격이 충분하다고 생각합니다. 그러나 모가장이 천상사가의 일원이 되기 전에 한 가지 들어볼 말이 있다고 생각되는군요."

그러자 구중원이 호기심을 드러내며 물었다.

"들을 말이라……. 무엇에 대해서 말이오?"

모잠 역시 주홍에게 시선을 돌렸다. 그러자 주홍이 모잠을 보며 말했다.

"그동안 상원에선 모가장에 대해 제법 많은 것을 알아보았지요. 물론 성도에서의 분란도 있었고, 또 새로운 가문을 상원에 들이는 경우에 응당 조사해야 하는 것들이니 모가장의 대공자께서도 기분이 상하진 않으시리라 생각해요."

"그야 당연한 일이오."

모잠이 대범한 표정으로 고개를 끄덕인다.

"역시 듣던 대로 대공자님은 아량이 넓으시군요."

"칭찬 고맙소."

적아를 구분하기 힘들고, 선악을 구분하기 힘든 상황이다. 주홍이 대표하는 화문이 모가장의 적이 될지 혹은 친구가 될지는 앞으로 주홍이 하는 말에서 가늠할 수 있을 것이다.

"그런데 모가장에 대해 알아보니 모가장은 무림의 세력과 깊은 연관이 있다고 하더군요. 그뿐이 아니라 모가장 자체도 이미 상가라기보다는 무가에 가깝기도 하고요. 과연 모가장은 여전히 상가인가요?"

주홍의 질문이 날카롭다. 대저 상원의 일원 중에 무가는 없다. 오직 상가만이 상원에 들 수 있다. 그런데 이미 십수 년 전부터 모가장은 상가의 길보다 무가 쪽으로 한참 기울어진 행보를 보이고 있었다. 주홍은 바로 그 일을 거론하고 있는 것이다.

"음⋯⋯. 오령주께서 하신 말씀이 틀리지 않소. 본가는 상

계와 무계 양쪽에 모두 인연을 두고 있소. 그러나 우리의 뿌리
는 분명 상계요. 모가장은 표국으로 기반을 잡았고, 지금도 그
일은 계속하고 있소. 사실 상계에서도 표국은 다른 상가들과
달리 무림 쪽과 인연이 없을 수 없소. 무림계와의 인연 없이
어떻게 표국을 운영하겠소. 더군다나 비록 우리 모가장이 무
가로서의 면모를 보이고 있다고는 해도 여전히 사천, 운남, 귀
주의 상권을 장악하고 있고 또 상계 제일의 철을 천하에 공급
하고 있소."

"금석촌을 말하시는 거군요."

"그렇소. 그러니 어찌 우리 모가장이 상가가 아니라고 할 수
있겠소?"

모잠의 질문에 주홍이 인정한다는 듯 고개를 끄덕였다. 그
러면서도 다시 질문을 던진다.

"좋습니다. 대공자의 말씀대로 모가장이 여전히 상계에 뿌
리를 두고 있음을 인정하지요. 그러나 그럼에도 불구하고 전
모가장이 천상사가의 일원이 되기 전에 한 가지 약속을 듣고
싶군요."

"약속이라……. 말씀해 보시오."

"상원의 거대한 집단이지요. 금력은 천하를 움직인다고도
하고요. 사실… 상원의 힘이 움직이면 강호의 정세가 변하게
되어 있어요."

"상원의 위대함은 익히 알고 있소."

모잠이 대답했다.

"그런데 상원은 그런 힘을 가지고도 지금껏 무림의 일에는 깊이 관여하지 않았어요. 무림 일에 관여하는 것이 상원으로서는 존폐를 건 위험한 도박이 되기 때문이지요. 묻고 싶군요. 과연 모가장에서는 천상상가가 된 이후 무림의 일에 관여치 않을 수 있나요?"

순간 모잠의 얼굴에 당황한 기색이 드러났다. 함부로 대답할 수 없는 일이다. 말은 상가에 뿌리를 두고 있다고 했지만 기실 모가장은 이미 무가로 변해 있었고, 상원에 들려 하는 것도 그 힘을 이용해 좀 더 강력한 무림의 세력이 되고자 함이었다. 그러니 어찌 무림의 일에 관여치 않는다는 약속할 수 있을 것인가.

당황한 모잠의 시선이 본능적으로 타유에게로 향했다. 언제부터인가 이렇게 곤란한 일이 생기면 모잠은 타유를 찾는다. 그러자 타유가 앞으로 나섰다.

"그 질문에 대답을 하기 전에 오령주께 모가장을 대신해 묻고 싶은 일이 있소."

타유가 나서자 주홍의 표정이 살짝 변한다. 그녀는 모가장을 대표하는 모잠의 말을 듣고 싶었다. 타유가 그동안 상원의 고수들에게 보여준 무공은 대단하지만 그래도 그는 모가장의 한 무사일 뿐이다. 대공자 모잠의 말과 그 무게가 같은 수는 없다. 그런 주홍의 심사를 눈치챘는지 모잠이 얼른 말했다.

"본 장의 좌호법은 나를 대신한다 할 수 있소. 아니, 아버님을 대신하는 분이오."

이럴 때는 상인의 기질이 살아나 무척 눈치가 빠른 모잠이다. 모잠의 말에 주홍이 천천히 고개를 끄덕였다.

"좋아요. 물어보세요."

그러자 타유가 잠시 침묵하며 사람들의 관심을 끌어 모은 후 천천히 입을 열었다.

"아주 오래전의 일이기는 하나, 화문이 상원의 천상사가가 된 것은 언제요?"

"이미 반백 년이 넘었지요."

주홍이 도도하게 대답했다. 화문의 역사에 대한 자부심이 느껴지는 모습이다.

"그렇구려. 그럼 이야기가 쉽겠군. 지금으로부터 이십삼사 년 전쯤인데 혹 화문은 개봉에서 개방과 힘을 합쳐 삼마사괴를 주살한 일이 있소이까?"

순간 장내 곳곳에서 수군거리는 소리가 들린다.

"삼마사괴?"

"아, 그들을 화문이?"

놀란 시선들이 주홍에게로 향한다. 타유의 질문은 주홍도 당황시켰다. 그가 수십 년 전의 일을 물어올 줄은 전혀 예상치 못했던 것이다. 그러나 그것이 부끄러운 과거는 아니다. 오히려 화문의 입장에선 자랑스러운 일이 아니던가.

당시 삼마사괴는 하남과 하북을 오가며 악명을 떨치던 마인들이었다. 여럿 무림문파가 나서서 그들의 악행을 저지하려 했지만 오히려 그들의 손에 멸문 당한 문파가 여덟에 이르렀다. 단 일곱 명이 무림의 문파 여덟 곳을 멸문시켰으니 감히 그들의 앞을 막는 자들이 없었다.

그런데 그런 그들은 한날한시에 강호에서 사라졌다. 들리는 소문에 의하면 소림의 고승이 출도하여 그들을 제압했다고도 하고, 혹은 하북의 팽가에서 고수 오십 명이 출도하여 그들의 목을 베었다고도 한다. 하지만 그들이 강호에서 사라진 정확한 내역은 제대로 알려지지 않았었다.

그런데 오늘 모가장의 이 기이한 고수에 의해 당시의 일이 사람들에게 밝혀지고 있었던 것이다.

"맞아요. 당시 우리 화문이 개방을 도와 그들을 제거했지요."

그게 무슨 문제가 되느냐는 듯한 주홍의 표정이다. 그러자 타유가 빙그레 웃으며 말했다.

"당시 개방과 화문은 삼마사괴를 주살하고도 그 일을 강호에 알리지 않았소이다. 그 이유가 무엇이오?"

"그야 강호의 번잡스런 관심이 싫었기 때문이지요."

"혹, 그것이 화문이 상원의 천상사가로서 무림의 일에 개입한 것을 숨기려 했던 것은 아니오?"

순간 주홍이 아차 하는 표정을 지었다. 그녀는 금세 자신이 타유의 함정에 걸려들었음을 깨달았다. 분명 삼마사괴를 주살한 일은 화문이 무림의 일에 개입한 것이었다. 그러니 그녀 자신이 모가장이 향후 무림의 일에 개입하지 말 것을 강요하는 것은 앞뒤가 맞지 않는 말이었다.

주홍이 당황하여 대답을 하지 못하자 타유가 기다리지 않고 다시 말을 이었다.

"우리 모가장은 물론 무림과 인연이 깊소. 그러나 강호라는 곳이 상계와 무림의 구분이 있다지만 모두 사람 사는 곳이라 칼로 자르듯 매끄럽게 양쪽의 일이 구분되어지는 것이 아니오. 그러니 어찌 우리 모가장이 향후 무림의 일에 관여치 않겠다는 약속을 할 수 있겠소. 다만 한 가지는 약속할 수 있을 것이오. 모가장으로 인하여 상원이 무림의 혈사에 빠져드는 일은 없을 것이오. 그리고 모가장이 무림의 일에 관여하는 것은 천상사가의 다른 문파들이 은밀히 무림과 인연을 맺는 것 이상도 이하도 아닐 것이오. 이만하면 약속이 되었소?"

타유가 주홍에게 물었다. 주홍이 붉어진 얼굴로 대답하지 못하고 그저 가볍게 고개를 끄덕일 뿐이다. 그러자 재빨리 원주 구중원이 두 사람의 대화에 끼어들었다.

"자자, 서로 간에 오해가 생기면 안 되는 일이니 이쯤에서 그 이야기는 그만합시다. 모가장의 좌호법 말씀대로 강호에서 상계와 무계의 구분이 어찌 매끄럽겠소. 단지 우리 상원은 상가들의 이득을 위해 모인 세력이니 가급적 강호의 혈사에 관여치 않는 것을 약속하는 것으로 이 문제는 일단락합시다. 자, 이제 다른 문제로 인해 모가장이 천상사가가 되는 것을 반대하는 분이 있으시면 말씀해 보시오."

구중원의 질문에 장내의 사람들이 저마다 서로의 눈치를 볼 뿐, 말을 꺼내지 않았다. 구중원은 장내의 분위기를 주도할 줄 아는 인물이다. 다른 말이 나오기 전에 일을 끝낼 생각인 구중원이 이내 결론을 냈다.

"아무도 반대가 없으니 새로운 천상사가의 자리는 사천 모가장이 채우는 것으로 하겠소. 대공자!"

구중원이 모잠을 부드럽게 불렀다. 그러자 모잠이 얼른 대답을 한다.

"말씀하시지요."

"이제 모가장은 천상사가가 되었소. 모가장에서 어찌 생각할지 모르겠으나 이는 사실 중원상계에는 엄청난 일이라고 할 수 있소. 천하의 상가들이 천상사가에 들를 염원을 하고 있으니 말이오."

"모가장으로서도 큰 영광이지요."

"하하하, 좋소이다. 그럼 이제 내 대공자께 몇 가지 당부를 하리다."

"말씀하시지요."

"먼저, 오늘은 모가장에 큰 경사이 있는 날이니 그동안 보림장을 상대하느라 심신이 피로한 형제들을 위해 거한 잔치상을 한번 차려보심이 어떻소?"

"이를 말입니다. 어찌 천금인들 아끼겠습니까?"

재물이라면 상원의 그 어떤 가문에게도 뒤질 것이 없는 모가장이다.

"하하하, 역시 화통하시구려. 그리고 두 번째는 천상사가의 일원으로서 상계의 질서를 유지하는 데 힘을 보태야 한다는 것이오. 물론 이는 나중에 다시 거론하겠지만 권한이 막중한 만큼 책임도 따를 것이오."

상원을 위해 내놓아야 할 것이 있다는 말이다. 물론 이 또한 모잠의 입장에선 기꺼이 들을 줄 수 있는 요구다.

"언제든 필요한 것이 있으시며 원주께서 명을 내리십시오."

"하하하, 명이라는 말은 옳지 않소. 내 비록 상원의 원주이나 상원의 일은 언제나 공도를 모아 결정하였소. 그러니 명이란 말은 적절치 않소이다."

"그러나 오늘날 우리 모가장을 천상사가로 천거해 주신 분은 원주시니 본 장으로서는 원주께 특별한 마음을 갖지 않을 수 없군요."

아부에게도 일가견이 있는 모잠이다. 그리고 이 말은 구중원이 바라고 있던 말이기도 했다. 사실 구중원이 상원으로 돌아가기도 전에 서둘러 모가장을 천상사가로 들인 것은 그가 이 일을 주도함으로써 앞으로 모가장을 자신의 의도대로 움직이기 위함이었다.

상원의 사람이라면 누구나 모가장이 사해표국을 대신해 천상사가 될 것이라는 것을 알고 있으니 기왕에 일이 그리될 바에는 자신이 선수를 쳐서 모가장을 자신에게 우호적인 가문으로 만들려 했던 것이다. 그런 그의 의도는 얼추 맞아 들어가고 있었다.

"그래 생각해 주신다면 나야 고마울 뿐이오. 그리고… 마지막으로 이는 좀 어려운 일일 수도 있소이다만……."

구중원이 말꼬리를 흐린다.

"말씀하시지요."

모잠이 못들어줄 말이 없다는 듯 말했다.

"음……. 모가장은 이곳에서 멀리 떨어진 사천 성도에 있으니 모가장주께서 상원에 자주 왕림하는 것은 쉽지 않은 일일 것이오. 해서 대공자께서 대신 상원에 상주하려는 것일 테고 말이오."

"그렇습니다만……."

"그러나 본래 천상사가의 위치는 중원 상계의 으뜸이요, 상원에선 천외천의 지위요. 해서 항상 천상사가의 가주들은 상원에 들어 상계의 대소사를 논의했소. 그래서 훗날의 일은 모르지만 이번에 상원 돌아가 소집할 새로운 천상사가의 첫 천상회에는 모가장주께서 직접 오셨으면 하는데……. 어떠하실지……?"

순간 모잠이 살짝 아미를 모은다. 이는 모잠 자신을 무시하는 말일 수도 있었다. 그러나 달리 생각하면 천상사가의 무게감이 그리 가볍지 않음이 분명하니 한 번쯤은 모가장주 모혼이 상원에 오는 것이 당연한 일일 수도 있었다.

"전서를 보내지요."

잠시 생각에 잠겼던 모잠이 대답했다.

"혹여라도 대공자의 기분이 상했다면 양해하시기 바라오."

"그런 걱정은 마십시오. 아버님께서도 천상사가의 회합이라시면 기쁘게 오실 겁니다."

"하하하, 좋소이다. 그럼 난 일이 그리 되는 것으로 알고 모든 일을 진행하겠소."

"그러시지요."

"흠, 그럼 이제 잔치만 남았구려."

"준비하지요."

모잠이 기분 좋게 대답했다.

*　　　*　　　*

"악!"

방남산의 손이 허공을 가로지를 때마다 어김없이 사람이 죽어나갔다. 육지로 깊이 파고들어 와 바다에서 볼 수 없는 으슥한 곳에 만들어진 수채에서 추살이 자행되고 있었다.

죽어가는 자들은 대부분 변발을 하고 있었는데 그건 그들이 오랑캐의 족속이란 뜻이었다. 개중에 도검을 제법 다루는 자도 여럿 있었지만 누구도 방남산의 상대가 되지 못했다.

"칵!"

"도, 도대체 네놈은 누구냐?"

한 명의 동료가 또 죽어나가자 그의 곁에서 도를 들고 부들부들 떨고 있던 변발에 금색장포를 입은 자가 물었다.

"나? 방남산이라고 하지."

"방남산……? 뭘 하는 놈이냐? 우리 수채와 무슨 원한이 있다고 이런 짓을 벌이느냐?"

"난 대장장이야."

"그게 무슨 헛소리냐?"

한낱 대장장이가 어떻게 이런 무공을 지니고 있단 말인가. 방남산의 무공은 지옥에서 올라온 마왕과 같았다. 그의 눈에서 이글거리는 염기는 보는 사람의 심장을 태울 듯하다. 그런 자가 대장장이라니 누구도 믿을 수 없는 말이다.

"정말이야. 난 대장장이야. 평생 쇠를 두드리면서 살았지. 그러다 보니 불을 알게 되고, 검도 알게 되고… 그런데 이제 너만 남은 건가?"

방남산의 말에 수적이 주변을 돌아봤다. 과연 그의 동료 중 살아남은 사람은 오직 하나, 그 자신뿐이다.

"이, 악독한……."

수적의 입장에서는 당연히 분노할 만했다. 그의 수채에 있던 동료가 모두 오십여 명이 되었었는데 그중 자신 하나만 살아남았으니 방남산의 독함에 치를 떨 수밖에 없다.

"죽을 놈을 죽이는 것은 나쁜 것이 아니야."

방남산이 말했다.

"그게 무슨 헛소리냐?"

마지막으로 남은 수적이 소리쳤다. 그러자 방남산이 얼음처럼 차가운 목소리로 말했다.

"네놈들이 그동안 인근 마을의 아녀자들을 납치해 노예로 팔아왔다는 것을 알고 있다. 마을을 약탈할 때에는 남자들은 모두 죽이고 아이와 여인들만 끌고 왔지. 그렇게 네놈들에게 당한 마을이 수십 군데. 아마 죽은 사람의 숫자만 해도 수백에 팔려간 사람의 숫자도 역시 그만큼 되리라. 아니냐?"

"그, 그건……."

수적의 말문이 막힌다.

"네 말대로 난 심성이 독한 사람이다. 죽을 사람을 살려둔 적이 없지. 네놈들은 죽어 마땅한 놈들이야. 살려두었다가는 앞으로 네놈들의 수적질에 수천의 사람이 죽을 것이다. 그러니 내가 비록 독하게 손을 썼다고 해도 어찌 악하다고 할 수 있을 것이냐? 악한 자에게 독하게 손을 쓴 것은 오히려 선업을 쌓는 일이다."

"사, 살려주시오!"

수적이 그대로 무릎을 꿇었다.

"네가 이곳의 두목이지?"

"그, 그렇습니다."

"염치가 없구나. 수하들이 다 죽었는데 목숨을 구걸하다니. 부디 저승에 가거든 죽은 수하들에게 용서를 빌어라!"

퍽!

방남산의 손이 수적의 뒷덜미를 가격했다. 그러자 수적이 비명도 지르지 못하고 그 자리에 고꾸라져 죽었다.

방남산이 고개를 돌렸다. 십여 장 떨어진 곳에서 강검산이 얼음처럼 굳은 표정으로 자신을 노려보고 있었다. 마치 처음 보는 사람처럼, 혹은 분노를 애써 참고 있는 사람 같다.

"보았느냐?"

방남산이 물었다.

"도대체… 이게 무슨……."

"이게 죽음이다. 네게 보여주려 했던……."

"왜, 이런 일을 벌인 것입니까?"

"분노가 이느냐?"

"……?"

"그것 또한 화기다. 그 분노를 네 몸에 깃든 지화의 기운과 뒤섞어라. 다른 경지의 화기를 갖게 될 것이다."

"그렇다고 이런 일을 벌입니까?"

"내가 아니면 누가 하랴? 넌 신검을 만들 사람, 손에 피를 묻히면 안 되느니. 오늘 흘린 이 피는 신검의 탄생을 위해 반드시 필요한 것이다. 그리고… 난 죽일 놈들을 죽였을 뿐이야."

"이런 사람이었습니까?"

"그렇다. 이게 바로 화마경주의 본모습이다. 이게 바로 화마경주가 세상을 사랑하는 방식이다. 절대강자에 대한 공포로 세상을 움직여 온 것이 화마경주의 삶이다. 그리고 그걸 내 대에서, 아니 네 대에서 끝내려 함이다. 가장 선한 방법으로."

第四章 복수(復讐)

수선경

　가을빛이 참혹하다. 피는 물처럼 흥건하다.

　'제길!'

　타유가 욕설을 내뱉었다. 무릎까지 차오른 피가 옷을 타고 올라 그의 허리까지 물들인다. 사방이 피다. 그 피의 바다를 타유가 정신없이 걷고 있다. 그런데 이상하다. 타유의 얼굴이, 타유의 몸이 너무 젊다.

　'과거의 나다.'

　타유는 이내 자신이 꿈을 꾸고 있다는 것을 깨달았다. 안도의 한숨이 절로 나온다. 혈로는 잊고 있던 과거의 꿈일 뿐이다.

　'휴!'

젊은 타유가 한숨을 내쉬었다. 몸은 젊지만 마음은 현재의 타유인 것이다. 그런데 그 순간 피 웅덩이 속에서 불쑥 한 사내가 몸을 일으켰다.

'헉!'

꿈인 줄 알면서도 타유가 크게 놀라 뒤로 넘어질 듯 비틀거렸다. 그런 타유를 보며 혈인이 고개를 저었다. 자세히 보니 아는 얼굴이다.

"자네……!"

타유가 혈인을 불렀다. 그러자 혈인이 다시 고개를 저었다.

"청담 자넨가?"

피 묻은 얼굴이지만 잊을 수 없는 얼굴이다. 청담이다.

"가지 말게."

청담이 말했다.

"뭣?"

"가지 말게."

"어딜 가지 말라는 건가?"

"다시 피구덩이로 갈 셈인가? 다시 살수의 그 시절로 가려는가? 가지 말게."

청담이 다시 말한다.

"복수를 하지 말라는 건가?"

타유가 다시 물었다. 그러나 청담은 답이 없다. 대신 다시 고개를 저었다.

"이보게. 난……."

타유가 다시 말을 꺼내려는 순간 갑자기 청담의 모습이 산산이 부서지며 혈무가 그를 덮쳤다.

"헉!"

타유가 번쩍 눈을 떴다. 온몸이 땀이다.

"아버지, 무슨 일이세요?"

곁에서 자고 있던 청풍이 놀라 일어나며 타유에게 물었다. 그러자 타유가 가만히 고개를 저었다. 그러고는 옆에 놓인 물병을 들어 급히 물을 들이켰다.

"음!"

쉬지 않고 물을 마신 타유가 물병을 내려놓으며 나직한 침음성을 흘렸다. 이제야 마음이 진정되는 듯하다.

"무슨 일이에요?"

청풍이 다시 물었다.

"꿈을, 꿈을 꾸었구나."

"무슨 꿈을 꾸셨길래……? 악몽을 꾸셨어요?"

"악… 몽?"

타유가 스스로에게 물었다. 악몽일까? 피를 보았고, 청담을 보았다. 과연 이것이 악몽일까? 스스로에게 물어도 답은 없다.

"아니다. 오랜만에 반가운 얼굴을 보았구나."

"누굴요?"

청풍이 물었다.

"네… 친부!"

"아버님을요?"

"그래."

"그런데 왜……?"

청풍이 청담을 본 꿈을 꾸고 난 후 땀범벅이 된 타유의 모습이 의아한 듯 물었다.

"후후, 그 친구가 날 걱정하더구나."

"무슨 걱정을요?"

"내가 다시 과거의 나로 돌아가지나 않을까. 그걸 걱정하는 것이었겠지. 내가 그 길에서 어떻게 벗어났는지 그 친구는 알고 있으니까. 하지만 친구… 가지 않을 수 없는 길도 있는 법이라네. 자네가 금석촌에서 그렇게 죽었듯이……."

타유가 마치 눈앞에 청담이 있는 듯 중얼거렸다.

*　　　*　　　*

"상원이라……!"

어젯밤에 막 상원에 도착한 모흔이 부족한 잠에도 불구하고 새벽부터 일어나 창을 열고 상원을 내려다보고 있었다. 새롭게 천상사가의 자리에 오른 모가장은 상원의 여러 전각 중 사해표국이 쓰던 전각을 그대로 물려받아 사용하기로 했다.

모가장의 재력이라면 자신들만의 특별한 전각을 지을 수도 있었지만 모흔은 허례에 모가장의 재물을 투입하지 않았다. 또한 그는 최대한 다른 상가들이나 혹은 물러난 사해표국의 사람들 심기를 거스르지 않으려 노력했다. 그것이 새로운 사람들 속에 빠르게 스며드는 첫 번째 조건임을 노련한 모혼이 모를 리 없었다.

"상원까지 얻었으니 이제 사왕도 날 함부로 대할 수는 없으리다. 성도로 돌아가면… 밀황과의 만남을 요구해야겠어. 이 참에 밀문에 들어가는 것도 나쁘지 않겠지."

수십 년 밀문의 충실한 수하로 살아오면서도 모혼은 아직 밀문의 본거지가 어디에 있는지조차 몰랐다. 그는 그저 사왕이나 혹은 그의 사자들이 자신을 찾아오기를 기다려 밀문과 접촉할 뿐이었다.

그러나 이젠 다르다. 서남 삼성의 패자로, 그리고 천하상계의 우두머리인 상원 천상사가의 일파로 그가 밀황을 만날 자격은 충분했다.

"참으로 알 수 없는 일이야. 잠에게 이런 능력이 있을 줄 누가 알았겠는가. 아니면 역시 우검 그의 힘인가?"

성도에서 모가장이 상원 천상사가의 일파로 지목되었다는 소식을 들었을 때 모혼은 그 사실을 쉽게 믿을 수 없었다. 내심 그가 바라던 것은 그저 모가장이 상원 오령 중 한 곳을 맡는 것 정도였다. 그런데 그의 장자 모잠은 그가 기대했던 것 이상의 성과를 한 달여 만에 전해왔던 것이다.

"이상한 일이지. 재질로 보자면 잠이보다는 광이가 확실히 앞서는데 모든 일의 성과에선 항상 잠이가 앞선단 말이야. 역시 사람이란 재질만 가지고 성공하는 것은 아닌가 보군. 아무리 재주가 좋아도 운이 좋은 사람을 당할 수는 없어."

모혼이 고개를 저으며 방 안을 어슬렁거렸다. 뭔가 깊은 고
민을 하고 있는 듯 보였다. 그러다가 음산한 목소리로 중얼거
렸다.

"종씨 가문을 정리할 때인가?"

그의 목소리에 살기가 묻어난다. 종씨 가문이라면 그의 둘
째 아들 모광의 외가이자 부인 종청영의 가문이다. 지금까지
모혼에게 수십 년 충성을 다해온 가문이기도 하다. 그런 종씨
가문을 모혼은 정리하려 하고 있었다.

"잠의 앞날에 방해가 될 것들은 미리 치워주는 것이 좋겠지.
큰아이가 스스로 종씨 가문을 처리하면 세간의 사람들이 크게
비난을 할 터이니 역시 그 일은 내가 해야겠어. 기회도 좋지
않은가? 마침 사객을 데려왔으니 말이야. 사객이 사라지면 종
씨 가문도 쇠하지 않을 수 없겠지."

사객이라면 사풍객 중 한 명인 종여득을 가리키는 말이다.
그는 종청영의 오라비로 모가장의 성장은 물론 종씨 가문이
오늘날 모가장에서 누구도 넘볼 수 없는 가문이 되는 데 중심
이 된 인물이었다.

"구융!"

모혼이 자신의 심복무사인 구융을 불렀다. 그러자 조용히
문이 열리며 검은색 장삼을 입은 구융이 모습을 드러낸다.

"부르셨습니까?"

"삼 일 후 상원을 떠난다."

"그렇게나 빨리 말입니까?"

구융이 조금 놀란 듯 되물었다.

"얼굴이나 비쳤으면 그것으로 족하지. 급한 일은 성도에 있다. 밀황을… 만나야겠어."

"알겠습니다."

"그리고… 가는 동안 할 일이 있다."

"하명하십시오."

"가까이……."

모흔의 부름에 구융이 모흔 가까이 다가섰다. 모흔이 구융의 귀에 대로 무슨 말인가를 속삭였다. 그러자 구융이 잠시 놀란 표정을 짓다가 이내 고개를 숙이며 대답했다.

"명대로 따르겠습니다."

사흘 동안 상원이 흥청거렸다. 모흔은 새로운 전각을 세우는 데에는 재물을 투입하지 않았지만, 상원의 사람들을 위해 잔치를 베푸는 데는 전혀 인색하지 않았다.

만금을 들인 듯한 잔치에는 세상에서 보기 힘든 진귀한 음식이 넘쳐 났다. 음식만이 아니었다. 모흔은 모가장의 재력을 자랑이라도 하듯 상원의 수뇌부들에게 귀한 선물들을 안겼고, 상원에 들어와 있는 사람이라면 일개 짐꾼에게조차도 몇 닢의 선물을 주었다.

모가장에 대한 세인들의 평가는 날이 갈수록 좋아졌다. 모흔이 흔희 볼 수 없는 대인이라든지, 혹은 천하상계에 거물이

탄생했다든지 하는 듣기 좋은 평가들이 모혼을 향해 쏟아져
나왔다.

그런데 잔치가 사흘째 이어지던 날 사람들이 의아해할 만한
일이 일어났다. 모가장의 장주 모혼이 채 닷새를 머물지 않고
상원을 떠나겠다고 선언한 것이다. 그리고 정말 대공자 모잠
을 남겨두고 모혼은 표표히 상원을 떠나갔다.

주인이 떠난 잔치는 금세 흥을 잃는다. 모혼이 떠나자 상원
의 흥청거림도 잦아들고 그제야 상원은 다시 본래의 색을 되
찾기 시작했다.

*   *   *

구비진 산길을 벗어난 곳에 모가장의 큰 배가 떠 있다. 동정
호에서 장강으로 이어지는 뱃길이 시작되는 포구다. 상원으
로 들어가는 사람들은 이곳에서 배를 내려 육로로 상원에 든
다.

물론 다른 길도 있었다. 동정호에 있는 상원의 본거지에 배
를 타고 직접 들어가는 방법이었다. 그러나 그 길은 오직 천상
사가의 주인들에게만 허락된 길이다. 그들이 이외의 사람들은
반드시 이 포구에서 내려 육로로 상원에 들어야 했다. 외부의
기습을 방비하기 위한 것으로 문상 신산 상평이 정한 법규였
다.

모가장주 모혼은 천상사가의 일원이므로 배를 타고 직접 상

원으로 들어갈 수도 있었다. 그러나 그는 굳이 배를 타지 않고 육로로 상원에 들었었는데 그건 아마도 상원을 존중하는 자신의 마음을 다른 사람들에게 보여주기 위함이었을 것이다.

그 덕에 그는 떠나는 길 역시 육로로 상원을 벗어나 모가장의 배를 정박해 두었던 포구까지 이동해야 했다.

"이쯤에서 헤어지자꾸나."

모흔이 포구까지 자신을 배웅해 나온 모잠에게 말했다. 그러자 모잠이 사뭇 서운한 기색으로 말했다.

"이렇게 일찍 돌아가셔야 하는 것입니까?"

"할 일이 많다."

"그래도 며칠 더 머무시지 않고……."

"이번에 돌아가면 밀황을 만날 것이다."

"예? 밀황을요?"

모잠이 놀란 듯 되물었다.

"그래, 이젠 만날 때가 된 듯하구나. 서남삼성을 제패했고, 상원의 천상사가의 한자리를 차지했다. 이 정도면 밀황을 만날 자격은 충분하다."

"사왕이 허락할까요?"

"허락지 않을 수 없을 것이다. 모불승을 통해 사왕에게 말을 전하라 명했으니 성도에 도착하기 전에 소식이 올 것이다."

"모불승도 이제 제 사람이니 잘 이야기할 겁니다."

"그래, 그를 끌어들인 것 또한 너의 공이다. 네가 정말 이 아비에게 큰 힘이 되는구나."

"최선을 다할 뿐입니다."

"오냐. 우리 부자가 천하를 호령할 날이 얼마 남지 않았다. 그리고… 돌아가는 길에 널 위해 한 가지 일을 하려고 한다."

"무엇을 말입니까?"

"그렇다. 물론 너만을 위한 것은 아니지 우리 모씨 혈족을 위한 일이기도 하지."

"무슨 일을 하시려는지……?"

모잠이 묻자 모흔이 모잠의 귀에 대고 나직하게 무엇인가를 이야기했다. 그러자 모잠이 깜짝 놀란 표정을 지으며 재빨리 주위를 돌아봤다. 아마도 다른 사람이 들으면 안 될 이야기를 한 듯했다.

"그러니… 넌 내가 말한 대로 사람들을 움직이거라. 늦으면 안 되는 일이니라."

"알겠습니다. 그리하겠습니다."

모잠이 급히 고개를 숙여 보였다.

"좋아, 일이 제대로만 된다면 앞으로 네 앞길을 막을 사람은 없으리라. 자! 모두 떠난다! 배에 올라라!"

모흔의 명을 내리자 그를 수행해 온 모가장의 고수들이 일제히 큰 배에 올랐다. 그러고는 이내 물길을 따라 뭍에서 멀어지기 시작했다.

"그런 일이!"

타유가 놀란 표정을 지었다. 솔직히 그는 내심 크게 놀라고 있었다. 설마 모잠의 입에서 이런 이야기가 나올 거라고는 상상도 하지 못했던 타유다.

모잠은 모흔이 떠나자 타유를 은밀히 불렀다. 그러고는 그에게 모흔이 자신에게 했던 말을 그대로 전했다. 그 내용은 실로 놀라운 것이어서 타유는 새삼스레 모흔의 독함을 경계하지 않을 수 없었다.

"해주실 수 있겠소?"

"장주의 명이신데 어찌하지 않을 수가 있겠소이까?"

모잠의 물음에 타유가 굳은 표정으로 대답했다.

"고맙소이다."

"그러나 걱정이 되는 것도 사실이오. 만약 일의 진상이 세상에 알려지면 모가장은 큰 풍파에 휩싸이게 될 것이오."

타유의 걱정에 모잠이 고개를 저으며 말했다.

"너무 걱정하지 않아도 될 것이오. 이미 아버님이 만반의 준비를 해두었으니 이 일의 진상이 세상에 알려질 일은 없을 것이오."

"그야 그렇기는 하지만… 하면 지금 곧 떠나야겠소이다."

"그래주시면 고맙겠소이다."

"은밀히 해야 하는 일이니만큼 아들 녀석과 둘만 가도록 하겠소."

"음……. 위험하긴 하지만, 나도 그게 좋을 것 같소이다. 미안하오. 이런 일을 부탁하게 되어서……."

"대업을 위해 어찌 이런 정도의 수고를 마다하겠소이까?"

"내 훗날 좌호법 부자의 은혜는 반드시 갚겠소."

"하하, 우리가 주고받을 것은 이미 정해지지 않았소이까?"

타유의 말에 모잠이 빙그레 웃는다.

"성도의 무관 말이오?"

"잊지 않고 계셨구려."

"내가 어찌 그 약속을 잊겠소."

"자, 그럼 난 그만 가보겠소. 물 위를 달리는 배를 따라 잡는 것이 그리 쉬운 일은 아니니."

"아버님이 속도를 늦출 테니 그건 걱정하지 않으셔도 좋소."

"알겠소이다. 그럼!"

타유가 모잠을 향해 가볍게 고개를 끄덕여 보이고는 이내 그의 곁을 떠나 청풍이 있는 곳으로 다가왔다. 그러자 청풍이 의아한 표정으로 물었다.

"무슨 일이에요?"

"일이 참 묘하게 되었구나. 생각보다 모혼이 일찍 상원을 떠나 그를 벨 절호의 기회를 놓쳤구나 생각했는데 그 스스로 나에게 기회를 주다니. 참으로 세상일은 알 수가 없어."

"그가 기회를 주다니 무슨 말이죠?"

"길이 바쁘니 가면서 이야기 하자꾸나."

타유가 청풍을 재촉했다. 그러자 청풍이 얼른 말을 끌고 왔다. 두 사람은 서둘러 말에 올라 서북쪽을 향해 달리기 시작했다.

갑자기 두 사람이 상원이 아닌 다른 길로 달려가자 포구에 남아 있던 모가장의 무사들이 어리둥절한 표정을 지었다. 그러나 오직 모잠만은 그런 두 사람을 보며 의미심장한 미소를 지을 뿐이었다.

타유는 세상일이 참 묘하다고 생각했다. 기회를 놓쳤다고 생각하는 순간 더 좋은 기회가 찾아온다. 어떤 때는 아무리 노력을 해도 모든 기회들이 사라져 버리기도 하고, 어느 순간에는 가만히 앉아 있어도 기회란 놈이 제 발로 찾아온다.

그래서 만사의 일에서 집착을 버리라는 것일까. 혹은 슬픈 일이기도 하다. 이렇게 운이라는 것에 의해 사람의 일이 결정되어 버리는 것은 노력하는 자들에게 비통한 일이 아니던가.

'그러나 이렇게 찾아온 기회도 아무런 의미 없이 흘려보내는 사람도 있지.'

생각해 보면 결국 운이란 것도 길 위에 서 있는 자에게나 찾아오는 법일지도 몰랐다. 그럼에도 사람들은 길 위로 나가지 않는다. 집은 안온하고 방은 따습다. 그러나 그 집 안에 머물러서야 기회가 문 앞을 바람처럼 지나가지 않겠는가.

"가능할까요?"

문득 청풍이 물었다. 쉬지 않고 이틀을 달렸다. 아무리 고강한 내공을 지닌 자라도 지칠 시간이다. 드디어 배를 앞섰으니

복수(復讐) 281

이젠 속도를 줄일 여유가 생기기도 했다.

"그들을 속일 수 있느냐는 모르겠다. 그러나… 모혼은 죽을 것이다."

타유가 확신하듯 말했다.

"모든 일이 드러나면 어떡하죠?"

"어려울 것 없지. 세상에서 숨으면 된다. 사람의 기억이 대단한 듯해도 지나간 일은 결국 잊혀진다. 이삼 년만 지나도 모혼은 옛사람이 될 것이다. 반면에 일이 잘되면 우린… 모가장을 손에 넣을 수 있다. 물론 모잠을 앞세우겠지만… 그리되면 밀문의 일도 수월해지겠지."

"사왕에겐 연락을 해야지 않을까요?"

"일이 급하니 나중에."

타유가 말했다.

"그가 어찌 생각할지……."

"우리가 모가장을 얻는다면 그도 아쉬울 것이 없지. 그는 아마도 여전히 나를 자신의 사람으로 생각하고 있을 테니까. 일이 끝나면 가장 먼저 그를 만나 일의 성과를 전할 생각이다. 그는 자신이 완전히 모가장을 가졌다고 생각하겠지."

"알겠어요. 아버지 말씀대로 할게요. 그나저나 참으로 독한 사람이에요."

"누가 말이냐?"

"모혼 말이에요. 어떻게 수십 년 자신을 보좌한 종여득에게 누명을 씌워 죽일 생각을 했을까요?"

"권력 앞에서는 처자식도 없는 법이지. 그는 아마도 이번에 성도를 떠날 때부터 종여득을 제거할 생각을 했을 것이다. 그래서 그를 데리고 온 것이겠지. 처음 종여득을 대동하고 상원에 왔을 때는 의아했었는데 이제야 이해가 가는구나."

"둘 모두가 죽고 나면 결국 큰 분란 없이 모잠에서 장주의 자리가 돌아가겠죠?"

청풍이 물었다.

"그렇겠지. 모잠은 서둘러 성도로 돌아갈 것이다. 돌아가는 순간 반역의 책임을 물어 종씨 일가와 그들을 추종하던 자들을 일거에 제거하겠지. 결국은 자중지란, 스스로 자신의 형제들을 죽이게 될 것이다. 그리되면 금석촌의 혈사에 대한 복수의 오 할은 완성된 것이라고 할 수 있을 것이다."

"그렇지요."

청풍이 무겁게 고개를 끄덕였다. 반드시 가야 할 복수의 길이지만 수많은 생명이 죽어나갈 것이기에 마음이 무거운 듯도 보였다.

'이렇게 심성이 착한 아이야.'

그런 청풍을 보며 타유가 나직하게 한숨을 내쉬었다. 사람을 베고 복수하는 일은 자신 같은 살수에게나 어울리는 일이었다.

"다 왔어요."

어느새 두 사람이 강변의 작은 마을에 도착했다. 마을 앞쪽으로 장강을 오르내리는 배들이 잠시 쉬거나 혹은 마을 사람들이 물고기를 잡을 때 쓰는 작은 배들이 묶여 있는 나루가 보인다. 겨우 배 십여 척이나 댈 만한 작은 크기다.

"준비를 좀 해야겠지요?"

"그래야겠지. 가자!"

다시 타유가 길을 서둘렀다. 큰일을 위해서는 준비해야 할 일이 많기 때문이었다.

어스름한 저녁 빛이 물빛을 검게 만들었다. 한 척의 배가 강변마을 작은 포구로 진입했다.

상선으로 보이는 배에는 수십 명의 사람이 타고 있었는데, 그 규모로 보아서 이런 작은 나루에 정박할 배가 아니었다. 그런데도 굳이 배는 그 작은 나루를 찾아 들었다.

"하선하여 쉬어간다."

가까워지는 나루를 보며 모혼이 명을 내렸다. 그러면서 고개를 돌려 종여득에게 물었다.

"이런 곳에 나루가 있을 줄은 몰랐구려."

사실 이 작은 마을에 들려 하루를 쉬어가기로 한 것은 종여득의 권유에 의한 것이었다. 상원을 떠난 이후 모혼이 줄곧 몸이 편치 않다고 말했고, 급기야 오늘 낮에는 배 멀미까지 하는 통에 종여득이 하룻밤을 뭍에서 쉬어가자는 제안을 한 것이다.

"제가 두어 번 들렸던 곳이지요. 한적하고 조용한 것이 편히 쉬기에는 제격입니다. 아쉬운 것은 객잔이 없다는 것인데……."

"상관없소. 객잔이면 어떻고 천막이면 어떻소? 우리가 하루 이틀 노숙하는 것도 아니고. 일단 배에서 내립시다. 이상한 일이지. 한두 번 배를 타는 것도 아닌데 왜 갑자기 멀미가……."

"그동안 무리를 하시어 몸이 쇠약해지신 듯합니다."

"그렇긴 하오. 성도를 떠난 이후 제대로 쉰 날이 없으니. 더군다나 상원에 머무는 동안 내내 술을 마셨으니 몸이 성할 날이 없지. 허허, 내가 늙었나?"

모혼이 짐짓 허탈한 웃음을 흘린다. 그러자 종여득이 얼른 고개를 젓는다.

"무슨 말씀을. 장주께선 아직 강건하십니다. 적어도 이십 년은 더 강호를 호령하실 겁니다."

"무슨 그런 말을! 이십 년이면 내 나이 구십 가까이가 될 터인데 어찌 내가 그때까지 살기를 바라겠소. 그저 한 십 년만 내게 시간이 주어졌으면 좋겠구려."

"무공을 수련한 사람에겐 백 세도 많은 나이가 아니지요."

"그야 신공을 수련한 사람들의 이야기고. 나야 애초에 그런 인물이 못되오."

그때 멀리서 선부의 목소리가 들린다.

"접선합니다!"

쿵!

배가 묵직한 소음을 내며 섭안대에 닿았다. 그러자 종여득이 재빨리 고개를 돌려 명을 내렸다.

"서둘러 배에서 내려 강변에 숙영지를 구축하라!"

"알겠습니다. 모두 배에서 내려!"

성도에서부터 모혼을 호위해 온 천무당주 위릉이 수하들에게 명을 내렸다. 모가장 사신당 중 천무신당은 모가장 제일의 고수들이 모여 있는 당이다.

모혼에게는 구융이라는 심복의 고수가 있지만 구융은 어둠 속에서 모혼을 보필하는 자이고, 밝은 곳에서 모혼의 수족이 되는 것은 천무신당의 당주 위릉이었다.

위릉의 명에 배에 타고 있던 천무신당의 고수들과 모가장의 표사들이 분주히 움직이기 시작했다. 본래 모가장은 표행을 업으로 삼던 표국이었으므로 노숙에 익숙하다. 그 덕에 강변 초지의 숙영지는 채 이각이 지나지 않아 얼추 모습을 갖추었다.

숙영지가 준비되자 모혼이 종여득의 부축을 받으며 배에서 내려 자신의 천막으로 들어갔다.

모가장의 사람들은 분주하게 저녁 요기를 준비했다. 모혼이 타고 다니는 상선에는 세간에서 흔희 볼 수 없는 재료들과 성도에서 명성 높은 숙수가 타고 있었기에 비록 노숙이라도 모가장 내에서의 식사와 크게 다를 바 없는 음식이 준비되었다.

식사는 여유있게 제법 오랜 시간에 걸쳐 이뤄졌고, 식사를 마친 일행은 삼삼오오 준비된 천막에 들어가 잠을 청했다.

외진 마을이었으므로 경계를 서는 사람도 그리 많이 두지 않았다.

숙영지는 이내 고요에 빠졌다. 사람들은 자연이 주는 싱그러운 안락함에 취해 금세 잠에 빠져들었다. 그리고 달이 하늘 높이 솟았을 때 타유와 청풍이 움직였다.

타유는 단천마검을 빼 들었다. 오늘은 특별한 날이다. 한 치의 실수도 있어서는 안 되는 날이며 무인의 자존심보다는 결과가 중요한 날이었다. 단천마검을 사용하는 것은 지나친 과용일수도 있으나 타유는 단 한 치의 실수도 하고 싶지 않았다.

"잊지 마라. 다른 자들이 쫓지 못하게 해야 한다."

타유가 다시 한 번 청풍에게 당부를 했다.

"걱정 마세요. 지세를 잘 살펴두었으니 충분히 다른 곳으로 유인할 수 있을 거예요."

"마음을 가라앉히고 흥분하지 말거라."

또다시 타유의 당부가 이어진다.

"알았어요. 그리할게요."

귀찮을 만도 하지만 청풍은 타유의 당부에 꼬박꼬박 대답을 했다. 타유가 걱정하는 것이 무엇인지 그 자신이 더 잘 알고 있기 때문이었다. 아마도 타유는 드디어 금석촌 멸문의 원흉 모혼을 벤다는 사실에 청풍이 흥분할 것을 걱정하고 있을 것이다.

"가자!"

청풍의 대답을 듣고, 청풍의 표정을 살피고, 청풍의 눈빛을 본 타유가 청풍이 침착하게 오늘의 일을 처리할 것이란 확신을 하고는 드디어 걸음을 옮겼다.

구구구!

밤이 깊어지자 밤새의 울음소리가 구슬프게 들려왔다. 잠을 자지 않는 물새가 달빛을 타고 밤하늘로 날아오르기도 했다.

타유와 청풍은 밤 짐승들처럼 사람의 기척을 내지 않고 모가장의 숙영지에 접근했다. 그러고는 잠시 걸음을 멈춘 후 저녁 무렵에 보아두었던 모혼의 막사를 확인했다.

모혼의 막사에는 불이 꺼져 있었다. 십여 개에 이르는 다른 막사들도 마찬가지였다. 타유가 청풍을 향해 고개를 끄덕였다. 그러자 청풍이 마주 고개를 끄덕인 후 훌쩍 뒤로 물러나 다른 방향으로 움직였다.

타유가 그림자처럼 땅을 기었다. 웬만한 사람이라면 도저히 발견할 수 없는 움직임이다. 오랜 세월 살행을 하지 않고 살았지만 목숨을 걸고 수련한 살수의 본능은 여전히 그의 몸에 잠재해 있었다.

타유가 한순간 모혼의 막사 바로 뒤쪽에 섰다. 경계를 서는 자들은 한쪽에서 꾸벅꾸벅 졸고 있었다.

슥!

타유가 망설이지 않고 막사의 입구를 열고 안으로 들어갔다.

"오셨소?"

타유가 들어서자 어둠 속에서 모흔이 검을 들고 타유를 맞이했다.

"준비는 되셨습니까?"

"난 준비가 되었소."

"그럼 시작할까요?"

"그럽시다."

모흔이 고개를 끄덕였다. 그러자 타유 힘차게 검을 휘둘렀다.

창!

깊은 밤 벼락처럼 도검의 충돌음이 숙영지를 진동시켰다.

"웬 놈이냐?"

모흔의 막사에서 노성이 터져 나온다. 연이어 어지러운 도검의 격돌음이 이어졌다. 급기야 한순간 모흔의 막사가 반으로 쪼개지며 그 안에서 검은 복면을 한 사내와 모흔이 뛰어 나왔다. 모흔은 한쪽 어깨를 감싸 쥐고 있었는데 그의 손에 혈흔이 보인다. 부상을 입은 것이 분명해 보였다.

사방에서 잠에서 깨어난 모가장의 식솔들이 뛰쳐나왔다.

"암습이다. 장주께서 암습을 당했다!"

곳곳에서 경고성이 터져 나온다. 그 와중에 장주의 막사를 날아 넘은 장주의 은밀한 호위모수 구융이 복면인을 향해 날아들었다.

캉!

어두운 밤하늘에 번개가 번쩍였다. 구융의 검과 흥수의 검이 격돌하며 만든 불꽃이다. 그런데 물러난 것은 오히려 공격을 가한 구융이었다. 구융이 충돌의 충격을 이기지 못하고 비틀거리며 뒤로 물러났다. 그의 눈에 경악스런 빛이 흐른다.

"놈!"

그러나 흥수는 하나고 모가장의 무사들은 수십이다. 아무리 대단한 무공을 지니고 있어도 흥수가 이 안에서 살아나갈 가능성은 거의 없었다.

"큭!"

흥수를 향해 달려들던 모가장의 무사 하나가 허벅지를 베이며 쓰러졌다. 붉은 피가 베인 허벅지에서 치솟는다. 그러나 흥수는 쓰러진 자의 목숨을 끊는 대신 조금 방비가 허술한 동쪽을 향해 달려 나갔다.

"도망갈 수 없다."

"놈을 잡아!"

곳곳에서 모가장 고수들의 노기 서린 목소리가 터져 나왔다. 그런데 한순간 그들이 흥수를 추격하려다 말고 걸음을 멈췄다. 왜냐하면 흥수의 앞에 모가장 무사들이 가장 신뢰하는 고수 한 명이 나타났기 때문이었다. 바로 사풍객 종여득이다.

모가장에서 사풍객은 특별한 존재들이다. 그들은 모가장이 표국이던 시절부터 모가장 최고의 고수로 인정받았고, 또한 그들로 인해 모가장이 무가로서 우뚝 섰으며, 오늘날의 성세를 이뤘다는 것을 모두가 인정하고 있었다.

비록 지금은 두 명이 죽고 이제 두 명만 남아 있지만 그럼에도 모가장 사풍객의 위명은 그 누구도 범접할 수 없는 힘을 가지고 있다.

그런 사풍객 종여득이 나섰으니 모가장의 무사들은 이제 뒤로 물러나 흉수가 그의 손에 제압되는 것을 지켜보기만 하면 되었다. 더군다나 종여득과 같은 고수의 싸움에 끼어드는 것은 그의 체면을 깎는 일이기도 했다.

"웬 놈이냐?"

종여득이 자신을 향해 달려오는 복면인을 보며 소리쳤다. 그의 손에는 이미 한 자루 검이 들려 있었다. 그러자 복면인이 불문곡직하고 종여득을 향해 검을 밀어 넣었다.

그런데 기이한 것은 지금까지 보여주었던 복면인의 검세에 비해 이번 검초는 이상할 정도로 약해 보였다.

"놈!"

자신의 질문에 대답을 하는 대신 검을 내미는 복면인을 향해 종여득이 노성을 토해냈다. 그러고는 번개처럼 복면인을 베었다.

차앙!

맑은 격돌음이 일어나며 두 사람의 검이 충돌했다. 그런데 문득 복면인의 검이 뒤로 밀려나면서 종여득의 검이 복면인의 어깨를 아슬아슬하게 베고 지나갔다. 그나마 치명적인 부상은 아니었지만 자칫 잘못했다가는 한 팔을 잃을 뻔한 복면인이다.

순간 복면인이 당황한 듯 뒤로 주춤주춤 물러섰다. 그러면서 다급한 목소리로 소리쳤다.

"종 노사, 당신이 왜?"

"놈, 무슨 말을 하는 거냐? 죽기나 해라."

마치 종여득 자신을 알고 있는 듯한 복면인의 말에 종여득이 황당한 표정을 지으며 소리쳤다. 그러면서도 재차 복면인을 향해 검을 휘둘렀다. 순간 복면인 첫 번째 검초와는 다른 예의 그 매서운 검초를 휘둘러 종여득의 검을 막으며 소리쳤다.

"종여득, 살인멸구를 하려는 거냐?"

"이놈이 무슨 헛소리냐?"

자신의 검을 막는 복면인을 향해 종여득이 소리쳤다. 그러자 복면인이 빙글 몸을 돌려 종여득의 옆구리를 발로 차대며 일갈했다.

"역시 장사치들은 믿을 것이 못 돼. 남을 속이고 장사질을 해먹던 그 버릇을 버리지 못했구나. 종여득, 다음에 만난다면 오늘의 이 빚을 반드시 갚아주겠다. 제길, 애초에 모가장의 내분에 끼어드는 것이 아니었어!"

복면인이 상스러운 말을 내뱉으며 종여득을 향해 검을 휘둘렸다. 그러자 그의 검에서 뿌연 검기가 일어났다. 종여득이 감히 그런 복면인의 검을 상대하지 못하고 이삼 장 뒤로 물러났다. 그러자 복면인이 뒤도 돌아보지 않고 어둠 속으로 도주하기 시작했다.

"놈!"

종여득이 헛소리를 지껄이고 달아나는 복면인을 추격하려다 말고 흠칫 몸을 세웠다. 복면인의 검보다 날카로운 시선들이 그를 쏘아보고 있기 때문이었다.

"자, 장주!"

종여득이 당황한 기색으로 모혼을 바라봤다. 그러자 모혼이 싸늘한 음성으로 말했다.

"물론 그의 이간계일 수도 있다. 그러나 모든 일에는 그 이유가 있지. 누명을 벗고 싶다면 그를 잡아오라!"

모혼의 목소리에서 살기가 느껴진다. 순간 종여득은 자신이 꼼짝없이 모혼을 기습한 일의 배후로 몰렸다는 것을 깨달았다. 이제 방법은 단 하나 모혼의 말처럼 흉수를 잡아와 자신의 결백을 밝히는 길뿐이다.

"장주, 내 반드시 놈을 잡아와 나의 무고함을 밝히겠습니다."

"부디 그러길 바라네."

모혼의 냉정하게 말했다. 그러자 종여득이 이를 갈며 신형을 날렸다. 그러자 모혼이 주위의 고수들을 둘러보며 명을 내린다.

"뒤를 따라라. 하나는 몰라도 둘 모두를 놓칠 수는 없으
니."

"알겠습니다."

모흔의 명을 받은 무사들이 일제히 종여득의 뒤를 쫓기 시
작했다. 그러자 모흔이 빙그레 미소를 지으며 중얼거렸다.

"좌호법이 저리 능청한 사람인 줄 미처 몰랐어. 자, 이제 가
볼까? 일의 마무리는 아무래도 내가 지어야겠지. 그래도 날 위
해 수십 년 헌신한 사람인데……."

모흔이 훌쩍 몸을 날려 앞서간 모가장의 고수들을 뒤따르기
시작했다.

타유는 복면을 쓴 채 종여득의 모습이 보이기를 기다렸다.
종여득과 모잠을 한 번에 잡아내려면 그 둘을 자신 계획했던
곳으로 유인해야 한다. 중간에 모가장의 무사들은 청풍이 다
른 방향으로 유인할 터였다.

"놈!"

한순간 어둠 저편에서 노성이 들려온다. 종여득이 자신을
발견하고 성난 호랑이처럼 달려왔다. 그러자 타유가 잠시 기
다렸다가 종여득을 향해 검을 휘둘렀다.

투툭!

앞을 가린 나뭇가지들을 자르며 뻗어나간 검기가 종여득의
머리 위에 떨어졌다.

"웃!"

기습을 당한 종여득이 다급성을 토해내며 검을 들어 얼른 타유의 검을 막았다.

콰릉!

벼락 치는 소리가 일어난다. 타유의 검에 실린 막강한 공력이 종여득의 다리를 흔들었다.

"더 이상 쫓지 마라. 다음번에는… 음!"

말을 하다말고 타유가 자신의 어깨를 잡아갔다. 그의 어깨에서 붉은 피가 비친다. 앞서 종여득의 검에 당했던 상처가 악화된 듯 보였다.

"다시 쫓는다면 죽이겠다!"

타유가 어깨를 감싸며 재차 경고를 하고는 다시 몸을 날렸다. 그러자 종여득의 눈이 번뜩였다.

"네놈의 무공이 고강함은 알겠지만 상처가 깊으니 결코 오래 도주하지는 못할 것이다. 놈! 어째서 감히 날 모함했는지 네 입으로 실토하게 해주겠다."

종여득이 이를 갈며 재차 타유를 쫓기 시작했다. 그로부터 얼마 지나지 않아 어느새 모가장의 고수들의 가장 앞쪽으로 나선 모흔과 그의 수족 구융이 장내에 나타났다.

"북쪽입니다."

구융이 재빨리 흔적을 살피고는 말했다.

"가지."

"문도들을 기다리심이……."

"후후, 흉수가 나의 사람인데 수하들이 무슨 소용인가? 오히려 문도들이 있으면 일을 풀기 어려워."

모혼이 비릿한 웃음을 흘리고는 북쪽을 향해 달리기 시작했다.

"이쪽으로!"

어둠 속에서 청풍이 외쳤다. 모가장의 무사들이 청풍이 가리키는 곳으로 방향을 틀었다. 어느 순간부터 청풍은 모가장 무사들 사이에 들어가 있었다.

그러고는 앞서간 모혼의 흔적을 모가장의 무사들이 놓치는 순간 앞으로 달려 나가 모가장의 식솔들을 애초에 계획한 대로 전혀 다른 방향으로 인도하기 시작했다.

모가장의 무사들은 모혼의 모습을 놓쳐 당황하고 있다가 청풍이 방향을 제시하자 아무런 의심도 없이 그 방향으로 달리기 시작했다.

청풍이 자신들의 동료인지 아닌지도 확인할 여유가 없는 그들이었다. 더군다나 청풍이 자신들의 무리 속에서 나왔으므로 청풍을 의심할 아무런 이유가 없었다.

청풍은 그렇게 모가장의 무사들을 타유가 향한 곳과는 전혀 다른 방향으로 이끌었다. 그리고 어느 순간부터는 서서히 속도를 줄여 무리의 중간에 포함되었다가 다시 힘겨운 모습을 보이며 무리의 뒤로 처졌다.

적을 추격할 때 공력이 부족해 뒤로 처진 동료를 돌보며 추격하는 자들은 없다. 뒤로 처진다고 위험한 것은 아니므로 일단 뒤로 처진 자는 놓아두고 추격전을 벌이는 것이 사람의 본능이다.

모가장의 무사들도 마찬가지였다. 숨을 헐떡이며 아예 걸음을 멈춘 청풍을 그대로 놓아둔 채 모가장의 무사들이 어둠 속을 달려 나갔다. 그러나 그들은 기실 자신들이 가는 방향이 어딘지도 모르고 있었다.

"사람이란 참으로 이상하지. 저들은 도대체 어디를 향해 가고 있는 걸까? 어쨌든 일은 제대로 되었어."

청풍이 쓸쓸한 미소를 지으며 중얼거렸다. 단지 자신의 말 한마디, 움직임 한 번에 모가장의 모든 무사가 엉뚱한 방향으로 움직였다는 것이 믿기지가 않았다. 그러고 보면 타유는 정말 대단한 사람이다.

"아버지가 이 계책을 말씀하실 때 솔직히 반신반의했었는데 정말 이런 일이 가능하구나. 어둠과 조급함이 어우러지면 십 할 성공할 거란 아버지의 말이 사실이었어. 아버지는… 타고난 살수이신 것 같아."

인간은 어둠 속에서 우매하다. 눈으로 보는 것, 귀로 듣는 것이 없으면 육십 먹은 노인도 서너 살의 어린애같이 행동을 하는 것이다.

"이젠 돌아가 보자. 그의 끝을 나도 봐야 할 테니까. 그의 표정이 궁금하군."

청풍이 나직하게 중얼거리며 자신이 모가장의 무사들을 이끌고 온 길을 되짚어 달리기 시작했다.

깎아 지르는 듯한 절벽이 우측에 서 있다. 강과 절벽 사이에 달빛을 가리는 무성한 숲이 십여 장 넓이로 펼쳐져 있다. 그 바깥쪽으로는 무릎 높이로 자란 초지다. 그곳에서 타유가 걸음을 멈췄다. 그러자 잠시 후 상기된 표정의 종여득이 달려왔다.

"후욱!"

종여득이 걸음을 멈추고 깊은 숨을 내쉬었다. 그러면서도 청풍을 노려보는 것을 잊지 않는다.

"놈, 대체 누구냐? 누구기에 감히 나에게 이런 누명을 씌운단 말이냐?"

종여득이 숨을 고른 후 타유에게 소리쳐 물었다. 그러자 타유가 잠시 침묵을 지키다가 천천히 입을 열었다.

"당신도 잘 아는 사람이오."

순간 종요득의 눈이 가늘어진다. 짐작은 하고 있었지만 깊은 음모의 냄새를 느낀 것이다.

"정체를 밝혀라!"

종여득이 소리쳤다. 그러자 타유가 천천히 복면을 벗었다. 순간 종여득이 경악했다.

"너… 당, 당신은……!"

"종 노사 이렇게 뵙게 되어 유감이오."

타유가 무심하게 말을 건넸다.

"좌호법 당신이? 도대체 왜……?"

"그 이유는 장주가 설명해 줄 것이오."

"장주? 장주가!"

순간 종여득이 뭔가를 깨달은 듯 얼굴이 흙빛이 되었다. 그러고는 급히 타유에게 묻는다.

"이 모든 일이 장주가 꾸민 일이란 말이오?"

"그렇소."

"하지만 왜……?"

"당신들 종씨 일가의 행동이 그동안 장주의 눈에 너무 거슬렸던 모양이오. 특히나 이제 장주는 대공자에게 마음이 온전히 돌아섰소.. 그래서인지 향후 대공자에게 걸림돌이 되는 것은 사람이든 물건이든 모두 치워주시려고 하더이다."

"아!"

종여득이 나직하게 탄식을 흘렸다. 하긴 생각해 보면 그동안 그의 종씨 일가가 장주의 권위에 반하는 행동을 한 것이 한둘이 아니었다.

그 자신은 최대한 조심하려 했지만 장주의 부인이자 자신의 누이인 종청영과 일가 식솔들의 경거망동이 장주의 심기를 어지럽힌 것이 한두 번이 아니었다.

그에 더해 모광을 앞세워 모가장을 차지하려 했던 것까지 생각한다면 장주 모혼은 충분히 이런 일을 꾸밀 수 있었다.

"그러나 그렇다고……?"

한편으로는 장주에 대한 원망이 불길처럼 일어나는 것도 사실이다. 자신이 누구인가. 모혼을 보필해 오늘날 모가장의 성세를 이룬 장본인이 아닌가. 자신의 공을 생각한다면 그동안 종씨 일가의 과실은 눈감아 줄 수도 있었다.

"받아들일 수 없군."

종여득이 이를 갈며 말했다. 그러자 타유가 자신의 일이 아니라는 듯 심드렁하게 말했다.

"그 말은 장주에게 하시오."

타유가 턱으로 종여득의 뒤편을 가리켰다. 그러자 어느새 두 사람을 추격해 온 모흔과 구융의 모습이 보였다. 두 사람은 타유와 종여득이 대치하고 있는 것을 보고는 이내 달리는 속도를 줄여 천천히 종여득의 뒤쪽으로 걸어왔다. 그러자 종여득이 신형을 돌려 모흔을 보며 말했다.

"장주, 이 모든 것이 장주의 계획이라는데 사실입니까?"

그러자 모흔이 슬쩍 타유를 본다. 타유가 가볍게 고개를 끄덕였다.

"좌호법이 친절하게 말을 해줬구만!"

모흔이 별일 아니라는 듯 말했다.

"사실입니까?"

종여득이 다시 묻는다.

"사실이네."

모흔이 차갑게 대답했다.

"장주가 어찌 나에게 이럴 수 있단 말입니까? 내 평생을 장주에게 바쳤는데……!"

종여득이 소리쳤다.

"아니지. 그대의 평생을 내게 바친 것은 아니지. 처음 한 십삼사 년은 그랬을지 모르지만 그대의 누이가 나의 아내가 되고, 광이 태어나는 순간부터는 아니지. 그때부터 그대는 내가 아닌 종씨 일가를 위해 살아왔지. 부인할 수 없을 것이네!"

모흔이 말했다.

"그러나……!"

"아, 말을 길게 하지 마시게. 사객, 솔직히 말하겠네. 오늘 사객을 이리 대하는 것은 사실 종씨 일가의 망동과는 아무런 상관이 없네. 나 모흔의 처가라면 그 정도 행동은 얼마든지 할 수 있지."

"하면 도대체 왜……?"

"이유는 단 하나, 사객이 종씨 가문을 위해 노력하듯, 나도 우리 모씨 집안의 번성을 위해 노력하기 때문이네. 그런 면에서 볼 때 광이 후계자가 되었다며 모를까. 잠이 후계자가 된 이상 종씨 일가는 향후 모가장의 큰 우환이 될 것이네. 그대는 아닐지 몰라도 청영은 결코 잠을 인정하지 않으려 할 테니까. 세상에는 하고 싶지 않아도 반드시 해야 할 일이 있는데 내가 잠을 위해 그대의 종씨 일가를 정리해야 하는 일이 바로 그런 경우네. 사객에게는 그 점 미안하게 생각하네."

모흔이 검을 뽑아 들었다. 그의 성정상 이런 일에 오랜 시간을 허비할 사람이 아니었다.

"장주, 다시 생각해 주실 수는 없겠습니까?"

종여득이 간절한 표정으로 묻는다. 그러자 모혼이 고개를 저었다.

"이미 깨어진 그릇 다시 붙여 어디에 쓰겠나?"

"그렇다면……!"

종여득도 검을 들어 올린다. 대항하겠다는 의미다.

"고이 죽으면 식솔들의 안위는 보장해 주지."

모혼이 말했다. 그러자 종여득이 씁쓸한 미소를 지으며 말했다.

"내 장주의 성정을 어찌 모르겠습니까? 아마도… 모가장에서 종씨 성을 가진 자는 향후 찾아보기 힘들겠지요."

"후후, 역시 사객이야. 날 너무 잘 알아!"

한줌 웃음을 흘려낸 모혼이 벼락처럼 종여득을 향해 달려들었다. 그러자 종여득도 지지 않고 모혼에 대항해 검을 휘두르기 시작했다.

참혹한 일이다. 오늘 낮까지도 한 배를 타고 강호를 호령하던 두 사람이 이제 서로의 목숨을 노리고 검을 휘두르고 있었다. 사람의 욕심이 만들어낸 일이다.

어찌 보면 종여득에게도 기회는 있었다. 이 자리에서 모혼을 베어버린다면 그는 모든 일을 자신이 유리한 쪽으로 이끌어갈 수도 있었다.

구융까지 베고 타유를 설득하면 오늘의 일을 묻어버리고 여전히 모광을 앞세워 모가장을 장악할 수도 있었다. 그러나 그

가능성은 모혼의 무공 앞에서 산산이 흩어졌다.

'대단하다!'

타유가 진심으로 모혼의 무공에 감탄했다. 표국을 이끌어 왔으니 당연히 어려서부터 무공을 수련했겠지만 모혼의 무공은 표국의 국주 그 이상의 경지에 도달해 있었다.

'그가 무림에 욕심을 내는 이유가 있었구나!'

타유는 모혼이 모가장을 표국에서 무가로 변신시킨 이유를 오늘 확실히 알 수 있었다. 표국의 주인으로 남기에는 그의 무공이 너무 아까웠을 것이다. 모혼의 검에 형성되기 시작한 검기는 싸움 내내 흩어지지 않았다. 그건 모혼의 그만큼 강력한 공력의 소유자라는 것을 의미한다.

수십 년 강호를 종횡한 노련한 고수 종여득이 당황하고 있었다. 그동안 모혼의 무공을 보지 못했던 것이 아니었다. 그러나 오늘 그를 상대하는 모혼은 그가 알고 있던 장주가 아니었다. 무공을 숨기고 있었던 모혼의 그 음흉함에 종여득의 두려움은 더욱 커져 갔다.

검기가 갈고리처럼 종여득을 휘감는다. 소름 끼치는 살검이다. 모혼의 검은 마기가 흐른다고 할 정도로 치열하고 살기가 넘쳤다.

촤악!

한순간 모혼의 검이 종여득의 가슴을 길게 베어냈다.

"크억!"

종여득이 가슴에서 피를 뿌리며 무릎을 꿇었다.

"미안하군. 이리 되어서."

모혼이 종여득의 목에 검을 드리우며 말했다.

"장주… 무섭구려. 무공을 숨기고 계셨다니."

"사풍객의 도움이 너무 커서 내가 무공을 제대로 쓸 기회가 없었던 거지. 그 점 고맙게 생각하네."

"하아, 청영은 죽일 겁니까?"

"마누라를 죽일 수는 없지."

"그러나 비참하게 살겠군요."

"조용히 살게 할 걸세."

"광이는……?"

"그 아이의 처분은 잠이가 결정할 걸세. 아비로서야……."

모혼이 말꼬리를 흐린다.

"우리 종가는 어찌 됩니까?"

"아무것도 약속하지 않겠네."

"부디 여자와 아이들은 살려주시길……."

"생각해 보지."

모혼이 고개를 끄덕였다.

"그럼 그만 가겠습니다. 그동안… 즐거웠습니다. 아! 그저 표국으로 머물렀다면……!"

종여득이 탄식하더니 스스로 검을 들어 자신의 목을 베었다. 그러고는 그 자리에 쓰러져 죽음을 맞이했다.

"끝난 것인가?"

모혼도 회한이 남는지 쓸쓸한 표정으로 중얼거렸다. 그러자 구융이 물었다.

"시신은 어찌할까요?"

"강에 흘려보내게."

"예, 장주!"

구융이 죽은 종여득의 시신을 들고 강 쪽으로 이동했다. 그러자 모혼이 타유를 보며 말했다.

"수고하셨소."

"별말씀을. 어차피 해야 할 일이었습니다."

타유의 대답에 모혼이 의아한 표정을 짓는다. 어차피 해야 할 일이란 말이 언뜻 이해되지 않는 모양이었다. 이 일은 타유가 아닌 그 자신에 계획한 일이기 때문이었다. 그러나 모혼의 의아함은 금세 잊혀졌다. 장내에 새로운 사람이 등장했기 때문이었다. 청풍이다.

"끝났나요?"

청풍이 장내에 도착하자마자 타유에게 물었다.

"대충은."

"음, 자네군. 자네가 수하들을 다른 곳으로 유인했나 보군."

모혼이 청풍을 보며 묻자 청풍이 고개를 끄덕였다.

"그렇습니다."

"수고했네. 이곳으로 올 사람은 없겠지?"

"그러면 안 되지요."

"하긴 오늘의 일은 아무도 몰라야 하지."

모혼이 고개를 끄덕였다. 그런데 바로 그 순간 타유의 단천마검이 움직였다. 어둠을 뚫는 빛처럼, 바위를 쪼개는 벼락처럼 타유의 검이 모혼을 찔렀다.

"크억!"

아무리 고수라도 방심한 상태에서 살수 타유의 모든 진력이 담긴 검을 피할 수는 없다. 아니, 그보다도 모혼은 자신에게 무슨 일이 일어났는지조차 가늠하지 못했다. 그러다가 몸을 관통한 검을 느끼고, 그 검의 주인이 타유임을 아는 순간 자신이 지독한 함정에 빠졌음을 깨달았다.

"구융!"

모혼이 본능적으로 종여득의 시신을 버리러 간 구융을 찾았다. 그 처절한 목소리에 구융이 일이 생긴 것을 깨닫고는 질풍처럼 달려왔다. 그의 눈에 모혼의 몸에 검을 꽂고 있는 타유가 보였다.

"이놈!"

구융은 어둠 속에서 살아온 자다. 그는 한순간에 무슨 일이 일어났는지 모든 것을 알아챘다. 그러고는 노성을 토하며 타유를 향해 달려들었다.

그러나 구융은 한 가지 사실을 놓치고 있었다. 그가 모혼의 외침에 고개를 돌렸을 때 청풍이 아름드리나무 뒤쪽으로 몸을 숨겼다는 사실이었다.

구융의 검이 타유의 머리로 떨어졌다. 그러나 타유는 미동도 하지 않는다. 구융의 눈에 의아한 빛이 서렸다. 마치 죽음을 감수하는 듯한 타유의 행동이 그를 멈칫하게 만들었다. 그런데 바로 그 순간의 허점을 파고드는 검이 있었다.

"헛!"

구융이 자신의 옆구리를 파고드는 검을 피해 재빨리 몸을 틀었다. 그러나 그로선 불운하게도 상대의 검은 지나치게 빨랐다.

팟!

구융의 옆구리에서 등으로 이어지며 길게 검상이 생겨났다. 그러고는 순식간에 그의 몸이 피로 물들었다.

"우욱!"

구융이 신음을 토하며 한쪽 무릎을 꿇고는 검으로 땅을 짚어 겨우 몸의 무게를 버텨냈다.

"도대체 왜……?"

몸에 검이 꽂힌 채 모혼이 타유에게 물었다. 그러자 타유가 그의 눈앞에 얼굴을 들이대며 말했다.

"오늘날의 모가장을 만들기 위해 얼마나 많은 피를 뿌렸소?"

"복수냐? 누구의 복수냐?"

"모가장이 행한 가장 큰 혈사에 대한 복수요."

타유의 대답에 모혼이 잠시 침묵을 지키다가 물었다.

"금석촌?"

타유가 가만히 고개를 끄덕인다.

"음……."

모혼이 침음성을 발했다. 금석촌의 일이라면 변명의 여지가
없다.

"너희는 누구지?"

모르고 죽는다면 억울하다는 듯 다시 모혼이 물었다.

"저 아이가 당시 모가장의 무사 수십을 죽인 그 젊은 검객의
아들이오."

순간 모혼이 놀란 표정으로 고개를 돌려 청풍을 바라봤다.
청풍이 싸늘한 시선으로 모혼을 응시했다.

"청담이라던… 그 검객……?"

"그렇소. 저 아이의 이름이 본래는 청풍이라오."

"청풍……. 그렇군. 쿨럭!"

모혼이 피를 토했다. 목숨이 얼마 남지 않았다는 의미다. 그
러자 타유가 나지막이 말했다.

"당신이 이룬 모든 것은 철저히 무너질 것이오. 모가장의 이
름은 강호에서 지워지게 될 것이오. 물론 그전에 우리의 좋은
도구로 쓰이겠지만……."

"잠을… 죽일 거냐?"

"당신은 그를 모르오? 당신의 그 두 아들은 가만히 놓아두
어도 스스로 사지로 들어갈 위인들이오. 우린 약간 거들 뿐이
지. 힘들 테니 이제 그만 가시오."

팟!

타유가 검을 뽑았다. 그러자 모혼이 그대로 무너져 버렸다.

"왜 이러고 있는 것이냐?"

방남산이 강검산의 등 뒤에서 물었다. 강검산은 방남산이
보여준 그 죽음의 광경을 목도한 후 깊은 산속으로 들어와 계
속해서 가부좌를 튼 채 꼼짝을 않고 있었다. 방남산으로서는
초조할 수밖에 없는 일이었다.

"생각해 보고 있어요."

"뭘……?"

"내가 가는 길이 옳은 것인지."

"옳은 길이다. 네가 신검을 완성하면 세상은 수백 년 간 이
어온 가장 무서운 전설에서 벗어나게 될 테니까."

"아버지가 행한 그 처절한 죽음을 보기 전에는 그 말을 그대
로 받아들였을 겁니다. 그러나 지금은……."

"못 믿겠다는 거냐?"

방남산이 서운한 기색으로 물었다. 그러자 강검산이 대답했
다.

"그동안 전 선사와 아버지가 정해준 삶을 살았지요. 그것이
내가 갈 길이라 믿고 말입니다. 그러나 이젠… 생각을 해봐야
겠어요. 내 스스로 내 길에 대해. 다른 사람이 말해주는 길이
아니라 제가 찾아낸 길을 가기 위해서 말이죠."

"검산아……!"

"설득하려거든 제게 모든 것을 말해주서야 할 겁니다. 아니

면 전 제가 아는 길만 갈 테니까요."

"아……!"

방남산이 탄식을 흘렸다. 강검산은 다시 침묵에 빠졌다. 그
러자 방남산이 한숨을 쉬며 중얼거렸다.

"선승을 만나야 하나?"

『수선경』 5권에 계속…

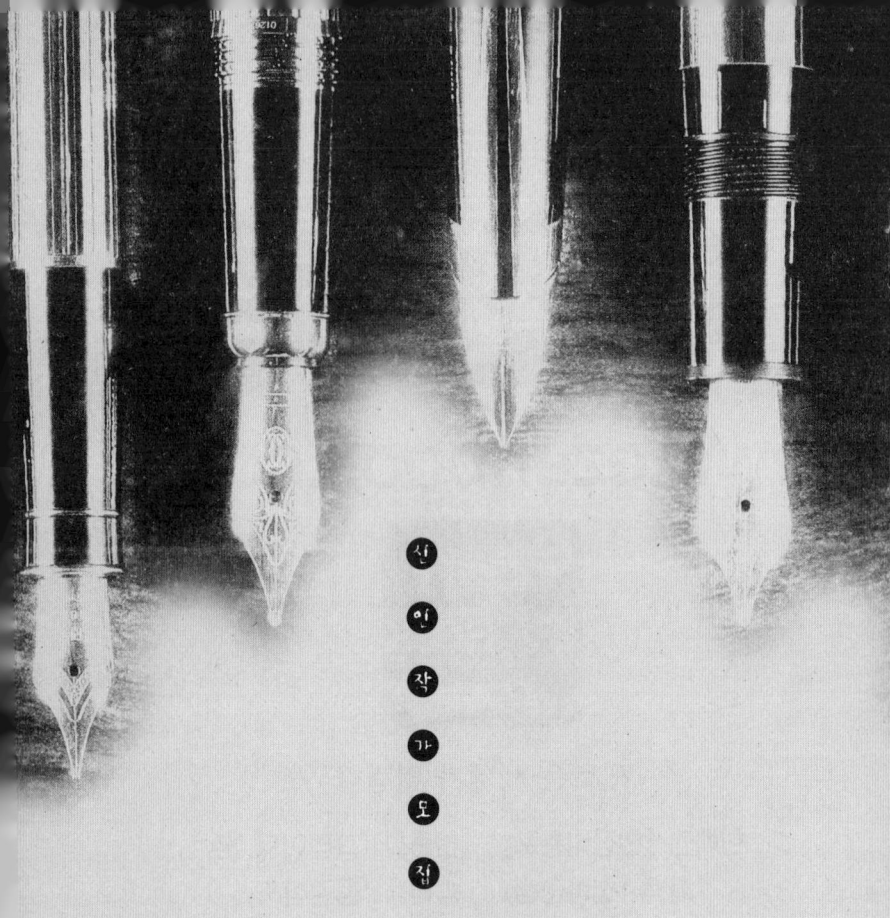

신
인
작
가
모
집

시작이 반이라고 했습니다.
작가의 길에 대한 보이지 않는 벽을 과감히 깨뜨리십시오!
청어람은 작가 지망생 여러분들의
멋진 방향타가 되어드리겠습니다.

저희 도서출판 청어람에서는
소설 신인 작가분들을 모집합니다.
판타지와 무협을 사랑하시는 분들의 많은 참여를 바랍니다.
소정의 원고(A4용지 150매)를 메일이나 우편으로 보내주시면
검토 후 출판 여부를 알려드리겠습니다.

주소:경기도 부천시 원미구 심곡2동 163-2 서경B/D 2F 우편번호 420-822
TEL:032-656-4452 · **FAX**:032-656-4453
http://**www.chungeoram.com**
e-mail:chungeoram@chungeoram.com

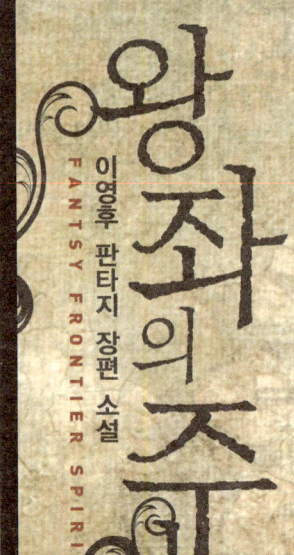

작가 이영후가 선보이는 야심작!
가슴을 떨어 울리는 판타지가 찾아온다!

『왕좌의 주인』

세계를 몰락 위기로 몰았던 이계의 절대자들
그들의 유적이 힘을 원한 자들을 불러들이고…
그 힘을 취한 어둠은 암암리에 세계를 감쌀 뿐이었다.

"세계를 구원할 것은 너뿐이구나."

어둠을 걱정한 네 영웅은 하나의 희망을 키워낸다.
이계 최강의 절대자 티엔마르.
그리고 이 모두의 힘을 이어받은 새로운 존재…
은빛의 절대자 레오!

Book Publishing CHUNGEORAM

유행이 아닌 자유추구 -
WWW.chungeoram.com